阅读之前 没有真相

午夜文库

江戸川乱歩作品集

江户川乱步 Edogawa Ranpo（1894—1965）

日本推理文学的开山鼻祖和精神领袖。

江户川乱步本名平井太郎，一八九四年十月二十一日出生于三重县名张町。他自幼酷爱推理小说，取"江户川乱步"为笔名，因其日语发音与推理文学鼻祖埃德加·爱伦·坡相近。

一九二三年，乱步在日本《新青年》杂志发表了处女作《两分铜币》。这则短篇小说为日本本土推理小说的创作及发展指明了方向，一举奠定了乱步独一无二的地位。一九二五年，乱步发表小说《D坂杀人事件》，塑造了日本推理文学史上第一位名侦探——明智小五郎。其后，他又陆续创作了《阴兽》、《孤岛之鬼》、《蜘蛛男》、《怪盗二十面相》、《少年侦探团》等作品，其中的"怪盗二十面相"和"少年侦探团"等角色已经突破类型文学的束缚，成为世界文学史上的经典形象。乱步还致力于推理文学的理论研究，留下了很多具有高度学术价值的评论文章。

一九四七年，日本侦探作家俱乐部成立，乱步被推举为主席。俱乐部在一九六二年改组为日本推理作家协会，时至今日依然是日本最具权威性的推理作家机构。一九五四年，乱步在六十岁寿诞之日，个人出资一百万日元，设立了江户川乱步奖，用以鼓励年轻作家进行创作。在之后的半个多世纪里，陈舜臣、东野圭吾、桐野夏生等作家凭借此奖崭露头角，使江户川乱步奖成为日本推理文坛最权威的推理奖项。

一九六五年七月二十八日，江户川乱步因脑溢血病逝，享年七十一岁。

昭和三十六年(一九六一)十一月三日,获紫绶褒章。乱步说:这不是我一个人的。

昭和三十八年（一九六三）一月，日本侦探作家俱乐部改组为日本推理作家协会，摄于五月份的第一届大会上。

昭和三十九年（一九六四）五月九日，中岛河太郎等人探望病中的乱步。

摄于昭和五十年（一九七五）七月三日，山村正夫与角田喜久雄参拜多磨陵园中乱步的碑位。

昭和四十六年（一九七一），前往吉野·飞鸟旅行回程中特拜访乱步诞生纪念碑。左起中岛河太郎、山村正夫、大河内常平、千代有三、角田喜久雄。

江户川乱步作品集⑮

幻影城主

（日）江户川乱步 著
王华懋 译

新星出版社 NEW STAR PRESS

目录

1	出版前言
3	总导读
13	自述
93	评论
191	研究
277	年谱

出版前言

提及日本推理，有一个名字永远无法回避，那便是江户川乱步。他是先行者，是奠基人，是日本推理文学的精神领袖和中流砥柱。没有江户川乱步，日本推理难成文学，更不可能有今日"百花争艳"的局面。乱步先生远行已近半个世纪，却依旧被所有日本推理小说作家尊为"鼻祖"；以他的名字命名的"江户川乱步奖"，依旧是日本乃至全世界最具影响力的推理文学奖项之一。无论横沟正史还是松本清张，无论岛田庄司还是东野圭吾，无不受到江户川乱步的影响。

面对这样一位作家，作为中国最专业的推理小说出版平台，"午夜文库"有义务和责任帮助更多的读者熟悉乱步先生的作品，了解乱步先生伟大而传奇的一生，体味乱步先生对于推理文学的不朽贡献。

此前曾有出版社出版过江户川乱步的作品，但受到种种客观条件的限制，在篇目选择、文本翻译等方面，都存在着这样或那样的遗憾。新星出版社"午夜文库"努力以最专业的视角，打造最规范最真实的江户川乱步作品集，以飨读者。

此次中文简体版的出版，要感谢著作权人、乱步先生长孙平井先生的大力支持；感谢台湾著名学者、日本推理文化研究第一人傅博老师鼎力促成，虽知再多的谢意也无法表达我们对两位先生的感谢之情，作为编者，我们唯有把书做好，以报两位先生的青眼厚爱。

作品集由傅博老师主编，分为十三卷，每卷均配有导读、解题、名家评论以及由乱步先生家族提供的珍贵照片。这套丛书以作品类型和创作时间为线索，力图系统、全面、深刻地展现乱步先生的全貌，可称华语世界最有价值的推理小说作品集。

让我们沐浴乱步光芒，体会推理文化的博大与深邃。

新星出版社"午夜文库"编辑部

总导读

文／傅博

编辑"江户川乱步作品集"缘起

这套作品共十三卷，此数字取自欧洲古代的缓刑架阶梯数之十三。在欧美、日本的推理小说里或丛书卷数中，往往会出现这个数字。

江户川乱步的作家生涯达四十余年，创作范围很广，其作品中推理小说的比例相当高，为了让读者了解江户川乱步作品的全貌，少年推理与评论等也决定收入。但是与其他作家合作的长篇或连作，约有十篇，视为乱步非完整作品，不考虑收入。

收录作品分为战前推理小说、战后推理小说、少年推理小说与随笔、研究、评论等四类。战前推理小说再分为短篇与极短篇，一共有三十九篇，全部收录，视其类型分为三卷。中篇只有四篇，合为一卷。长篇有二十九篇，选择七篇分为五卷，其中有两卷是两篇合为一卷的。

战后推理小说不多，只有两长篇七短篇而已，从中选择一长篇，五短篇合为一卷，少年推理小说长篇共有三十四篇，选择两篇分为两卷。随笔、研究、评论等难计其数，从中精选三十九篇为一卷。

以上为全十三卷的主题。除了正文之外每卷有三篇附录，每卷卷头收录几幅不同时代的珍贵肖像或家族照，卷末选录一篇有关乱步的评论或研究论文。乱步逝世至今已四十多年，这期间由评论家、研究者以及推理文坛外人士所发表的评论、研究、评介达数百篇之多。本作品集收录的十三篇是从这些文章中挑选出来的杰作。另外，为了让读者更充分地了解各个故事的谜底，卷末附上由笔者撰写的"解题"。这种编辑方针是日本编辑"作家全集"的模式，目的是让读者从不同角度去了解该作家与作品，可说是出版社对读者的服务之一。

"江户川乱步作品集"共十三卷的详细内容是：

1. 《两分铜币》：收录一九二三年四月发表的处女作，至一九二五年九月之间发表的本格、准本格推理短篇和极短篇共计十六篇。包括处女作《两分铜币》、《一张收据》以及《致命的错误》、《二废人》、《双生儿》、《红色房间》、《日记本》、《算盘传情的故事》、《盗难》、《白日梦》、《戒指》、《梦游者之死》、《百面演员》、《一人两角》、《疑惑》，除此之外还有出道之前的习作《火绳枪》。

2. 《D坂杀人事件》：收录江户川乱步笔下唯一名探明智小五郎短篇八篇。包括《D坂杀人事件》、《心理测验》、《黑手组》、《幽灵》、《天花板上的散步者》、《何者》、《凶器》、《月亮与手套》。

3.《人间椅子》：收录一九二五年十月至一九三一年四月之间发表的本格与变格推理短篇十五篇，包括《人间椅子》、《接吻》、《跳舞的一寸法师》、《毒草》、《蒙面的舞者》、《飞灰四起》、《火星运河》、《花押字》、《阿势登场》、《非人之恋》、《镜地狱》、《旋转木马》、《烟虫》、《带着贴画旅行的人》、《目罗博士不可思议的犯罪》。

4.《阴兽》：收录一九二八年至一九三四年间发表的变格推理中篇四篇。包括《阴兽》、《虫》、《鬼》、《石榴》。

5.《帕诺拉马岛奇谈》：收录一九二六年发表的较短的长篇两篇。包括《帕诺拉马岛奇谈》与《湖畔亭事件》。

6.《孤岛之鬼》：原文约二十二万字长篇，一九二九年至一九三〇年作品。

7.《蜘蛛男》：原文约二十一万字长篇，一九二九年至一九三〇年作品。

8.《魔术师》：原文约十九万字长篇，一九三〇年至一九三一年作品。

9.《黑蜥蜴》：收录较短的长篇两篇。包括一九三一年至一九三二年发表的《地狱风景》、一九三四年发表的《黑蜥蜴》。

10.《欺诈师与空气男》：收录一九五〇年至一九六〇年发表的五篇短篇与一篇长篇。包括《欺诈师与空气男》、《致堀越搜查一课课长》、《防空洞》、《手指》、《断崖》、《被妻子抛弃的男人》。

11.《怪盗二十面相》：第一部少年推理长篇，原文约十三万字,一九三六年作品。

12.《少年侦探团》:第二部少年推理长篇,原文约十二万字,一九三七年作品。

13.《幻影城主》:收录非小说的杰作三十九篇,分为三部分,自述十六篇、评论十一篇、研究十二篇。此书名相当有来历,江户川乱步生前曾以幻影城的城主自居。

江户川乱步诞生前夜

江户川乱步是日本推理文学之父,名副其实的推理文学大师,是其作品至今仍然受男女老幼读者喜爱的国民作家。

为何江户川乱步能集这么多荣誉于一身呢?其答案是"时势造英雄,英雄再造时势"的结果。话从头说起。

日本从一八六八年的明治维新日本文化的全面西化以后,以文学来说,最先是从翻译或改写欧美作品做起,大约经过二十年时光,才出现模仿西方创作形式的作家,之后,才渐渐理解欧美文学的本质、创作思想、写作原理,而至大正年间(一九一二年至一九二六年)才确立近代化的日本文学。

这期间,明治维新以前江户时代(一六〇三年至一八六七年)的庶民通俗读物,到了明治以后,虽然渐渐有所改良,基本上还是保留传统的写作形式与内容。到了大正年间,才与纯文学同步,展现出新的大众文学的面貌,其地位才得以步步确立。

日本近代大众文学的起点是一九二二年,始于中里介山发表的大河小说《大菩萨卡》。当时还没有"大众文学"这个文学名词,称为"民众文艺"、"读物文艺"、"通俗读物"、"大众读物"等。

"大众文艺"或"大众文学"的名词被普遍使用，始于一九二六年一月创刊杂志《大众文艺》，以及于一九二七年，平凡社创刊"现代大众文学全集"以后之事。

当初的大众文学，是指以明治维新以前为故事背景，具有浪漫性、娱乐性的小说，又称为时代小说（侠义大众小说）。但是，后来把当代作为故事背景，具有浪漫性的"现代小说"以及"侦探小说"也归纳于大众文学（广义的大众小说）。自此至今，时代小说、现代小说、侦探小说鼎足而立。

"清张（一九五六年）以前"的侦探小说包括奇幻小说和科幻小说，现在三者虽然鼎足而立，其关系很密切，合称"娱乐小说"，而侦探小说于"清张以后"改称为推理小说，现在两者并用。

话说回来，对日本来说推理小说是舶来文学，但是从欧美引进推理小说的时期很早，明治维新十年后的一八七七年，由神田孝平翻译荷兰作家克里斯蒂·迈埃尔之《杨牙儿之奇狱》为始，比柯南·道尔发表"福尔摩斯探案"早十年。

之后，明治三十五年，翻译作品不多，而以黑岩泪香为首的"翻案（改写）推理小说"成为大众读物的主流。此外，也有些作家尝试推理小说的创作，但是除了黑岩泪香的《无惨》具有文学水准之外，没有什么收获，可说推理创作的时期还未成熟。

进入大正年间，时期渐渐成熟，几家出版社中有计划地出版欧美推理小说丛书，其数约有十种。

又因近代文学的确立，大正期崛起的谷崎润一郎、芥川龙之介、佐藤春夫等几位作家的取材范围，比以往作家为广，其中某些作品就具有浓厚的推理意味。另外，戏剧作家冈本绮堂于一九一七年，开始撰写模仿福尔摩斯探案的"半七捕物帐系列"，共计六十八话，是以明治维新以前的江户（现在的东京）为故事背景，推理、人情与风俗并重的时代推理小说，当时却不被视为推理小说，而被归于时代小说。

至于一九二〇年一月，明治、大正期两大出版社之一的博文馆，创刊了综合杂志《新青年》月刊，主要刊载鼓励日本青年向海外发展的文章，附录读物选择了在日本开始被读者接受的欧美推理短篇。同时也举办了推理小说的创作征文，虽然于四月发表第一届得奖作品，其品质与欧美作品比较还有一段距离，其最大理由，就是征文字数限定于四千字，作品没有充分发挥的余地。

《新青年》虽然不是推理小说的专门杂志，却是唯一集中刊载推理小说的杂志。

第二年八月，主编森下雨村编辑出版了"推理小说特辑"增刊号，获得好评。（之后每年定期发行推理小说增刊二期至四期，以欧美推理小说为主轴。）

在这样大环境之下，时机已成熟，一九二二年四月，《新青年》刊载了成为日本推理小说史上里程碑的江户川乱步的《两分铜币》。

江户川乱步确立日本推理小说之后

江户川乱步，本名平井太郎，另有笔名小松龙之介。笔名江户川乱步五字是从世界推理小说之父埃德加·爱伦·坡的日文发音以汉字表示而来的。乱步一八九四年十月二十一日生于三重县名贺郡名张町，父亲平井繁男，为名贺郡公所书记，母亲平井菊，三岁时因父亲调动工作，全家移居名古屋市。

他七岁进入白川寻常小学，识字后便耽读岩谷小波《世界故事集》。十一岁进入市立第三高等小学，二年级时开始阅读押川春浪的武侠小说和黑岩泪香的翻案推理小说。十三岁进入爱知县立第五中学，因为讨厌赛跑和机械体操，时常旷课。乱步的推理作家梦，萌芽于此时，他对现实世界的欢乐不感兴趣，喜一个人待在昏暗的房间里，静静地空想虚幻的世界。

一九〇七年，父亲开设平井商店做生意。一九一二年，平井商店破产，中学毕业的乱步放弃升学至高等学校就读的机会，六月跟家人移居朝鲜，八月单独上京，于本乡汤岛天神町的云山堂当活版排字实习生。之后，考进早稻田大学预科班，但是为了生活，很少去上课，其间当过抄写员、政治杂志编辑、图书馆出租员、英语家教等，但是都为期不久。

一九一三年春，外祖母在牛込喜久井町租屋，乱步搬去同居，因此不必去打工，可专心上学。八月预科毕业，进入政治经济学部，第二年春，与同学创刊回览式同仁杂志《白虹》，醉心爱伦·坡与柯南·道尔的福尔摩斯探案，乱步坚信纯粹的推理小说，必须以短篇形式书写。尔后，他在自己的作品中实施这种创作思想。乱步为了研究欧美推理小说，除了大学图书馆之外，还去上野、日比谷、大桥等图书馆阅读，同年他自己把阅读的笔记装订成书，称为《奇谈》。

一九一五年，父亲从朝鲜回来，定居于牛込，乱步搬去同居，这年撰写的推理短篇《火绳枪》，为乱步实际上的推理小说处女作。第二年大学毕业，计划到美国撰写推理小说赚钱，但是欠缺旅费，只好留在日本找工作。这年乱步到大阪贸易商社加藤洋行上班，第二年五月辞职，之后数月，到各地温泉流浪。回来后在三重县的鸟羽造船厂电气部上班，之后改调社内杂志《日和》担任编辑。此后五年内乱步更换工作十多次，如巡回说书员、经营旧书店、杂志编辑、市公所职员、新闻记者、工人俱乐部书记长、律师办公室职员、报社广告部职员等。

一九二三年，乱步撰写了《两分铜币》与《一张收据》两篇推理短篇，最先寄给曾经发表过推理文学评论的文艺评论家马场孤蝶，请他批评并介绍刊载杂志，但是，一直没有回应，乱步索回改投《新青年》，主编森下雨村阅读后，疑是欧美作品的翻案，请当时在《新青年》撰写法医学记事的医学博士小酒井不木（之后也撰写推理小说）鉴定。

于是，一九二三年四月，《两分铜币》与小酒井不木的推荐文同时被刊出，获得好评，继之七月，《一张收据》也被刊载，从此，乱步的人生一帆风顺。

乱步的出场，证明了日本人也有能力撰写与欧美相媲美的推理小说。由此，欲尝试的挑战者或追随者相继而出。不到几年，以《新青年》为根据地，侦探小说在大众文坛上确立了一席之地，与时代小说、现代小说鼎足而立。

但是，《新青年》所刊载的推理小说，以现在的标准分类，本格推理作品并不多，绝大多数为重视结尾意外性的准本格及现实生活中的非现实奇谈等，这些作品有其共同特征，就是故事的耽美性、传奇性、异常性、虚构性、浪漫性。

话说江户川乱步，一九二四年因工作繁忙，只在《新青年》发表两篇短篇，十一月为了专心推理创作，辞去大阪每日新闻社工作，一九二五年一共发表了十七篇短篇与六篇随笔，为乱步最丰收的一年，也是乱步在大众文坛确立不动地位之年。

之后，乱步执笔的主轴，从短篇渐渐转移到长篇，而于一九三六年开创长篇少年推理小说。一九四〇年至一九四五年之间，日本政府全面禁止推理小说创作，乱步只发表了合乎国策的三篇冒险小说。

战后，乱步的创作量剧减，其主要活动逐渐转移到组织推理作家、培养新人作家与推广推理文学上，构建了战后的日本推理文坛。

例如，二次大战结束，战后疏散到乡村的作家纷纷回京，第二年，也就是一九四六年六月十五日星期六，乱步主持了一场"在京推理作家座谈会"，向在场作家讲述了长达两小时的《美国推理小说近况》。介绍了美国推理小说的新动向，勉励大家共同为战后日本推理小说的繁荣贡献一份力量。

这次聚会之后，决定每月第二个星期六定期举办一次聚会，称为"土曜会"（星期六在日本称为土曜日）。

一年后，以土曜会为班底，成立"侦探作家俱乐部"，江户川乱步任首届会长。一九五四年十月，侦探作家俱乐部与关西侦探作家俱乐部合并，改称为"日本侦探作家俱乐部"。一九六二年，由任意团体组织改组为社团法人（基金会），改称为"日本推理作家协会"。

侦探作家俱乐部成立时，为了褒奖年度优秀作品，设立侦探作家俱乐部奖，组织更名之后，奖项的名称也随之更改，现在称为日本推理作家协会奖。

一九五四年十月三十日，庆祝江户川乱步六十岁诞辰会上，乱步为了振兴日本推理小说，向日本侦探作家俱乐部提供一百万圆日币为基金，设立了江户川乱步奖，最初两届颁奖给对日本推理文坛的功劳者，从第三届起更改为长篇推理小说征文奖，鼓励新人的推理创作。

乱步除了推行这些组织活动之外，还积极撰写介绍欧美推理作家与其名著，以及推理小说的理论与研究文章。前者结集为《海外侦探小说作家与作品》，后者的代表作为《幻影城主》与《续·幻影城》。为表彰江户川乱步对日本推理文坛的贡献，日本政府于一九六一年十一月，授予其"紫绶褒章"。

一九六五年七月二十八日，乱步因脑溢血逝世，享年七十一岁。日本政府再度授予"正五位勋三等瑞宝章"，纪念其功劳。

自述

我的履历表

1

前年（昭和二十九年）秋天，在我六十寿诞的前一个月，为了撰写小说我投宿伊东温泉，当时看到了一本旅游指南《伊豆掌柜》，竟在其中发现了我的祖先。

根据族谱上的记载，我最早的祖先"豆州伊东之乡，平井十郎右卫门，寿百十三岁，殁于贞享二丑年"。每次我去伊东温泉，总想仔细调查一番祖籍地，却一直未能实现。而在刚才提到的旅游指南中，我的祖先中有一位名平井于光（应该念成O-Mitsu）的女性，她的一生不平凡，出仕平步青云，被时人尊为"冷川夫人"。她的遗物保存在东向寺——位于伊东与修善寺之间公路上的冷川村。此外，乘务员小姐在旅游指南中也提到了冷川夫人的名字。

我立刻飞车拜访东向寺，会见第三十代住持杉本弘道先生，住持找出了寺院世代传承的古籍供我阅览。当中有一篇《冷川夫人略历》，完成于明治初期。文字虽然稚拙，但详述了我的祖先平井于光的勇妇情状，我将之抄录于下。

元禄时期，伊势国津之城主藤堂和泉守高久公，为疗养前往该国热海温泉。调养期间，暇时消磨而漫游四方之时，见一媒女（丑妇）对川涤垢衣，遂出手调戏。媒女瞋胆，泼水高久公，旋奔逃不见踪影。高久公大为所感，赞叹此真一勇胆佳女，命人寻其所在。闻此女乃该国贺茂郡冷川村平井嘉兵卫之妹，名于光，受热海某户雇为婢，遂遣使求其为妾。元禄十一年（一六九八）寅年，嘉兵卫送于光入藤堂家为妾。此即冷川夫人之素籍，后藤堂家德配，贞懿贤淑，温和怜下，虽为媒女，智才兼备，并通权通变，实高久公慧眼独具。元禄十五年（一七〇二），冷川夫人为报父母重恩，将父母灵位纳于故乡菩提所①之东向寺，并于同寺境内建行基菩萨②作之正观世音灵像堂宇，捐经卷珍器。

对照我家以及藤堂家的系谱，这段记述有诸多谬误。藤堂家初代为高虎，二代高次，三代高久，四代高睦。根据我家的族谱，于光侍奉的是二代高次，为四代高睦公之生母（这一点与寺院古籍上所记载的相同）。而四代高睦公是二代高次公之子，因此于光侍奉的肯定不是三代高久公，而是二代高次公。此外，还有年代的问题，

---

① 是安置历代祖先牌位、墓地或者举行葬仪法事的寺院。
② 行基（668—748），奈良时代的僧侣，将佛法从贵族阶层普及到市井的人物，后世尊其为行基菩萨。

于光的弟弟平井友益由于其姐之故成为高次公的御用针灸医师,是宽文九年(一六六九)的事,因此于光出仕非得是在这之前不可。

于光的弟弟友益身为针灸医师,俸禄微薄,但其子平井陈救在宝永四年(一七〇七)于光殁后,扶摇直上,坐拥千石俸禄。应该是于光的儿子四代高睦公为了孝养生母,为陈救增加了俸给吧。此后平井家代代担任武士,领取千石俸禄,直到七代平井碹右卫门陈就出仕至明治四年隐居为止。平井碹右卫门陈就是我的祖父。

2

我的祖父服侍伊势藤堂家,代代居住在三重县津市,我父亲平井繁男也在那里出生。但伯父当中出了个纨绔子弟,在祖父殁后败光了家产,父亲靠着半工半读,从大阪的关西大学法律系毕业,他是第一届毕业生。毕业数年后,撰写了一部八百页的大作《日本商法详解》,由大阪駸駸堂出版。最初他在三重县名张町(现已改制为市)的名贺郡政府部门任职,后来调到同县的龟山,接下来到名古屋市,历任东海纺织同盟会的书记长、名古屋商业会议所顾问、同市的财阀奥田正香商店的经理。不过家父在明治三十年代末期独立,开了一家贩卖各种进口机械、煤炭的商店,店里有十几名店员,有一段时间生意极为兴隆。可惜这家店在明治四十五年就破产倒闭了,父亲远渡朝鲜马山从事土地开垦事业,后来回归内地。他的一生做了许多工作,大正十四年虚岁五十九岁过世时,是大阪一家棉布批发商的挂名干部。

父亲在第一份工作——担任三重县名张町郡政府的书记——时娶了母亲,明治二十七年,我在当地出生。搬到名古屋市时我虚岁四岁，而父亲破产时我虚岁十九，是中学毕业那一年。过去我过着衣食无缺的富裕生活，祖母也还健在，我小时候是她带大的，娇生惯养的我真应了那句话，在家一条龙，出外一条虫。

听说我两三岁的时候话非常多，很善于模仿，但随着年龄渐长，懂事的我竟不再饶舌了，越来越喜欢独处幻想的我沉默了下来。我时常于黄昏时分一边走在镇里的街道上，一边大声说出自己的幻想。我不喜欢与人对话，打小就喜欢独自任思绪天马行空。说好听些是喜好思考，说难听点儿就是热衷妄想。长大成人以后，这个习惯仍旧没有变。

我是祖母带大的，从小就被惯坏了，又是家中的小霸王，所以进小学以后，第一次接触到生人时，竟成了胆小鬼一个。只敢独自戳在校园角落的樱花树下，愣愣地看着大家奔跑玩耍。但我算是悟性高的了，在当时的寻常小学四年期间，不是担任班长就是副班长。

依当时的规定，念完寻常小学校后，还要再念两年高等小学，然后才能参加中学入学考试。进入高等小学以后，有霸道的同学欺负我，让我在心灵和肉体上都痛苦不堪，痛恨起上学来。上了中学以后，我同样又遭到同学的欺负，学校于我形同地狱。其实也不是对方不好，我想我天生就是个"招人欺负的孩子"，因此我嫌恶社会生活、喜爱独自胡思乱想的毛病更是变本加厉了。中学时代，我经常装病请假，实际上我也的确是个体质羸弱的孩子。中学五年我出席的课时大概只有规定的一半，成绩也因此落到中游。当然我也不参加运动，是个既不会玩单杠也不会跳木马的病恹恹的小鬼。体育是我最痛恨的课程，尤其是器械体操和赛跑，最叫我头皮发麻。

就这样，我不是因为课业本身，而是出于完全不相干的原因厌恶起学校来，结果我的学业也越来越糟糕了。我上的是名古屋市南伊势町的白川寻常小学，然后进入附近的市立第三高等小学，我是爱知县立第五中学（后来改称为热田中学）的第一届毕业生。

3

父亲破产后去了朝鲜，无所事事的我也就陪着一起去了，在马山住了一阵。由于我不愿意只念到中学就放弃学业，便请求父亲让我继续升学，说即使不资助我学费也可以，我会自力更生半工半读，然后只身去了东京。以一个懦弱受欺负的孩子来说，这真是令人讶异的勇敢决定，原来我的血管里也流着这种爱好冒险的血液。父亲的破产并没有对我造成太大的打击，反倒是激起我对半工半读方式的极大兴趣。

明治四十五年（大正元年）夏天，我通过早稻田大学的预科插班考试入了学，在大学部选了政治经济系，主修经济学。至于打工，一开始我在汤岛天神町的一家小印刷厂打杂，接着当抄写员，不久后认识了同乡的政治家川崎克先生（前厚生大臣川崎秀二的父亲），帮忙编辑川崎先生出版的政治杂志，接着寄居在先生家。在先生的介绍下，我进入东京市立图书馆当管理员，又担任证券从业者家的英语家教。

如此这般，我几乎没有体验到所谓学生生活的乐趣，学生时代就这么过去了。我没有零用钱，所以在图书馆看书成了我唯一的乐趣。除了大学图书馆以外，我也经常去上野、日比谷、大桥等地的图书馆。我不太常去上课，经济学之类的书也是在图书馆看的。我等于是"图书馆毕业生"。除了专业书籍以外，那阵子我沉迷在爱伦·坡及柯南·道尔等人的英文侦探小说中。

少年时代我读完了黑岩泪香的全部作品，其作品情节老套，风格颇似加博里奥①、柯林斯②等人的，甚至有过之而无不及，总之不太能令我满足。相较之下，爱伦·坡、柯南·道尔、切斯特顿③的短篇就像浓缩了谜团与推理的精华，没有多余的杂质，让我耳目一新，自此爱上了他们。此外，爱伦·坡的《金甲虫》(The Gold Bug)、《暗号论》(Cryptography)等作品引发了我对西方暗号的兴趣，甚至在图书馆查遍了有关暗号史的书籍。当时积累的知识，成了日后我处女作《两分铜币》的基础。

大正五年，虚岁二十三岁的那年夏天，我从早稻田毕业了。即将毕业时，我梦想着前往美国。我计划在美国洗盘子打工，学习英文写作，在美国成为侦探作家。当时日本没有半本侦探杂志，侦探小说丝毫不受重视，而当时美国侦探杂志上的作品也都是些无聊玩意儿，我有自信能够写出更精彩的作品。可是当时前往美国，除了路费以外，还需要一笔巨额的"保证金"，我凑不出那笔钱，于是便成了一场单纯的美梦。

毕业后，在川崎克先生的介绍下，我进了大阪的南洋贸易公司。最初工作很有趣，我也做出了相当不错的成绩，但不到一年我就厌烦了。最要命的是，在那家公司就职需与同事同住一室，完全没有独处的时间，因此前文提到的独自思考的癖好丝毫得不到满足，这

---

① 加博里奥（Émile Gaboriau, 1833—1873），法国小说家，《勒沪菊命案》(L' Affaire Lerouge, 1866) 被视为史上第一部长篇侦探小说。他塑造的侦探勒考克对后世的推理小说创作影响巨大。
② 柯林斯（William Wilkie Collins, 1824—1889），英国小说家，代表作有《白衣女人》(The Woman in White, 1860)、《月亮宝石》(The Moonstone, 1868) 等。
③ 切斯特顿（Gilbert Keith Chesterton, 1874—1936），英国作家、评论家，他以布朗神父为主角的一系列短篇集在推理小说史上留下了重要的一笔，乱步曾评价他为"侦探小说界最擅长制造诡计"的作家。

比什么都叫我难受。因为这一点，我竟在不知不觉间怠惰起来，开始酗酒，也学会了玩女人，终于在工作上犯了错。我未经许可就离开了公司，开始流浪之旅——这后来成为我终生的爱好之一——趁着手头还有点儿钱，在伊豆的温泉四处走访、投宿。那时候，我第一次读到谷崎润一郎的小说。

4

　　自大正五年从早稻田毕业到成为职业侦探小说作家的大正十四年，这八年之间我做过的职业有多达十四五种。如果加上学生时代的兼职，我从事过的职业近二十种。搬家比换工作更频繁，从小时候的故居到四十岁定居于现在的池袋，这期间我搬过四十次家。很难得，我在池袋定居之后已过去了二十几年。但在这之前，不管是职业还是住家，我都像个流浪汉似的换个不停。

　　这八年之间的工作，做得最久的是一年半，短的只有半个月，平均一份工作做半年左右。先前提到的大阪的贸易公司，我做了一年就跑了。后来流浪到了伊豆半岛的时候，我初次邂逅了谷崎润一郎的小说，那是一则叫《金色之死》的短篇，内容近似于爱伦·坡的《阿恩海姆乐园》(*The Domain of Arnheim*)或《兰多的小屋》(*Landor's Cottage*)。我原以为日本就只有自然主义小说，没想到竟也有这样的作家，为此惊异不已。从此以后，只要是谷崎的小说我必定阅读，接着又爱上了佐藤春夫、芥川龙之介[①]、宇野浩二。

　　这场流浪之后，我失业长达半年，之后在手提式打字机的商行

[①] 芥川龙之介（1892—1927），日本近代文学作家，代表作有《罗生门》等。

工作了约两个月。后来在父亲朋友的介绍下，进入三重县鸟羽造船厂电机部的庶务股工作，在现在的鸟羽市住了一年多。不过在此期间，我也一天比一天懒得出勤，在单身宿舍的房间壁柜上层铺了被褥，大白天也躲在里头睡觉。因为柜门关着，同事都以为我上班去了。我就这样盯着壁柜的天花板发呆，满足我天马行空的癖好。这时候的经历与后来的《天花板上的散步者》这部小说的创作不无关系。此外，我也曾经有过一些奇特的行为，比如三更半夜失踪，把众人吓得人仰马翻，结果却在镇上禅寺的大厅里一直坐到早上。

"人为何存在？""人为何而生？"当时我净思考这样的问题。

在鸟羽造船厂工作期间，我第一次读到陀思妥耶夫斯基的《罪与罚》以及《卡拉马佐夫兄弟》的日文版，深受感动。从少年时代开始我就读过不少小说，但这一生中最能让我感动的，想来还是爱伦·坡、谷崎润一郎以及陀思妥耶夫斯基的作品。

后来我在鸟羽也待不住了，就去了东京，靠着区区千圆的资金，和两个弟弟在团子坂的街上开了一家名为"三人书房"的二手书店。

这时期的经历后来反映在小说《D坂杀人事件》上。经营这家店时，我与在鸟羽造船厂时认识的妻子结了婚。当时的财务已经够窘迫了，我却还为浅草歌剧的名歌手田谷力三[①]成立了后援会，花了不少钱。后来终于走投无路，无可奈何之下接了漫画杂志《东京PACK》的兼职编辑工作，但也因为种种因素，持续了不到三个月；最后实在穷途末路，开始吹起风笛，拉起摊子，开起中华拉面摊来。这是个在深夜营业的辛苦生意，钱是赚了不少，但身体实在无法负荷，只做了半个月就放弃了。

[①] 田谷力三（1899—1988），大正、昭和时期的歌剧歌手，是当时浅草演艺界的大明星。

我再次厚着脸皮向川崎先生求助，请他安排我到东京市政府当差，可还是干不下去，我经常无故缺勤，半年就被炒了鱿鱼。然后我逃到大阪，在父亲朋友的介绍下成了《大阪时事新报》的记者，可也只做了半年。

5

再次回到东京的我在前辈的介绍下，成了日本工人俱乐部技师工会的书记长，编辑工会的杂志，这份工作做了一年半。工会委员里有个叫春田能为的人，我与他相当投缘，他就是后来几乎与我同时涉足侦探小说创作的甲贺三郎[①]。

之后我进了介绍我去工人俱乐部的前辈的公司，一家名为郊北化学研究所的发油制造商，在那里当了半年经理后又逃到大阪去了。但这次没能很快找到工作，从大正十一年的夏天到秋天，我在父亲家无所事事了半年左右。那时候我已经有孩子了，一家三口赖在穷困的父亲家里，委实如坐针毡。为了排遣无聊，我把纸箱翻过来当书桌，写了两篇短篇侦探小说，寄给《新青年》[②]的总编森下雨村先生。《新青年》经常刊登翻译过来的国外侦探小说，这一点刺激了我。我寄去的是《两分铜币》和《一张收据》，森下先生对这两篇作品赞不绝口，甚至附上宣传文章说日本也出现了不输给外国作家的

[①] 甲贺三郎（1893—1945）为其笔名，因其《珍珠塔的秘密》（1923）获得"新趣味"征文奖的第一名而进军文坛；定义推理"本格"、"变格"概念的第一人，出身工学部的他被日本推理评论家山前让誉为"理工诡计之雄"。
[②]《新青年》（1920—1950），日本文艺杂志，是战前日本侦探小说的根据地，除了译介许多海外侦探小说之外，也是许多日本侦探小说家活跃的场所。乱步由此出道，横沟正史也曾经担任过这本杂志的总编辑。

侦探小说家，在大正十二年四月号先刊登了《两分铜币》，两三个月后再刊登了《一张收据》。从现在的眼光来看，那两篇作品实在不值一提，但因为当时没人写侦探小说，才能先声夺人，一直到后来，这都让我蒙受其泽。

可是拨拨算盘，稿费一页一圆，即使一个月能写出一百页，也只有一百圆的收入，这实在不够吸引我成为专业的侦探小说家。写完这两篇稿子之后不久，我就被大阪的律师事务所雇去帮忙，做了半年左右，再经人介绍进入大阪每日新闻的广告部。那里即使是新进人员，除了月薪以外也还有奖金，一个月可以多领到五六百圆（月薪的五六倍）。所以一页一圆的稿费，实在无法打动我，让我下定决心转业。因此处女作发表之后的两年之间，我只在工作之余写作，仅发表了五篇短篇而已。

可是大正十三年底，我写下《D坂杀人事件》、《心理测验》（隔年发表）时，稿费已经涨到两圆左右，其他杂志也开始向我约稿，这段期间的行情甚至涨到一页四五圆。我想这样的收入维持生活应该没问题了，便辞掉了每日新闻的工作，在大正十四年正月搬到东京，成为专业作家。

于是，在接下来的大正十四、十五年的两年之间，我共发表了二十九篇短篇，四部连载长篇，不过在结束东西两边的《朝日新闻》上的《一寸法师》连载以及《新青年》的《帕诺拉马岛奇谈》连载后，我便印刷明信片分寄给众亲朋好友，告知众人我将停笔一阵子。同时安排内子在早稻田大学前面经营学生宿舍的出租，使其能自食其力，然后踏上了没有目的地的流浪之旅。因为这两年之间，我将所有的灵感全用光了，《朝日新闻》上的《一寸法师》内容一无是处，这让我陷入了强烈的自我嫌恶中。

这次停笔长达一年半，其实我都想过不继续写作了，但我败给了讲谈社热情的约稿以及高额稿费的诱惑，自我嫌恶之余继续惭愧无比地卖文鬻粥。因为有这样的原因，只要一有余裕我就想休息，时不时宣布停笔，给自己一段时间什么都不写。第二次的停笔是昭和七年三月，历时一年八个月；第三次是昭和十年五月，历时八个月；第四次是因为战时情报局的方针，使我无法发表侦探小说；终战后我也近十年无法写作小说，所以合计起来，我停笔了约十七年。

6

我从大正十四年成为专业作家，到现在已有三十一年余，但当中有十七年是停笔状态，算起来等于我只工作了十四年多。比起写作，休息的时间更长，所以创作量也相当少。若将战后写下的作品也算进去，共有长篇二十二，中、短篇四十六，少年作品长篇十二，短篇一篇，随笔评论换成书籍有八册，整体概算下来，还不到两万张四百字稿纸。我从执笔处女作开始，前前后后已有三十五年，然而把随笔都加上去，竟然只有两万张稿纸的成果，这纪录算是少的，可是出版的册数倒是很多。同一部作品有好几个出版社的版本，全集也出版了四次，连同文库本算下来，现在我已经出版了两百七十三册作品。（到昭和三十五年五月，已有三百六十五册。）

从战后到昭和二十九年十月的六十寿辰之间，我几乎没有创作过小说，我沉迷于英美侦探小说中，发表了大量的相关介绍及评论，甚至将这些作品的笔记集结成一本《类别诡计集成》。战前我只出版了《恶人志愿》和《鬼之言》两本随笔集，但战后除了《幻影城主》、《随笔侦探小说》、《幻影城》、《续·幻影城》四册以外，还将在《宝石》连载中的《侦探小说三十年》的前半内容整理成一本书出版。另外，早川口袋推理丛书的解说文也累积了一册多的量，将在最近出版。战前战后加起来，我等于共写了八册随笔评论。（后来又出了两本随笔集。）

昭和二十九年十月，侦探作家俱乐部、捕物作家俱乐部和二十七日会东京作家俱乐部为我的六十寿诞举办了盛大的庆祝活动。席上我宣布将以一甲子为契机，重新拾笔创作小说，隔年三十年算是某种程度兑现了诺言。此外，我也在同一个活动上公布了将创立江户川乱步奖并捐赠基金百万圆给侦探作家俱乐部的消息。奖品是堀进二先生制作的福尔摩斯像（高二十四厘米的铜像）以及奖金五万圆。去年度由《侦探小说事典》的作者中岛河太郎[①]获得。

自我开始写作以来，日本的侦探小说历经了四轮盛衰。第一轮热潮期是昭和四年到七年。期间，改造社、博文馆、平凡社、春阳堂四家出版社同时出版了国内外的侦探小说全集（各二十卷或二十四卷），个人全集则有《亚森·罗宾全集》、《小酒井不木[②]全集》、《江户川乱步全集》等。

第二次热潮由小栗虫太郎[③]、木木高太郎[④]两位作家催生。春秋社、黑白书房、日本公论社、柳香书院出版了许多国内外侦探小说选集；至于个人全集，有我在平凡社的全集改订本、《甲贺、大下、木木三人全集》二十四卷（春秋社），以及《江户川乱步选集》十卷

[①] 中岛河太郎（1917—1999），日本推理小说评论家。曾以《侦探小说事典》（1955）获得第一届江户川乱步奖，《推理小说展望》（1965）获得第十九届日本推理作家协会奖。
[②] 小酒井不木（1890—1929），日本侦探小说家、翻译家，代表作为《恋爱曲线》。
[③] 小栗虫太郎（1901—1946），日本侦探小说家，代表作有《黑死馆杀人事件》（1934）。
[④] 木木高太郎（1897—1969），日本推理小说家，以《眼跳症》出道（1934），一九三五年凭《人生的傻瓜》获得第四届直木奖。和甲贺三郎展开过关于"侦探小说"的论战。

（新潮社），都是在这个时期推出的。

　　第三次热潮是战后的昭和二十一年到二十四年左右，出版社如雨后春笋，但大多数都是相当外行的小出版社，这些社出版了无以计数的侦探作家旧作。日本作家的全集有雄鸡社的《推理小说丛书》，翻译作品中让人瞩目的有《黑色选书》、《雄鸡推理系列》，个人全集则有《甲贺三郎全集》、《歇洛克·福尔摩斯全集》、《亚森·罗宾全集》。这个时期也出现了号称"战后五人"的五位新人：香山滋①、岛田一男②、山田风太郎③、高木彬光④、大坪砂男⑤。

　　目前正值第四次热潮，早川口袋推理丛书已经出版了一百五十册书籍，远远超出过去的纪录。以此为契机，实力雄厚的大出版社纷纷计划出版国内外的全集。正值第四次热潮期却没有实力派新人崭露头角，令人遗憾，但在如此强烈浪潮的影响下，我想距离划时代新人现身的时日应该也不远了。（其后日本侦探文坛果然又刮来一股小旋风，由松本清张、有马赖义⑥、菊村到⑦等推理小说文坛的作家打头阵。另一方面，获得江户川奖的仁木悦子、多岐川恭（还获得了直木奖）、新章文子等人也大受瞩目，上述作家的单行本中有几册成了售出十几万册的畅销书。推理小说界盛况空前。在《周刊朝

---

① 香山滋（1904—1975），日本推理小说家，以《海鳗庄奇谈》(1947)获得日本侦探作家俱乐部奖新人奖。
② 岛田一男（1907—1996），日本推理小说家，知名的推理作品都以记者为主角。
③ 山田风太郎（1922—2001），日本推理、传奇、时代小说家，日本战后最知名的娱乐小说家之一。
④ 高木彬光（1920—1991），日本推理小说家，代表作品有以名侦探神津恭介为主角的系列作品。
⑤ 大坪砂男（1904—1965），日本推理小说家，代表作有《蝴蝶的行踪》等。
⑥ 有马赖义（1918—1980），日本小说家，以《四万名目击者》获得日本推理作家俱乐部奖。
⑦ 菊村到（1925—1999），日本小说家。

日》及《宝石》共同主办的征文活动中得奖的佐野洋[①]、《宝石》出身的大薮春彦[②]等人也都热心撰写推理小说，较特别的有剧评家户板康二[③]、工学博士桶谷繁雄[④]，两位的作品说是业余其实十分突出。（户板先生以"老演员雅乐侦探谈系列"获得了直木奖。））

（收录于桃源社《欺诈师与空气男》、青蛙房《乱步随笔》）

恶人志愿

真不知是哪根神经搭错了，我更喜爱窃贼与杀人犯的故事。光是阅读窃贼频出的英法两国作家的作品还不满足，甚至兴起自己也写篇犯罪小说过过瘾的念头。

犯罪小说的对立面是侦探小说，现在有人将这两种类别总括起来归入广义的侦探小说中。我以侦探小说家自居，但其实出于前述理由，犯罪小说对我的诱惑更大。

读别人写的东西时不觉得有什么，然而一旦自己构思起犯罪小说，才明白即便说它们是所有虚构小说中最为困难的一类，也不算夸张。它们委实难以应付。

日日夜夜，我沉溺在如何犯下重罪的思考中。侦探小说最重要

[①] 佐野洋（1928—），日本推理小说家。以《华丽的丑闻》（1964）获得第十八届日本推理作家协会奖。
[②] 大薮春彦（1935—1996），日本推理小说家，代表作有《野兽该死》等冷硬派作品，是日本冷硬派小说的先驱。
[③] 户板康二（1915—1993），日本戏剧、歌舞伎评论家，《团十郎切腹事件》（1960）获得第三十五届直木奖，《绿色车厢的孩子》（1976）获得第二十九届日本推理作家协会奖。
[④] 桶谷繁雄（1901—1983），日本金属学者，评论家，翻译过数部推理小说。

的部分在于创造出骇人或奇异的犯罪。只要能完成这一环节，侦探挖出真相的部分可以较为轻松地解决。证据就是，看看被称为充满逻辑推理要素的柯南·道尔的歇洛克·福尔摩斯故事，它乍看之下具有充分的逻辑推理元素，并且呕心沥血地描写侦探过程，可是只要仔细分析，便看得出正是因为犯罪手法离奇古怪，或独树一帜，侦探的表现才得以脱颖而出，如此故事才显得充满逻辑推理的元素及趣味。换言之，有关福尔摩斯的内容几乎没有推理成分。

因此侦探小说最重要的就是创造犯罪。所以侦探小说家日日夜夜，只为了该如何构思出前所未见的（也就是古来的犯罪者还没有实践过的）大犯罪而呕心沥血。

"我这人怎么会善良老实到这个地步呢？"

有时候我会这样夸张地叹息。因为如果我不是个恶人，就无法描写犯罪者的心理，我甚至仰慕起震惊古今的罪大恶极者、犯罪手法出神入化的罪犯了。这是个多么丧心病狂的工作啊！夜阑人静，除了上梁柱偶尔传来倾轧的声音，连老鼠都屏声敛息，此时我仰躺在床上，静静凝神寻思。我琢磨着"该怎样才能不留痕迹地杀人？"这类坏勾当。鲜血淋漓的短刀、细麻绳、毒药，这类杀人道具接连浮现在脑海里。要选择短刀吗，还是六连发手枪？就像杀人犯在杀人前一晚反复审视计划那样，我也一样一遍遍思考着。

这样做就天衣无缝了，绝对不会被看穿——当我想到自信十足的犯罪方法时，那种喜悦真是难以言喻。嗳，满脑子只想着杀人并乐在其中，这样真的好吗？有时候连我自己都不免害怕。

在写一部侦探小说的过程中，我究竟在脑中杀掉了多少男女？假设一个晚上杀掉一个人，一年就杀了三百六十五人，十年杀了三千六百五十人，那么一生呢？而且每一种杀法都非比寻常。是尽可能阴险地、尽可能残虐地、尽可能血淋淋地。噢，神哪，我是个多么可怕的杀人恶魔啊！

　　与其这样，倒不如别写什么侦探小说了，然而我怎样都无法舍弃那种魅力。接着我将每晚的邪恶计划雕琢得更加阴险、残虐。而我此时此刻的愿望，就是想方设法成为更上一层楼的绝世恶人。我之所以悲叹，就是因为我这个人实在善良过头了。

　　鼎鼎大名的杀人魔鬼尤金·阿兰[①]、温莱特[②]、韦伯斯特博士[③]、兰德鲁[④]，以及阿姆斯特朗[⑤]，这几人都是我崇拜的对象。倘若我能有他们一半的邪恶才能，真不知可以写出多么精彩的侦探小说、犯罪小说。我由衷的这么想。

　　为了写下《天花板上的散步者》，我甚至在自家阁楼上散步了一回，我甚至物色起最适合滴下毒药的洞穴。我忽然想到，照这样下去，或许哪一天我非得拿麻绳套住别人的脖子，或是用短刀刺进别人的心脏才肯罢休了。有时候我跟要好的朋友谈天，甚至开始幻想：就算我现在心一横把对方给勒死了，又有谁会怀疑我？

[①] 尤金·阿兰（Eugene Aram），英国史上著名的杀人犯。在担任校长期间连续杀人，在外逃亡长达十四年。最后仍遭到逮捕，于约克郡被处以绞刑。
[②] 托马斯·格里菲斯·温莱特（Thomas Griffiths Wainewright），英国文艺评论家。毒杀祖父、继母、继妹以骗取保险金。一八三一年遭到逮捕，但仅以伪造文书罪被判无期徒刑，最终死于塔斯马尼亚。
[③] 约翰·怀特·韦伯斯特（John White Webster），麻省医科大学的化学、矿物学教授，同时在哈佛大学担任客座讲师。因借贷纠纷杀害了同事乔治·伯克曼教授，最后用研究室的焚烧炉烧毁尸体。一八五〇年被处以绞刑。
[④] 亨利·德西雷·兰德鲁（Henri Desire Landru），强盗杀人犯，诱使许多女性到他的别墅，先夺取她们身上的饰品、金钱等财物后再将其杀害，并将遗体焚毁，据说被害者多达百人。一九一九年，兰德鲁被捕判处死刑。
[⑤] 哈伯特·劳斯·阿姆斯特朗（Herbert Rouse Armstrong），英国退役少校、律师。用砒霜毒死妻子，后又企图以同样的方式毒杀竞争对手马丁律师，于一九二二年被处以绞刑。

一方面我祈望自己是个极尽残虐之能事的恶人，另一方面，我又害怕哪一天我会实践自己的幻想。只要我利用自己的职业，设想出天衣无缝的邪恶计划并且实施，应该不会有败露之虞。正因为如此，我甚至害怕起自己了。

以上就是我的恶人志愿。

收录于博文馆《我的恶人志愿》

幻影城主

某杂志回函的问题里面有一题："请问您在今年见报的案件中最感兴趣的是？"我的回答如下："我从来不曾对真实案件感兴趣，我只在里面看到不堪的现实苦恼。"

最近一发生什么复杂的案件，新闻记者就拜访侦探作家征求意见，这貌似还挺流行的。只不过碰上我这种对社会新闻几乎不闻不问的人，一头雾水之余免不了反过来询问采访记者的来龙去脉，相当冒昧。

很多人都问过我："你小说里的点子，有许多是来自于真实的犯罪案件吧？"而我会这么回答："不，没有一个点子的灵感来自于真实犯罪。它们与我的推理小说之间一点儿关系都没有，它们是另一个世界的东西。因此我一点儿都不觉得犯罪实录这类读物有趣。"

曾有博学的老人仔细地告诉我发生过的珍奇案件。案件的确离奇，也因为老人说得妙趣横生，估计会有一大部分人听得津津有味。但不管是什么样的真实案件，我都不曾从中体会到丝毫乐趣。我是个无可救药的虚拟国度的居民。我喜欢大苏芳年①的残酷画②，对真正的血却没有兴趣。犯罪现场的照片之类的东西，只会令我作呕。

"对我而言，白日里的世界就像虚幻空间，夜晚的梦境才是我的现实。那里有我真实的生活。"爱伦·坡也曾写下过类似的话。"乌羽玉夜幻梦中，怎说白昼诸掠影。"这是几年前谷崎润一郎氏特意为我写的和歌，现在还挂在我家壁龛上。我觉得它与爱伦·坡的话有一脉相通之处，对它爱不释手。

陀思妥耶夫斯基《女房东》的主角奥尔德诺夫"自小就是个闻名街坊的怪人，由于性格古怪孤僻，不但受朋友排挤，还一直受到周遭人刻薄冷漠的对待。"我正好读到这部分，所以引用了这一段，不过陀思妥耶夫斯基的作品中处处可见这样的角色。

读着《女房东》里的句子，勾起了我一股近似乡愁的情绪，我回顾自己的少年时代。彼时的少年，明明比任何人对"他人刻薄冷漠相待"更敏感，却戴上面具掩起内心的波澜，看着似乎很平静，其实内心强烈地厌恶现实。

少年时代的我有个毛病，喜欢夜里在黑暗的城镇里游荡，嘴里喃喃自语。当时我居住在小波山人③的《世界童话故事》里。于我而言，久远时光另一头的异国他乡才是现实世界，是比白日的纸牌游戏更逼真更能激荡我心的地方。我模仿只存在于那个国度中的不同角色的声音，自言自语地谈论远比现实世界更现实的幻影国度的大

---

① 大苏芳年（1839—1892），幕府末期至明治前期的浮世绘大师，以残酷画闻名，被称为"血腥芳年"。
② 残酷画是江户末期到明治时代流行的浮世绘主题，多以戏剧中的杀人场面为主题，描绘血淋淋的场面。
③ 即岩谷小波（1870—1933），日本小说家，儿童文学作家。

小事。可要是夜晚的路上突然冒出个人搭讪我，我就得强迫自己立刻回神，回到这个对我来说极其陌生的现实世界。每到此时，我便会立刻陷入消沉沮丧的情绪中，又成了个怯弱的老实人。

通往我精彩绝伦的梦想国度的交通工具是名为"文字"的船舶，文字对我来说，是存在于另一个世界的神秘。文字以及铅字，那正方形的、冷漠的铅与某些金属制成的合金，宛如异于地球物质的陌生物质。铅字正是通往我梦想国度的珍贵天桥，我深爱着"铅字的非现实性"。

为了凑齐购买铅字的资金，我过了大半年极为自律的生活。我已经不太想得起来具体的条件了，大概是答应父亲早起。到了最后一天，他给了我一大笔奖金，我立刻奔向镇里唯一的铅字店，请店家包了一堆我日思夜想、散发着金属气味、闪闪发光的四号铅字。此外还有几片白木铅字盒，我和朋友抱着它们，回到我四叠半大的房间。

买了铅字、盒子以及一罐印刷墨水后，我的奖金就用光了，所以只得自行制作印刷机械。我在附近的名片印刷厂的店头见过，努力回忆终于想起来木制手押印刷机的制作方法。

我写了一份故事稿件，像印刷工一样挑拣出铅字，模仿植字工将它们排列整齐，用滚筒抹上一遍墨水，压上粗纸，用力按下机器。那不可思议的欢悦，永生难忘。我终于踏上了前往精彩国度的船舶，而且还是那艘美丽船舶的船长。

身体孱弱、精神怯弱又喜爱在自己的幻想世界中神游的少年终于放弃了成为现实世界中某一城城主的愿望，开始着手在幻影之国筑起一城，并成为君临该城的城主。周遭再顽劣凶悍的孩子王也无从攻灭幻影之城。不，他们甚至想不到要登上通往那座城堡的云端天桥。

这样的一个少年就此成长，他会对现实世界的大小事毫无兴趣也是理所当然的，也不会想到要用他的文字造福世人或祸害社会。对他而言，那完全是另一个世界的事。如果小说只能像政治论文为了积极改善人生而写，那他一定会像厌恶"现实"一样，也厌恶起"小说"来。

少年长大成人之后，学会了生活处世（嗳，他多少变得世俗。每次回到梦之国，他总是气愤得握住拳头），开始工作。他担任个人贸易商的经理，或是大公司的职员。工作并不难应付，然而要装出一副地上之城的兵卒享受现实的样子，令他备感痛苦。因为如果没有对现实的执著（至少也得这么假装），就无法胜任营利公司员工的职务了。

他必须从早到晚都居住在现实世界中，留给他的空间只剩夜晚的梦境，这无法满足他的贪婪，他想要更多远离现实世界的时间。因此，当众人欢谈之际，发愣沉默的他在同事看来肯定相当古怪。顾虑到同事的观感，他无法化身为真正的幻影城主。对孤独与幻想的强烈饥渴，令他烦躁难耐。

在某间公司的单身员工宿舍里，他离开分配给他的六叠和室，躲进房间壁柜的上层。因为同事们随时都有可能拉开纸门探头进来，所以即使遨游在幻影之国，他也无法假装不在房间。

他在壁柜漆黑的架子上铺上被褥，躺在上层，一整天不吭一声。他记得很清楚，当时他正在练习德语，壁柜的墙上涂着"Einsamkeit"（孤独）等文字。他肯定也曾为孤独而感到悲哀，却也同时享受着这份孤独。唯有在漆黑的壁柜里，他才是君临梦想国度的幻影城主。

然而身为一名员工，这种随心所欲的生活显然无法和工作圆满调和。他再也待不下去了，主动提出辞职，接下来的日子里不断换工作。在现实世界中找不到容身之处，他悲哀不已。不久，他少年时代的"铅字"船舶归来了，那一刻，他领悟到自己成为幻影城主的宿命，也唯有这里，是他仅有的安身之地。

有一些小说家是为了人类而战的斗士，剩下的大部分小说家也许是从娱乐读者中谋利的艺人。可我就是认为，那种现实而功利的看法只是虚张声势的说辞。所有的小说家，或多或少都是无法适应现实生活的（地面上的），因为更适合成为幻影城的一城之主，才会踏上这条路吧，这是远比任何功利都更重要的因素。

身为幻影城主，我认为我对现实的犯罪案件漠不关心，并非可耻之事。

（《东京日日新闻》，昭和十年十二月）

我的侦探嗜好

听说有读者打听我对处女作的记忆。可这问题在于，与这本杂志差不多同期发行的另一本我也参加的同人杂志里已经出现过了，大部分感想我都写在那里了，所以在此我就稍微回忆一下与生俱来并且让我决定成为侦探小说家的侦探嗜好吧。

我初出茅庐，就写什么回忆，似乎有些不知天高地厚，实在惶恐。不过凡事都有它的趣味所在，听听侦探爱好者的往事，对世间的诸位同好而言，应该也非全然枯燥无味之事吧。

俗话说有什么样的父母就有什么样的孩子，确实有意思，其实我的母亲就非常热爱侦探小说。记得我五六岁时，父亲上班不在，家里的人闲闲无事，祖母就去租来描写家族纠纷之类的小说，而母亲则租来泪香作品，坐在暖炉矮桌旁读起来。

我经常窝在旁边听母亲讲述故事里的情节，在我被潜移默化成为一个侦探爱好者之后，进了小学。记得是三年级的时候，有才艺发表会的活动，我被迫在学生和家长面前表演。当时家里订的是《大阪每日新闻》，那段时间正好连载菊池幽芳①译的侦探小说《秘中之秘》，母亲每天都念给我听，所以我就在才艺发表会上讲了这个故事，记得老师好像几乎没怎么称赞我。后来又发生过几次类似的事。

上小学期间，我读完了所有到手的泪香作品。当时读过的作品，现在读来仍旧趣味盎然，有些作品大概都读了十次以上了。十二三岁的时候，我和外祖母一起去热海泡温泉疗养，在那里的租书店借了《幽灵塔》，看得浑然忘我，我到现在都忘不了那种乐趣。

即将中学毕业的时候，我这个乡巴佬甚至连柯南·道尔的名号都没听过。虽然没听过，但我很喜欢三津木春影②改写自柯南·道尔与弗里曼③作品的"吴田博士系列"。当弗里曼的作品以《奇绝怪绝飞来短剑》的标题刊登在《冒险世界》上时，我连连拍案叫绝。记得有一本《冒险世界》的杂志，某期曾刊登了一部出色的原创侦

---

① 菊池幽芳（1870—1947），日本小说家。
② 三津木春影（1881—1915），日本小说家、翻译家，翻译改写自弗里曼"桑代克博士系列"的《吴田博士》为其代表作。
③ R. 奥斯汀·弗里曼（R.Austin Freeman，1862—1943），英国推理小说家，以"桑代克博士系列"闻名于世。《红拇指印》(*The Red Thumb Mark*, 1907) 是最早将指纹鉴定引入推理小说的作品，《歌唱的白骨》(*The Singing Bone*, 1912) 则是倒叙推理小说的开创之作。

探小说。作者是小杉未醒① 的弟子村山槐多②，那部作品以现今的眼光看也毫不逊色，精彩绝伦。

我开始阅读英文侦探小说，是中学毕业去到东京后的事，那时候我已经开始半工半读了。我没钱买书，只好到图书馆搜刮现成的，所以读到的都是些老作品，杂志也只有《海滨杂志》③ 而已。以现如今的侦探爱好者标准来看，程度颇为幼稚，直到那时我才接触到爱伦·坡的侦探小说。我读到的第一部作品应该是《金甲虫》，记得当时我惊喜得跳了起来，从此真正迷上了侦探小说。我读遍了从图书馆和旧书店弄到的所有英日文侦探小说。可我还是不知道切斯特顿、雷贝尔④、比斯顿⑤，他们的作品都是日后我在《新青年》上才读到的。因此，尽管说读遍了，其实范围小得可怜。但我还是很得意的，还将自己读过的侦探小说制成索引，一边翻一边沾沾自喜，后来也被整理成一本书保留至今。当时我对于暗号等也费了一番心血进行研究，还试着翻译过。当时信手写下的东西，现在也还保留了五六篇。

至于日本的侦探小说，感动我的第一位作者是先前提到的村山槐多，此外还有谷崎润一郎、佐藤春夫，对他们的作品我可以说是喜爱到痴迷的。我是读了《金色之死》以后才关注谷崎作品的，那篇作品与爱伦·坡的某部作品相当近似，我觉得十分有意思（不过

---

① 指小杉放庵（1881—1964），横跨明治、大正、昭和时期的著名油画家。
② 村山槐多（1896—1919），油画家。短篇《恶魔之舌》是日本战前极为著名的幻想怪奇小说。
③《海滨杂志》（*The Strand Magazine*，1891—1950），英国大众杂志，柯南·道尔就是在该杂志连载"福尔摩斯系列"的。
④ 雷贝尔（Maurice Level，1875—1926），法国小说家。
⑤ 比斯顿（L.J.Beeston，1874—1963），英国小说家，代表作有《麦纳斯的夜明珠》。

《金色之死》并非侦探小说）。

我是个天生的侦探爱好者，但从未想过要自己创作。我在学校的专业和文学毫不相干，毕业之后的经历，主要也都和做生意有关。我开过旧书店，还摆过中华拉面摊，从来不曾妄想过要写小说。我将《两分铜币》寄给《新青年》，幸运地被采用，那是我第一次投稿，我觉得运气好极了。

不过此前，我写过两篇没有投出去的稿子。两篇都完成于十几年前，跟最近写的东西一点儿关系也没有。一篇是"续文"，三津木春影在《日本少年》上连载侦探小说，写到一半他去世了，杂志向读者征求创作后半的续集，当时我以玩的心态写了一半，不过没寄出去，直到现在都还留着那份铅笔字原稿。另一篇是约三十页的侦探小说，完成于同一个时期，题为《火绳枪》。我也没有勇气将这篇寄给杂志社，两三年后，机缘巧合我认识了漫画家吉冈鸟平[①]，便将那篇稿子重新誊过，请求他帮我寄给《讲谈俱乐部》或者别的杂志社。我不知道吉冈帮我寄出去没有，总之稿子后来就一直在他那里了。那是一个和杀人有关的故事，杀人事件发生之后，调查人员费了很大的劲儿始终找不到凶手，当侦探揭开蒙着真相的面纱，众人才明白太阳光线直射玻璃圆形花瓶，花瓶成了透镜，在透镜原理的作用下，使恰好摆在一旁的枪支的点火口起火，射出的子弹正中前方的人。我记得后来勒布朗[②]还有另一位英国作家的侦探作品中也采用了同样的诡计，这个诡计我用得比他们两人都早，为此颇感得意。

[①] 吉冈鸟平（1893—1933），活跃于大正、昭和初期的漫画家。
[②] 勒布朗（Maurice Leblanc，1864—1941），法国小说家，怪盗亚森·罗宾系列的作者。

像这样边回忆边写，实在没完没了，就到此打住好了，不过最后我想再记下一则笑话，可以证明我对侦探的痴迷简直到了病入膏肓的地步。那也是许久以前的事了，当时岩井三郎氏[①]的侦探事务所正招聘侦探，而我竟然厚着脸皮上门求职。我坐电车到吴服桥一带下车，走过大马路再往前进一些便是岩井氏气派的三层楼洋馆事务所。递上名片，小厮便领我到豪华的会客室。我战战兢兢等着，所长岩井三郎先生穿着夏天的白色生丝单衣和服出来了。我记得他鹤发童颜，神情中有一股子锐气。我已经不记得我们聊了些什么，但我似乎回答了岩井氏的问题，说明我有多么喜爱"侦探"，对于侦探实务也颇有几分自信。每每回想起来都不由得一阵害臊，但当时我是真心想成为侦探的。

很遗憾，对方并没有录用我，不过想想如果当时我真成了侦探，究竟会是个什么样的侦探？一想到这里就觉得好笑得不得了。

（收录于《恶人志愿》、《我的梦与真实》）

侦探趣味

这里所谓的侦探趣味，是侦探小说式的趣味，要说是猎奇趣味也无妨。也是有人说过的，这是沉溺于猎奇的兴趣。我想只要人还有好奇心，这种爱好就不会有消失的一天。

这一方面意味着怪奇、神秘、恐怖、疯狂、冒险、犯罪等趣味，另一方面也意味着顺利克服这些不可思议、秘密、危险的明快理智

[①] 原为警视厅警察，后开设了日本第一家侦探事务所。

的趣味。这些要素汇合在一起，就构成了侦探趣味。

除了爱伦·坡、柯南·道尔等作家写的侦探小说以外，经常被拿来举例的陀思妥耶夫斯基等作家，也有非常多符合侦探趣味的作品。不，可以说没有一篇文章不带有侦探趣味的。经常有人说"不可以用情节读小说"，这里所说的情节，我认为从某些角度来看，指的就是侦探趣味。

在西方，爱伦·坡被视为侦探小说的鼻祖，但在他之前也有霍夫曼①、巴尔扎克、狄更斯、维多克②的侦探录等；至于东方，日本有大冈政谈③风格的作品，也有鼻祖西鹤④的《樱阴比事》（类似于中国的《棠阴比事》）。记述诈欺故事的有中国的《杜骗新书》、《骗术奇谈》，日本则有《昼夜用心记》、《世间用心记》，总之从相当古老的时代开始就有类似侦探小说的东西了。

论到古老，追溯到更久以前，甚至在神话中也能嗅出侦探趣味。这我在其他文章中也提到过，在日本神话中，例如太阳神天照大神闭关在洞穴中不愿出来的时候，天钿女命在外面跳舞，其他的八百万众神应和着喧哗欢闹，以引诱出天照大神，这就是一种诡计，是侦探小说中常用的元素。有趣的是，爱伦·坡用过相同的诡计写过一篇侦探小说，短篇《失窃的信》中，侦探雇来地痞，让他们在

---

① 霍夫曼（E.T.A.Hoffmann，1772—1822），德国作家、音乐家、评论家，创作了许多带有强烈幻想色彩的小说。
② 维多克（Eugène Françosi Vidocq，1775—1857），法国警察。原来是罪犯，后来成了一名警察，创设巴黎市警察局的前身——巴黎地区犯罪调查局。退休后，开设了第一家私家侦探事务所，后发表《维多克回忆录》（*Mémoires de Vidocq*，1827），该作对后来的侦探小说家产生了巨大的影响。
③ 江户时代的实体录小说，记录大冈忠相在任内进行的各种审判，许多情节为虚构，并非史实。
④ 井原西鹤（1642—1693），江户前期的浮世草子作家及俳人。

屋外大叫"失火了、失火了",趁着主角的注意力被吸引窥看窗外的时候,不着痕迹地取回了关键的信件。在柯南·道尔的《波希米亚丑闻》(A Scandal in Bohemia)等作品中,同样的诡计甚至构成了全篇的中心趣味。虽然是细枝节末,但神话与侦探小说用了相同的诡计,这一点我觉得很有意思。

此外,须佐之男尊①利用八个瓮的诡计消灭大蛇的故事,也可以说带着一种侦探趣味;还有虽然不是神话,但有人类历史以来,在钦明帝②的时代,来自肃慎③的贡使曾经以乌羽上表天皇。不知道乌羽指的是黑布还是黑羽,总之上面什么文字都没有,无人能够解读,朝廷大为困扰;此时朝臣王辰尔将其放到釜上让蒸汽烘烤,顺利读到了内容,此事见于《日本书纪》④。那应该是利用类似今天的隐形墨水所写的暗号,不过从这故事里可以看出侦探趣味的重要元素——暗号,从相当古老的时代开始就有了。

说到暗号,西方的希腊和罗马从古代起就经常使用暗号。据普鲁塔克⑤说,当时国王与上了战场的将军利用一种叫做"密码棒"(Scytale)的东西进行秘密通信。国王与将军各持有一根同样粗细的棒子,写信的将长长的羊皮纸卷在棒子上,在重叠处书写文字,收信的将信纸卷在同样粗细的棒子上阅读。如果没有这根棒子,就读不出内容,如此秘密便无从泄露。西方的暗号发展得非常快,也出版了数量惊人的研究著作。有一段时期,暗号甚至成了宫廷的重要

---

① 日本神话中,太阳神天照大神的弟弟。性格暴戾,因惹怒天照大神而被放逐。
② 钦名天皇,日本第二十九代天皇。
③ 居住于满洲地区的古老狩猎民族。
④ 是日本现存最古老的正史书籍,收录时间从神代至持统天皇为止。
⑤ 普鲁塔克(Plutarch, 46—120),罗马时代的历史学家,著有《希腊罗马名人传》(Parallel Lives)。

技术，像查理一世就亲自构思过新暗号，以此闻名。

话题扯远了，总而言之，构成侦探趣味的元素自古以来就扮演着相当重要的角色。

说到侦探小说，总会给人一种不入流的印象，这个名称害它吃的亏无法估量。侦探这个词语，会直接让人联想到窃贼和刑警，这一点最糟糕。侦探小说的内容不一定就是官兵捉小偷，里头即使有窃贼登场，描写的也是窃贼的心理、侦探精巧的推理，重点并不在窃贼或刑警本身。

侦探小说与学问的关系十分密切。柯南·道尔因为原本是个医生，他的侦探小说里有大量的医学知识，弗里曼的作品中处处可见显微镜。至于日本，我们的同好小酒井不木氏原是医学博士，他的作品称得上是医学侦探小说，独树一帜。侦探小说需要医学、物理、化学、动植物学、法律学等各种学问的支持。心理侦探小说这个名词，意味着侦探运用了心理学的知识。像是弗洛伊德的精神分析学之类的理论，老早就被运用在侦探小说当中了。不，与其这么说，更应该说早在弗洛伊德以前，侦探小说就已经实际应用了精神分析理论。爱伦·坡的《莫格街谋杀案》中，主人公杜宾便通过朋友的眼球转动、动作手势，一一说中了他的想法，这显然就是一种精神分析。

侦探小说与学问关系密切，不光是指这一方面，还有另外的根据，其实研究学问本身就是一项侦探活动，像小酒井博士也有过这样的经验。求学期间，我在学习某一新学科的时候，大都采用富有侦探趣味的方法。我不太常听课，但经常前往图书馆，针对一个问题搜集不同的观点意见，将之综合分析，在这个过程中形成自己的意见，这让我感受到无与伦比的乐趣。这与侦探小说的主人公调查犯罪线索的做法如出一辙。语言的学习也是如此，至少对我来说，一个字一个字地捡拾起异国词汇，解读整体的意义，就是一种侦探趣味。

也有更亲和的例子，比方说只要有两个人在一起，就会有侦探活动。说好听点儿是好奇心，说难听点儿是猜疑心，这完全是人类的天性，它有可能演变成研究心，也可能反过来变成嫉妒心。表面上谈天说地，本意却是为了刺探彼此的想法，不论是何种圣人君子都不能免俗。巧妙地探查出对方的心思，加以善用，就可以在生存竞争中脱颖而出。拙于此道的人，就被归入不识相之流。政治家、外交官、法官，其他种种职业都需要正面意义的侦探技巧。巷弄大杂院的三姑六婆大会，也是一种侦探术的运用，互相刺探左邻右舍的内幕。企业家的商场交锋也有暗流涌动的侦探活动，差别只在于是本着善念还是恶念。

虽然略嫌牵强，不过侦探趣味就是如此普遍而且深刻地根植在人们的心底。而将侦探趣味整理成具体故事形式的侦探小说会如此流行，绝对不是什么荒谬难解的现象。我认为侦探小说理所当然会更加流行。同时，我认为不管是从社会的观点还是从艺术的角度来看，这都不是什么应该排斥的事。

（收录于《恶人志愿》）

迷宫的魅力

智慧环、脑筋急转弯、魔术、配对图案，这一类游戏从孩提时代开始就深深吸引着我们，有着十分特殊的乐趣。将这些变得更加复杂一些、更有深度一些，就成了侦探小说的元素——迷宫。

少年杂志上经常与脑筋急转弯一起刊出迷宫问题的有奖征答，版面上印一张有着复杂曲折小径的图片，询问读者选择哪一条路才能够抵达迷宫的中心。为了误导众人，图片上的小径大多数是死路，想要找出正确的路线，需费尽苦心才行，但也因此乐趣倍增。侦探给一干嫌疑犯排除嫌疑，错了又从头再来，直到终于揪出真凶——可以说将这个过程图像化就能形成一个小径错综的迷宫。从这个意义上说，我的确从迷宫中感受到了极大的乐趣。

将迷宫扩大、具象化成一座建筑，再铺设出小径，就成了八幡不知薮这种展览游乐设施。八幡不知薮是以竹丛隔离的复杂迷宫，参观者在阴暗的竹林小径中怀着可能会迷路的忐忑往前走，途中还会突然跳出妖怪人偶，竹林冷不防沙沙作响，总之是一种非常考验人胆量的游乐设施。近来，这种游乐设施随着窥孔机关、帕诺拉马馆一起销声匿迹了，回溯孩提时代的朦胧记忆，更叫人怀念。

话说回来，迷宫绝不只有刚才提到的八幡不知薮或是少年杂志的有奖征答问题。追本溯源，迷宫其实可以追溯到远古的埃及。古代埃及的迷宫是国王木乃伊的安置所，似乎具有浓厚的宗教意涵。由于必须在有限的面积用最少的费用及劳力，尽可能营造出神秘、庄严的氛围，所以迷宫必定是一部分人苦思冥想的智慧结晶。因为迷宫中有无数小径，即使空间狭小，也能铺设出蜿蜒曲折的参拜道路，营造出恐怖而神秘的氛围。根据希罗多德[①]留下的记录，埃及的迷宫（见图一）是一座巨大的石造建筑物，地上及地下各有

[①] 希罗多德（Herodotus，前485—前420），希腊历史学家。留有现存最古老最完整的历史创作《历史》，被喻为"历史之父"。

图一

一千五百个小房间，通道两侧有无数的雕像，极尽复杂雄伟之能事。

当进入希腊、罗马盛世时，迷宫仍具有相同的宗教意义，各地都会兴土木建造迷宫。大神殿为了让参拜者的信仰更加彻底，似乎会在内部设置一种巡回圣地的巡礼所，就像把善光寺的周游戒坛路线再放大好几倍规模。我过去曾随着善男信女一同进入那宛如天鹅绒般的漆黑洞穴。右手摸着墙壁前进，每碰到柱子，都有种正沿呈螺旋状地形深入内部的错觉，体验到一种无以名状的古怪情绪，可以想象埃及与罗马的迷宫有多么不可思议及神秘，我甚至懊恨起来，怎么没能生在那个时代。

迷宫和宗教脱离关系，游乐的功能被挖掘出来，据说是宗教改革以后的事了。到了这个时代，比起神秘的氛围，解谜的乐趣更加凸显出来。迷宫大都建在郊外，以密生的树丛为隔离的墙壁。多摩川的京王阁有专供儿童探险用的露天迷宫，我就去过。我猜西方的迷宫游乐园应该就是将它的规模扩大为十几倍后的探险场所吧。

西方人，尤其是西方的君王，骨子里的稚气是日本人没有的。历史上的迷宫游乐园代表作是建造于汉普敦宫殿里的扇形迷宫，出自于威廉三世时代的某位设计技师之手。在四分之一英亩的面积中，迷宫中的通道总共约半英里长，而它既然会建在宫殿里，肯定是出于国王的兴趣。不光是汉普敦迷宫，还有许多其他类似的例子，詹姆斯一世似乎也有相同的爱好。想想那位暗号创作的天才查理一世，西方的君王还真有那么些侦探拥趸。

有趣的是，迷宫游戏一流行起来，形形色色破解迷宫的法则就如同雨后春笋冒了出来。有一个方法是不顾三七二十一，从入口开始就用手触摸一边的墙壁，不停往前走，虽然会在死路里折返，绕上不少远路，但最后一定可以抵达迷宫的中心。这就是在善光寺周游戒坛路线时,一定会提醒信徒"右手千万不要离开墙壁"的缘由。

然而复杂的迷宫里常建设所谓的"孤岛",一旦碰上孤岛,摸着墙壁前进的办法就不灵了,反倒只会让你在同一个地方兜圈子。像是地下的石造迷宫之类的,就经常有人饿死在里面。于是又有人想出顺利摆脱"孤岛"的办法,用科学的方法研究迷宫,也很有意思。

鸥外① 的《即兴诗人》② 很著名,费迪利哥带着他进入罗马的地下墓穴(前文的宗教性地下迷宫),却在黑暗中丢失了用来做记号的绳头,故事刚开始,作者就活灵活现地描绘了身陷死亡阴影中的主人公因恐惧而战栗不已的情状;泪香译的《幽灵塔》中,一手创建了高塔的人迷失在亲手建造的迷宫里,尽管向外呼救了却仍命丧高塔的地底。他的呼救声其实几天前就已经传到了外头,外面的人却遍寻不着迷宫的入口,束手无策之下只能眼睁睁地看人饿死在地底下。这个故事令我印象深刻。

我目前正在杂志上连载的小说,打算在结尾添上比《幽灵塔》中的迷宫更可怕有趣的内容。但我担心会不太自然,因为日本没有罗马地下墓穴那样的迷宫。巧的是,最近九州的朋友告诉了我一件趣事。福冈县京都郡的山里,有一座天然的石窟青龙窟③,它过去曾是山贼的巢穴,洞穴本身就是一个深不见底、纵横交错的迷宫。一旦在那座迷宫中迷了路,就永远出不来了,所以众人心生畏惧,一直以来都没有人敢深入调查。直到昭和年间,才有七名福冈的中学生结伴进入探险,果真在里头迷了路,彷徨寻找出口好几日后最终

---

① 指森鸥外(1862—1922),日本近代的大文豪。代表作有《舞姬》等。
②《即兴诗人》(*The Improvisatore*),丹麦童话作家安徒生的成名作,以意大利为舞台的自传性小说。欧外的译本令该作在日本名声大噪,他使用的拟古文体对之后的作家有很大的影响。
③ 位于福冈县京都郡苅田町的钟乳石洞。

饿死在里头（后来官方展开大规模的搜索，才算找到了尸体）。深不见底的洞穴很常见，但青龙窟里面的构造复杂，称得上是不输八幡不知薮的迷宫，就连强壮、敏捷的中学生都在里头迷了路，那简直就是罗马的地下墓穴。我还是第一次听说日本有这样的洞穴。

由此，我深刻体会到，人类的幻想即使再怎么天马行空，只要有足够的耐心，都能在某处寻到它的实例。

（收录于《恶人志愿》）

人偶

1

即使无法爱人，也能爱人偶。人是浮世幻影，人偶才是永恒的生物。这奇特的想法，很久以前就盘踞在我的幻想世界里。这是与我这个犹如幻想生物貘①一般、净靠食梦而活的落伍之人再匹配不过的憧憬吧。

这或许是逃避，也不能否认没有轻微的恋尸癖、恋人偶癖的成分存在，但我觉得本质上还有更不同的东西。

埴轮②到底扮演着什么样的角色？众多美丽的佛像自古以来就吸引了无数的目光，凡俗的喜爱升华成亘古不变的信仰。略一思索，人偶所具备的深不可测的魔力有多么让人震撼便不言自明了。

---

① 中国传说中的生物，据说以食人梦而活。
② 排列在日本古坟顶部与四周的素陶器的总称。有房子形状的、器物形的，动物和人类的，见于三世纪后半叶到六世纪后半叶。

我喜欢去古老的寺院参拜，在古怪的或是美丽的佛像群间流连。立于佛像之中的我，是多么空虚、渺小的存在啊！那些佛像或许不是生物，但比起人类，我觉得它们要真实太多了。

我对人偶并没有特别的记忆，幼时也没怎么玩过。我第一次对人偶发生兴趣，是因为一个草双纸上的诡异故事，但我忘了是母亲还是祖母告诉我的。

一诸侯育有一位公主，每晚都从她的寝室里传出窸窸窣窣的说话声。奶娘无意间听到一次，心生疑念，便站在纸门外偷听，说话的人不知门外有人，兀自喃喃细语不止。

声音是年轻男子的嗓音，呢喃的是甜言蜜语。不，不光如此，听起来两人似乎正同衾共枕。

奶娘隔天将这件事禀告上去，父母震惊不已，"那位矜持娇羞的公主怎么会……"虽然不知道男方的底细，但竟敢大胆私会公主，今晚一定要给他个教训——父亲手提大刀，算准了时机，潜入公主的寝室。侧耳一听，房里果真传出男女互诉衷肠的甜蜜呢喃。父亲冷不防拉开纸门，闯将进去……

万万想不到，睡在公主枕边谈情说爱的居然不是活人，而是一袭娇艳紫色长袖和服的青年人偶，公主平日里一直珍藏在身。人偶说的话，应该是公主自己配上的。最后，说故事的人还告诉我："可是啊，古老的人偶有时候是会生出灵魂的。"

这个恐怖又凄美的故事是我在六七岁的时候听到的，后来一直萦绕在我心头，至今仍忘不了。过去我曾写过一篇叫做《非人之恋》的小说，就是将幼时梦境文字化的结果。

话题扯远了。最近发生了一件令我欣喜非常真实的人偶故事。截至目前，这也是最后一个让我对人偶心动的事。

2

当时,还有报章杂志报道了这件事,在此不赘述详情。昭和四年年底,一位姓大井的人在蒲田的旧货店买到了一尊等身大的女性人偶,听店家讲还颇有些年头了。回家打开箱子一看,那个栩栩如生的美女人偶竟然朝他嫣然一笑,把大井吓疯了。

家人十分害怕,连箱子带人偶一起扔进荒川,然而河水明明流动着,装着人偶的箱子却硬是停在原处,不随水流远去。三番两次的异象把大井的妻子吓得魂飞魄散,无奈之下只得捡回箱子,供奉到附近一座叫地藏院的寺院去。

箱盖上写着"小式部"三个字,应该是人偶的名字,笔迹典雅优美。在寻找人偶原物主的过程中,发现三十年前这属于熊本某士族[①]。据说男子与人偶,一人一偶过着与世隔绝的生活,附近的人曾见过男子亲手为人偶梳理头发,编出各种发型。

于是,我更进一步调查人偶的来历。原来在文化时期[②],吉原的桥本楼有名叫小式部太夫的妓女。同时得到三位武家公子的爱慕,为了对三人尽情义,她委托人偶师雕了三尊和自己一模一样的人偶,分别赠送给三位武家公子。不可思议的是,从制作人偶开始,小式部本人的身体便日渐衰弱,在最后一尊人偶完成的同时,她也随之香消玉殒了。

读到这里,我立刻想起爱伦·坡的《椭圆的画像》(*The Oval*

---

① 明治维新以后,给予江户时代武士阶层的称号。
② 年号之一,时间为一八〇四到一八一七年间。

Portrait），这让我深刻体会到事实与小说之间是有一种神秘的巧合的，这个故事的主人公显然有恋人偶癖。不过，每一想到那名熊本的武士在孤独的住居中为唯一的伴侣人偶梳头发的景象，心下便释然了，心下似能与那名武士产生共鸣。

《今昔妖谈集》这本书中也有非常类似的故事。

"时不可考，京城大阪之诸在职沉溺游乐，大阪竹田山本等工艺师傅，巧制肖人之女人偶（中略），设发条机关，曳手足，活动自如，无异活人。"有个叫菅谷的武士模仿江户的娼妓"白梅"制作人偶。一天晚上，他与人偶耳鬓厮磨之际，问道："白梅呵，卿爱我否？"结果人偶张动嘴巴答道："白梅爱君。"

菅谷大惊，认为是狐狸精作怪，便抓起枕边的短刀将"白梅"人偶一刀砍断。

这事发生在京都，但恰好就在同一时刻，江户吉原的真白梅却遭到生客斩杀惨死（那客人是头一次光顾，根本没有杀人的理由）。

3

人偶是有生命的。如果制作人偶时有参照对象，就会与被参照者共享同一个灵魂。由此，丑时前往神社钉稻草人诅咒他人的迷信，它的出现也绝非偶然。

这类"真人真事"在古书中俯拾皆是。比如女人与木偶交媾生子的事、妇女制作了婴儿人偶哺乳的事。江户中期男色全盛时，也有请人制作肖似宠爱对象的"青年人偶"加以宠爱的，总之这类有趣的传说非常多。

提到人偶有生命，当然会让人联想到文乐① 的人偶。它在创始之初也是非常简单的木偶，但渐渐手指能动了，腹部滚圆了，还完成了让眼珠子、眉毛活动的机关，相当有意思。操偶师也是，一开始隐身幕后操纵的仅有一人，但现在已经进化到三个人一起操纵一个人偶了。

然后那些人偶终于获得了生命。甚至有传说，下戏之后被关在一个房间的人偶，每到夜晚就会窃窃私语。相较于那些人偶，活人演员看起来反而更像假的。看到文乐人偶在舞台上静止不动时那微不可查的呼吸，我经常会冷不防胆战心惊起来。

"夜间后台里，师直与判官② 人偶整夜争执。丑三时入后台，必能见异象，此真确之事。断首于架上睁眼，断臂染上血绵之绯红，有怒有笑，此本摹写人之灵魂也。"甚至有这类煞有介事的描述。

常听说昔日的人偶师在制作时必倾注全副心血，丝毫不马虎。比如戴着斗笠的木雕人偶，斗笠部分经不住时日的磨损损坏了，仔细一看额头以上该有的头发、皱纹竟也一丝不苟地雕刻了出来。还有和服摆饰上的刺青，也被完整雕刻出来了，很有意思。

现在也仍旧有如此一丝不苟的人偶师。我在浅草的花屋敷③ 闲逛的时候，有时候会因被猛地吓住而停下脚步。因为随意摆在庭院角落的人偶让我误以为是真人，微笑着向对方打招呼却回我以面无表情，景象实在太诡异了。那是种会让人发疯的恐怖。

我对花屋敷的人偶赞叹有加（我想是因为当时我在报纸上连载

---

① 日本传统人偶剧，配合净琉璃、三味线伴奏演出。
② 指文乐及歌舞伎戏曲《假名手本忠臣藏》中的角色高师直与监督判官，师直爱上判官之妻，二人由此发生冲突。
③ 是日本最古老的游乐园，于一八三五年开园。

《一寸法师》，作品需要之故），遂向馆方人员请教人偶师的身份，对方告诉我人偶师是山本福松氏。我因为生性腼腆，便托友人代访福松氏，请教了许多问题。

4

由于人偶的需求逐渐减少，人偶师也日渐凋零，但东京大概还留有三家左右的人偶师工房。安本龟八的第某代，我自小就耳熟能详，尽管现在已不亲手制作，但仍会指导弟子雕刻人偶。在目前的人偶师中，我认为山本福松氏应归入传统的精细人偶师之流。

幕府末年，泉目吉的残酷人偶很有名。

  本所回向院前有人偶师。此人精于制作幽灵首级等。天保初年，将其制作之物展示于两国。有溺死者、缢死者，问斩之女子首级发系于枝，其状鲜血淋漓。又有亡者收于棺，盖破而尸身半露。又有赤裸之人，身数处负伤，咽喉一带插刀，周身染血，两眼暴睁，咬牙切齿云云。

这与月冈芳年[①] 的血腥画相互呼应，是江户末期风行的残忍作品。类似于此的展示物，在我的少年时代，明治四十年前后还有一些。我看到的是与先前提到的八幡不知薮（迷宫）组合在一起的展览设施。在幽暗的竹林迷宫中战战兢兢地前进，会碰到铁路平交道，铁路上散

[①] 月冈芳年（1839—1892），日本浮世绘画家。除了让乱步心醉的残酷画作之外，还留下历史画、美人画、风俗画等杰作。

落着刚被火车辗死的、四分五裂的血淋淋的残破尸体。尽管既下流又诡异，却又无比吸引人。我甚至还去看了两三次。

我托友人将这件事告诉现代的山本福松氏，问他现在还会制作那一类的人偶吗？他说："现在已经不允许做那种东西，好像也没人喜欢了。可如果有人订制，也是会做。"

我曾在《蜘蛛男》这部连载小说中虚构了一个人偶工厂。福松氏读后问我："那是不是以我家为蓝本写的？"细问之下，原来我的幻想与实际情况并没有太多出入。

活人偶脑袋的底料是桐木，在上头精心雕刻出每一条细微的皱纹，涂上粉后加以细细打磨。朋友告诉我，福松氏家所有的橱柜里都摆着这样的脑袋，那情景实在叫人毛骨悚然，背脊发凉。

然而福松氏家橱柜的骇人还远不及蜡像工厂柜子里的。这也是我麻烦同一位朋友拜访东京的五六家蜡像工厂后转述给我的，展示橱窗里的人偶、医药人偶、卫生博览会的人偶，还有餐饮店的玻璃窗里陈列的餐点样本，都是在那里制作的。

据说工厂里面的架子上，完成了一半的苍白古怪的蜡像脑袋堆积如山，那眼睛仿佛长在活人脸上，直勾勾瞪着来人的情景，叫人心生说不出的恐怖。

蜡像制作并不复杂，只有原料配方才有机密，制作方法其实非常简单。除了特别的情况，听说都是直接在模型上抹石膏或洋菜，根据成品的形状于内侧一层层地上蜡。

5

制作躯干也一样，女性蜡像的话，就直接在女模特儿身上涂抹石膏。这样比委托美术家雕刻更要省事，也可以制作出更逼真的蜡像。

关于蜡像有许多奇闻趣事。蜡像就像前面说的，成品很薄，也有一些弹性，在舞台上可以利用蜡像完美地演出两人一角。

舞台上同时出现两个长得一模一样的人。例如约翰斯顿·麦卡利①的《双胞胎复仇记》(*The Avenging Twins*)之类的作品，我一直以为只能在电影中实现，但如果利用蜡像面具，就可以在舞台上演出了。事实上猿之助②与花柳章太郎③就在舞台上用蜡像面具，获得了某种程度的成功。

方法是在演员的脸上涂一层石膏，像拓印死亡面具似的制作活人面具。然后让另一名演员把面具戴上，再让两人同时出现在舞台上。由于不能说话，所以观众看到的只是有两个长相完全相同的人站在舞台上而已。即使如此，如果是侦探剧之类的演出，岂不是再适合不过的道具了吗？

虽然有点儿难以置信，但这其实是真事。因此，蜡像其实完全可以以假乱真，如此就能理解了。

啰啰唆唆的，篇幅快不够了，最后我再说一件蜡像的事好了。一名青年上门拜访某家蜡像工厂（我想应该是名苍白内向的青年吧）。他有一张模特儿的照片，希望工厂制作一尊等人大的全裸女蜡像。长相与身材要和照片上的一模一样，姿势必须是仰躺的。青年描述完毕后问制作费用需要多少？

---

① 约翰斯顿·麦卡利（Johnston McCulley, 1883—1958），美国小说家，最出名的作品是《蒙面侠佐罗》（*The Mark of Zorro*）系列，乱步说到的《双胞胎复仇记》是他在一九二二年发表的长篇小说。
② 市川猿之助，歌舞伎演员，乱步指的应该是第二代猿之助（1888—1993）。
③ 花柳章太郎（1894—1965），日本演艺界屈指可数的新派女演员。

工人跟他说了个概数（我猜应该是两百圆左右），由于比预想中的昂贵太多，青年死了心，无精打采地回去了。这是真人真事。

这件事相当有意思，有莫大的想象空间。不，也许这是一宗令人背脊发凉的恐怖杀人事件呢。我在这篇文章里写的都是些恋人偶癖、血腥残破的人偶等，十分低俗的事。但这些另当别论，从佛像到机关人偶，只要是人偶，我都能从当中感受到无限的魅力。

如果我有足够的财力，我想把自古以来名匠雕刻的佛像、古代人偶、能面具，还有现代的活人偶、蜡像等各式人偶关在一个房间里。隔断阳光，悄声和他们细细谈论另一个世界。

（收录于《幻影城主》）

透镜爱好症

我想那是中学一年级的事。我得了一种类似忧郁症的病，把自己关在二楼的房间里。忧郁症的人害怕阳光，我顾忌着家人，关上窗外的遮雨窗，在黑暗中思考天体和宇宙。当时父亲的书架上摆着通俗的天文学书，我通过它们理解了宇宙的浩瀚，地球的渺小，觉得自己简直形同蝼蚁。忧郁症的原因一部分也来自于这里，不过当时中学的课业对我毫无意义，我满脑子只想着天体。当然，是肉眼看不见的太阳系另一头的天体。

当我这样发着呆，无意间看到外头的景色透过遮雨窗的洞孔倒映在纸门上。茂盛的树枝青翠无比，连一片片叶子都非常清晰小巧地倒映出来。屋瓦的颜色也异于肉眼所见，鲜艳极了，在屋顶和树叶底下延展开来的天空美得叫人赞叹（倒映在那里的景色是上下颠倒的)。就像帕诺拉马馆的背景，像颜料一样的蓝色中，娇小的白云像小虫爬行般蠕动着。

我久久地观察这微小的倒影，起身打开了纸门。景象随着纸门的开启而改变着，变成一半、三分之一，然后消失不见了。投射出景象的洞孔化成了一根乳白色的棒子，斜切过黑暗的房间，在榻榻米上投映出白热的一点。

我盯着那根光棒。它是乳白色的，因为里面浮动着无数的灰尘，灰尘真是美极了。仔细一看，它们有彩虹般的光辉。宛如根根汗毛的灰尘散发出红宝石的赤红色，有的灰尘是晴空般的深邃蓝色，有的灰尘则是孔雀羽毛的紫色。

当时我父亲正从事专利代理人的工作，为了检查精密的仪器，办公室里添置了许多大透镜。我正好将一个直径约三寸的厚透镜拿到二楼房间来，把它放在洞孔射进来的光棒底下。我调整焦点，灼烧纸张，玩一些孩子幼稚的恶作剧，此时我忽然发现天花板上有什么巨大得吓人的东西正隐隐蠕动着。

那简直就是怪物。我以为是幻觉，以为自己神智失常了，禁不住大吃一惊。

可仔细查看一番后，根本没什么。洞孔的光线圆圆地投射在榻榻米上的一点，而透镜偶然水平地摆在那道光正上方，被扩大成数百倍的榻榻米纹路倒映在天花板上，如此罢了。

透镜下榻榻米表面的每一根蔺草都粗壮如天花板的木板，连表面泛黄却还带着些许青绿色的特征都一清二楚，那景象简直就是中了鸦片毒者的骇人梦境。

即使清楚这是透镜的恶作剧，我还是莫名地害怕起来。竟然害怕起这东西，大多数人或许觉得好笑，可我当时是真心感到恐惧。

那一刻的惊愕甚至从此颠覆了我的世界观，这才是我人生中的大事。

这话一点儿都不夸张。我再没有勇气站在那可以将东西放大成数十倍的凹面镜面前，每当凹面镜出现在我眼前时，我就尖叫着逃走。同样，接触显微镜时我也必须特别鼓起勇气。透镜的魔力带给我旁人无从想象的恐惧。而因为恐惧，我也对它更感到惊奇、好奇。

我也喜爱望远镜、照相机、幻灯机这些东西，经常把玩，但切身体验到透镜这玩意儿的恐怖与魅力，当时是头一遭。所以我才能够如此清楚地记着近三十年前发生的陈年往事。

从此以后直到今天，我对透镜的恐惧与兴趣丝毫未减。少年时代我沉迷于各种透镜游戏中。开始写小说以后，我也借着这些体验，写下了《镜地狱》等其他与透镜有关的小说。等自己的孩子长大上了小学高年级以后，比起孩子，不如说是我这个做父亲的更兴冲冲地买了天体望远镜回来，拿着它整日眺望地上的风景；或是与孩子一起用小型电影机械做各种实验，乐在其中。

就在两个月以前，东京的某家大报（我忘了是哪家报纸了）大幅报道美国天体望远镜的两百吋[①]透镜已经完成了一半，我要对那位报社编辑表达我的敬意。不是只有战争、外交、股市的消息才算得上是新闻。两百吋的透镜，能将宇宙扩大到难以想象的倍数，人类的视野顿时拓宽了许多，我们可以看到以前根本看不到的东西。这可是让全体人类从瞎子变成明眼人的大事。它的意义，绝非战争能够相提并论的。

威尔逊山[②]上直径约两米五的望远镜，都不知道让我们看到了多

[①] 一吋约等于零点零二五米。
[②] 指 Mount Wilson Observatory，位于美国加州威尔逊山上的天文台。

少新的宇宙，说它让我们的宇宙观为之一变也不为过，而这次竟然出现了两百吋的望远镜。那可是直径有好几十张榻榻米长的、惊人的透镜。当它正式上阵的时候，出现在我们视野里的将是什么呢？而我们的宇宙观、物理学、哲学将会因为一个透镜而受到多么大的影响，继而产生怎样的改变？据说它将在三年后完成，即使无法亲眼看到它，光是为了得知学者透过它观察宇宙的结果，我就一定要活到那时候。

（收录于《幻影城主》、《我的梦与真实》）

泪香心醉

当时是明治三十二年左右（我六七岁时。我出生于明治二十七年十月，三重县名张町，本籍是同县津市）。父亲担任名古屋商业会议所的法律顾问，每天出门上班，应酬也不少。当他不在的秋日长夜，祖母和母亲在做腻了针线活的时候，经常会在起居间的石油灯下，各自读起小说来。当时是租书店业最繁荣的时期，祖母喜欢租一些描写望族继承权纠纷的讲谈本，而母亲则喜欢泪香的侦探小说（我是母亲十八岁时生下的孩子，所以当时母亲才二十三四岁）。我窝在读书的两人身边，偷看泪香作品上的恐怖插图，聆听母亲对图片的简单说明。可那时候的我还不明白侦探小说的乐趣所在，母亲也没有把侦探小说的大致情节转述给年幼的我。

第一次体会到侦探小说的乐趣，应该是小学三年级的时候。我算了一下，那是日俄战争前，明治三十六年的事。我沉迷于严谷小波山人的世界童话的大铅字里，还读不了报纸，不过天生爱好小说的母亲每天都会读报纸上的小说给我听，每天听母亲念故事，是我的一大乐趣。

当时大阪每日新闻正连载菊池幽芳译的《秘中之秘》，那是一部非常悬疑刺激的侦探小说，正是母亲喜欢的。一边看插图，一边听母亲念故事，是我无上欢喜的事。我还没有去查《秘中之秘》的原作是什么，但以旧式的怪奇侦探小说而言，它相当精彩，足以让初次接触这类作品的我沉迷其中。

当时，正好小学举办了每年一次的才艺发表会，我从三年级生当中被挑选出来表演一些节目。当老师这么交代的时候，我心里立刻决定了要讲《秘中之秘》的故事。发表会时教室拆下纸门，几个小房间连成一大间，除了全校师生以外，也邀请家长前来，场面热闹非凡。我穿上黑色与淡灰色相间的粗直纹米琉① 绸布的和服上衣、裤裙，站在讲坛上。我很喜欢这件米琉和服鲜明艳丽的花纹，昂首阔步走上讲台。这是我生平第一次在人前演讲，内容还是复杂万分的成人小说，我没考虑怎样讲听众才爱听，而是自顾自说着，情节也说得颠三倒四。我是自己意识到失败的，走下了讲台。

我自行读起泪香的侦探小说，是高等小学二年级（现在的小学六年级）的时候，中学一二年级之间，我都沉醉在泪香的作品中。当时的少年都是循着小波山人的童话故事、押川春浪② 的冒险小说的顺序阅读，我也不例外，一样喜欢春浪。但我记得比喜欢上春浪的时间晚一些，就迷上了泪香，看春浪的同时，也对泪香爱不释手。春浪满足我对武侠冒险的嗜好，而泪香满足了我对怪奇恐怖的兴趣。

---

① 米泽琉球绸的简称，出产自米泽。
② 押川春浪（1876—1914），日本小说家。创作了许多科幻小说和冒险小说，是日本冒险小说创作者先驱。

从那时候开始，我将每个月订购的杂志从《日本少年》换成了《冒险世界》（春浪主笔），这类杂志和春浪的单行本我几乎都是在自家附近的新刊书店买的。由于时代的原因，泪香初期的侦探作品新刊书店几乎买不到，我是从租书店借的。我成了离家不远的一家大租书店的常客，当时租书店里最有人气的作家是泪香与村上浪六①，这两位作家的小说，不管哪家租书店的架子上都非常齐全。

　　我已经不记得我读的第一部泪香作品是什么了。不过上小学以后，母亲应该比较详细地告诉过我泪香作品的情节，后来再读就是极自然的事了。我召集了附近的孩子，把泪香的故事说给他们听。应该是刚进中学不久，邻近的同年好友比我早看了《严窟王》、《呓无情》②，十分震撼，推荐我也去读。当时我尚未读过这两部大作，便立刻租来看，看得浑然忘我。可是比起这两部作品，我记忆更为深刻的却是《幽灵塔》。是因为它的内容与读它时的情境联结在一起，让我留下特别深刻的印象吧。

　　中学一年级的暑假，我的外祖母去热海温泉疗养，邀我一块儿去，于是我便跟着她一起踏上生平第一趟长途旅行。丹那隧道要到很久以后才开通，当时小田原一带过去都还是轻便的铁路，铁轨上的火车头让我觉得稀奇极了，只看得到巨大的烟囱突兀地耸立着，像一个玩具。与现在的热海相比，当时的简直就是乡下的温泉浴场。我们在那里泡汤、去海边游泳、拍照，住了一个月。某个雨天，为了排遣无聊，我去热海的租书店借来了菊判③共三册的《幽灵塔》读了起来，恐怖与精彩的内容立刻掳获了我。放晴之后我也不想去

---

① 村上浪六（1865—1944），日本小说家，以描写侠客为主角的作品风靡于世。
②《严窟王》改写自大仲马的《基督山伯爵》，《呓无情》改写自雨果的《悲惨世界》。
③ 长约二十一点八厘米，宽约十五点二厘米的书籍。

海边，躺在房间里整整两天，废寝忘食地读着。等我从热海回来，回顾这场旅行，最深刻的竟然不是温泉、不是大海、不是轻便铁路、更不是新鲜的鱼类，而是就算不去热海应该也读得到的《幽灵塔》。我自少年开始，就已经能领略虚构世界的美妙了。

因此，中学一二年级的时候，我就读完泪香的作品了。中学毕业时，父亲事业破产，远渡朝鲜。而我立志半工半读，通过了早稻田大学预科插班考试。从明治四十五年（大正元年）夏天起，大约一年之间，我上学之余在汤岛天神宫下的一家小印刷厂打杂、当抄写员，根本没有读小说的时间。不过到了大正二年春天左右，外祖母在牛込喜久井町租了幢小房子，把我接去一起住，暂时不必赚钱养活自己的我，又从喜久井町的租书店租来泪香的作品重新再读。

说到大正二年，我虚岁二十，却不可思议地未曾与文学界发生任何关系。中学时我在报纸连载上读了两三部夏目漱石的作品，后来一发不可收拾，系统地读了不少。尾崎红叶[①]、幸田露伴[②]、泉镜花[③] 等人的老作品（露伴的《对骷髅》、镜花的《夜行巡查》等作品让当时年幼的我深受感动。那时还不曾接触过广津柳浪[④] 的作品），也读了不少以田山花袋[⑤] 的《蒲团》为首的日本自然主义文学作品，遗憾的是这类自然主义小说根本吸引不了我。对我来说，那只是有许多性爱描写场面的小说，我对这类宛如性生活日记般的内

[①] 尾崎红叶（1868—1903），日本明治时期的小说家，最知名的作品是未完成的遗作《金色夜叉》。
[②] 幸田露伴（1867—1947），日本小说家，和尾崎同期的作家，两人活跃的年代称为"红露时代"，代表作有《五重塔》等。
[③] 泉镜花（1873—1939），日本小说家，深受江户文艺影响，是日本幻想小说的先驱，代表作有《外科室》等。
[④] 广津柳浪（1861—1928），日本小说家，代表作有《今户中心》等。
[⑤] 田山花袋（1872—1930），日本小说家，是自然主义派的代表之一，重要作品有《蒲团》等。

容提不起兴趣。可能那时候我就觉得纯文学很无聊,渐渐地不再关注了,终于对文坛的状况一无所知了。仔细回想一下,谷崎润一郎在《新思潮》发表《刺青》、《麒麟》是明治四十三年的事,那时候我已上了中学四年级,却完全不知道文坛的新文学运动。犹记得中学的国文老师说:"这阵有个叫谷崎的年轻作家专写些不正经的小说,还很出名,我劝你们最好别去读那种不三不四的东西。"可是我却连"既然那么不三不四,我也来看看好了"的念头都没有。

上了大学以后,我也读了一些翻译的俄国文学,但我是个穷学生,没时间也没钱,所以没能成为文学青年。大学我也选了政治经济系,对文学则毫无兴趣,从这里也可以看出我当时的性格吧。我开始沉迷于《中央公论》的小说专栏,是大学毕业一两年后,二十五六岁时的事。第一次读到谷崎润一郎的小说,也是大学毕业的隔年,大正六年,二十四岁的时候。

说到这里,我认为对喜好思考、热爱文艺的人来说,在当时的日本没有就读官立大学①到高等学校,是毕生的不幸。高校时代(当时的制度是寻常小学四年、高等小学四年,读完高等小学两年后可以参加中学入学考试。然后是中学五年,高等学校三年,大学三年)正值对自己以及人生产生深刻疑惑的烦恼多发期,也是探索哲学、文学等先人思考历程的欲望最为旺盛的时期。在这三年之间,需要一位适当的指导者,相互启发的同学,努力增进语学能力,大部分时间都应花在阅览古今内外名著上。对于没有经历过这种高等学校时代的人来说,这样的一段经历着实非常有吸引力。在这段期间通过广泛涉猎阅读形成的文学素养,终生受用,也会成为未曾进

---

① 日本大学依学制改革前的大学令而设置的旧制大学。

入高等学校以及进了但并非如此规划的人之间的一条分水岭。

我正准备参加高等学校入学考试的时候正逢父亲破产，我打消了当时难以靠半工半读就学的官立学校，而志愿去读没有兼职限制的私学。（老实说，因为我老是请假，中学成绩不是很好，反而对于可以不必参加高校考试感到庆幸。）但我中途插班进了早大预科，实际上只读了一年多，而且还是半工半读，没时间也没钱买书，根本想不到要广泛涉猎先人著作。进入大学部以后，欠缺基础素养的同时，对专门学问发生了兴趣，忙于此道，终究没有时间去涉猎一般文化素养了。

（收录于岩谷书店《侦探小说三十年》、桃源社《侦探小说四十年》）

我的搜集志愿

我这一生中最感兴趣的两件事，就是搜集侦探小说和同性恋文献。仔细想想，我在这两件事上面耗费了最多时间。这两件事要说是所谓的"男子奋斗终生的理想"，委实令人汗颜之至，但事实就是如此，我也并未因此感到懊悔。反正这只是虚幻浮世的短暂人生，无论此生寄托在什么上面，差别都不大——出于少年时代就有的想法，我对此并不感到后悔。

其实我并不想在这短暂的浮世栖身之处盖房子或搜集什么，但若非完全单身，是无法贯彻这种活法的。就像认为这是虚幻的浮世而妥协一般，我也放弃了彻底实践青年时代理想的想法。然后我以一个平凡老头的身份，迎接不久后即将到来的六十岁，是我青年时代无比轻蔑的六十岁。

　　只要有了房子，就会往里填充东西，其中也包括了我的收藏品。我搜集同性恋文献的动机，说来有些好笑，是因为有共鸣的人太少了。侦探小说最初也是鲜有共鸣的，因而魅力无穷，但后来侦探小说大行其道，我便失了大半的兴致。战后，关于同性恋的研究随笔也大量出版，这个主题也失去了一两成的魅力。

　　世界上同性恋文献最为丰富的是古希腊，还有日本从室町① 到江户中期的这段时期。古希腊的珍本实在不是我高攀得起的，所以这部分我满足于希英对译的洛布古典丛书②（我也想过以此为契机学习希腊语，但毅力不够），并想到可以搜集更容易入手的日本文献。此后的二十五年来，我一直留心搜购。当然，我将其当成一场幻梦浮世的游戏。

　　在这场游戏中，有一位不得不提的人，他给了我很正面的刺激，虽然不是很有名，但他比我年轻，却在战时就已经过世，这个人就是岩田准一③。他极为一板一眼，既有书志学家的脾性，又有搜集癖好，就是他唤起了我潜藏的搜集爱好。青年时代的我虽极爱看书，但从来不会把书籍当宝贝收藏，不过从那时候开始，尽管我搬家了数十次（都是虚幻浮世的暂时居所），却会将自己写下的手稿装进行囊带走。由此而延展开来的搜集习惯——不仅收藏自己的还搜罗其他作家的作品，或许也是理所当然的事。

　　岩田对同性恋文献也很感兴趣，所以我们把它当成被常人忽略

---

① 日本的第二个幕府时期。
② 洛布古典丛书（*Loeb Classical Library*），哈佛大学出版社出版的以希腊文、拉丁文写成的西方古典文献。
③ 岩田准一（1900—1945），日本画家、风俗研究家，和乱步有深交。

却只专属两人的秘密，后来甚至孩子气地比起同性恋文献的收藏数量来，就这样过了二十五年。岩田已经过世了，但我直到现在仍孤独地、一如既往地搜罗该主题的文献。我并非只专注于这件事，所以方式颇为草率，只不过经过二十五年漫长岁月的积累，数量是不容小觑的。浮世草子①、八文字屋本②之类的书籍（全是原版）累积了相当可观的分量，也有许多珍本。（不过没有春宫画。）

在《D坂杀人事件》中，我描写了明智小五郎房间里的书本堆积如山，而他坐在书山中的场景，这原是我爱好杂乱性格的体现。可开始搜集古籍珍本后，我发现书会受虫蛀，必须加以维护才行。这实在不合我的性子，到了最近，为了防止线装书受到虫蛀，我为每本书订制桐箱，或手工制作的厚纸箱，将书放入箱中再陈列在架子上。为了能一目了然，还在那数以百计的盒子侧面，以工整的毛笔字写上书名，煞费周章。在旁人看来，我似乎是个一板一眼的人，但我的一板一眼其实是刻意的。像是成为《侦探小说三十年》参考的"贴杂簿"，其实那不是我一板一眼的证据，反倒是治疗我粗心大意性格最对症的药物。

另一个"我"嘲笑说，在"虚幻浮世"珍藏被虫蛀的书籍又如何？但那也不过是一种作为游戏的执著罢了。

编辑部希望我谈谈自己的古籍嗜好，成文后竟成了这种文不对题的内容，还望读者及编辑见谅。

（收录于《浮世为梦》）

---

① 江户小说的一种类型，以花街、剧场为中心，描写商人的生活。
② 八文字屋为江户时代位于京都的书店，因出版浮世草子而大为兴隆。

害怕的东西

有句落语叫"可怕的豆沙包"[①]，里面提到一个古老的传说，据说人这一辈子都会害怕第一个踩过埋着自己胞衣的土地的东西。在我还小的时候，这个传说还在坊间流传，而我祖母也经常提起。实际上，有些地方真的会在生产之后将胞衣埋到地里。

第一个踩过我胞衣的好像是只蜘蛛，第一个踩过我父亲胞衣的似乎也是蜘蛛。

父亲曾对年幼的我说过一件事。少年父亲跟着藩中重臣的祖父，穿上小小的武士礼服去谒见将军，当时是明治二三年左右。父亲独自经过武家大宅古老的大房间，看到泛黑的墙上攀着一只巨大的蜘蛛，墙上的大怪物吓得年少的父亲呆怔在原地。毕竟是武士的孩子，即使害怕也没有逃跑。他不知道从哪儿找来一把长枪，除下枪鞘，大喝一声刺穿了墙上怪物那浑圆隆起的臀部。

怪物流下的血是黑色的还是红色的，父亲并没有告诉我。

父亲说，那只蜘蛛光是躯干就有茶碗大。我的故乡是暖地，所以我想现在老房子里应该还有那样的大蜘蛛出没。据说那只巨大的蜘蛛被父亲用长枪贯穿，钉在墙上，情状骇人地痛苦挣扎，两只巨大的白眼恶狠狠地瞪着父亲。

当天晚上父亲就发烧了。从此以后，不管多么小的蜘蛛，都会吓得他魂飞魄散。祖母解释说，第一个爬过父亲胞衣的东西肯定是蜘蛛，如果是蛇，父亲就会像怕蜘蛛那样怕蛇了。

[①] 落语中有名的段子。

父亲对蜘蛛的恐惧到了中年也没有好转。如果有小蜘蛛爬过榻榻米上,他没办法自己处理,便会叫来家人杀掉或捉去丢掉。父亲四十岁左右的时候发生了一件事。母亲和家里人尽管知道父亲怕蜘蛛,但由于自己不怎么害怕,常常不记得,有一次甚至犯下了不得了的过错。

当时流行一种章鱼及蜘蛛玩具,直径约两寸,脚是用卷成螺旋状的铁丝做成的。在竹竿上绑上线,再将红色的章鱼或黑色的蜘蛛玩具系上去,像钓竿那样晃动竹竿,螺旋铁丝做成的八只脚就会颤动不止,看起来像真的一样。

那时,有人送了蜘蛛玩具给我年幼的弟弟。弟弟拿着玩具,一早就去了还在睡梦中的父亲卧房,似乎是想炫耀,把它放在父亲的脸上抖动着玩。

睡眼惺忪的父亲以为是真正的大蜘蛛,以为漆黑的怪物从天花板上坠着蜘蛛丝垂降到额头上了。

父亲惨叫一声,从床上跳了起来,然后叫来母亲,恶狠狠地训斥了她一顿。听说父亲吓得面无血色,浑身发抖。我记得父亲后来还是发了烧,躺了两三天。

我继承了父亲的恐惧。据祖母的说法,第一个爬过我胞衣的东西就是蜘蛛。当时我家有一本古老的线装书,是日本名胜画集。其中有一幅跨页插图,画着蜘蛛怪被消灭的图画。一个身穿甲胄的武士,一刀劈向结在天空下的巨大蜘蛛网,网里的蜘蛛怪比人还要大,从上方袭击武士。

年幼的我喜欢一边听祖母说,一边翻书,每到蜘蛛怪的那一页我会跳过去。有时候越怕越想看,会忍不住偷看一下,但每次都毛骨悚然。一想到那本书里有这张图,就连书本身都恐怖起来了。

说到蜘蛛的可怕，多足这一点最叫人头皮发麻。不论是抻直腿关节，身体高高拱起，撅着饱满浑圆的臀部迅速前进的圆蜘蛛，还是披着和墙壁同色的外衣，像一片云雾飞速掠过墙面的扁蜘蛛，都叫人浑身不对劲儿。当然不能忘了将巢筑在院子树枝上的蜘蛛女郎，它有着色彩艳毒的外表，喜欢将八条腿两两紧紧并拢，猛一看似乎只有四条腿，静静守在半空中，那模样也叫人恶心至极。恍惚间，那并拢的腿似乎是人凝固在嘴角的笑，着实诡异极了。

章鱼也是多脚的，但我不怕那软绵绵的生物。其实真正恐怖的，是腿上有很多关节，沙沙沙迅速移动的样子，所以我还讨厌虾、螃蟹之类的多足生物。话说回来，像蜈蚣、蚰蜒之类的生物也会让我害怕，但却不像蜘蛛那样让我恐惧到骨子里。而大多数人惧怕的蛇那种摇来摆去的生物，我却丝毫不觉得恐怖，甚至还觉得蛇有一种魅力。

少年的我也非常害怕蟋蟀。不是黑色的阎魔蟋蟀，而是体形更大、躯干和腿部都分布着褐色条纹，脚很长，会跳跃着前进的那种。

我梦见过蟋蟀，那也是我做过的最可怕的梦。这样的梦我做过好几次，所以晚上经常怕得不敢睡觉。

当时我家院子的格局是所谓的"坪之内"，建筑物和围墙圈出来一个四方形的狭小庭院。梦里，我来到了这座庭院。

天空不是白昼也不是夜晚，而是梦中才有的晦暗色泽。一样看不出形状的陌生物体以惊人的速度从天空朝我坠落，它越来越近，等到离我只有一臂远的上方我才看清那是一只蟋蟀。原本只有豆粒大的蟋蟀一眨眼竟变得巨大无比，它的躯体占据了院子上方的四角天空，以泰山压顶之势向我袭来。

那玩意儿全身遍布女人和服腰带粗的褐色条纹。从底下往上看，蟋蟀的腹部占满了我一双眼瞳，是那最让人恶心的腹部。

我记得蟋蟀的腿是六条，然而梦里的那只蟋蟀似乎有更多条腿。那些腿以腹部为中心，朝四面八方伸展出去。至腹部的腿根部褐色转淡，显得异样白皙。那淡白色的腿从一丛密密麻麻的茸毛中往外伸展，看到这样的景象，一股无法形容的骇然在胸口不断扩散开来。

而最令人恐惧得发抖的部位被放大到实物的几十倍，朝我头顶压迫下来。那时候梦里的我全身动弹不得，似乎被鬼压床了。那个长着很多只脚的恶心腹部蠕动着，眼看着就要触到我的脸颊。就要被那恶心的腹部压扁的我不由得尖叫出声，惊醒过来。然而家中一片寂静，我的眼前只有一片黑暗。

我想不会有人了解我害怕可爱的蟋蟀的缘由。可是回顾我少年时代的梦境，再也没有比出现蟋蟀的梦境更叫我害怕的了。

不管是蜘蛛还是蟋蟀，现在我都不害怕了。我敢亲自拿纸捏起它们扔掉。可少年时代害怕的东西不再感到害怕，这让我深感遗憾。

我小时候害怕鬼怪，害怕夜里经过墓地。然而长到十几二十几岁时，对蜘蛛的恐惧还没有消失，对墓地的恐惧却已经不见踪影了。朋友们说深夜经过空荡荡的墓地还是很可怕的，我却完全不觉得害怕，算是一种遗憾吧。到了约十年前，我连蜘蛛也不怎么怕了，我几乎失去了所有少年时代害怕的东西。

成年之后，人会变得世俗，失了少年特有的敏感，像这样变得不再害怕，其实是失去了少年纤细敏感的缘故，我一点儿都不感到庆幸。我想变得更加害怕。想对稀松平常、只让人觉得好笑的东西更加害怕不已。

（昭和二十八年四月《完结小说集》增刊号）

变身愿望

　　我曾经想过写一个人变成书的故事。不过后来这个点子没用在成人短篇里，而是在少年读物的一个故事里稍微涉及了一下。至于魔术的"机关"，其实很简单，把西方的大辞典，像大英百科全书、世纪百科，或是日本平凡社的百科事典也行，请专家将这些厚词典一本本粘在一起，然后像龟甲一样背在背上。之后人走进大书架，背朝外蜷缩起手脚躺下。从外面看，架子上就像并排着许多大辞典，实际上却是一个人屏声敛息躲在里面。这个点子真的很荒唐，可是怪奇小说有时候就是从这类可笑的点子中找到灵感的。

　　以前我曾写过"人椅"的故事。这篇作品也是，点子荒诞到极点，但就是从"如果人可以变成椅子一定很有意思"的想法开始天马行空的想象的，添枝加叶，完成了《人间椅子》这样的一篇小说，它在当时获得了相当的好评。

　　人类并不满足于原有的自己。想变成俊美的王子、骑士，或变成美丽的公主，这是人类最朴素的愿望。因此，要说有俊男美女、英雄豪杰出场的通俗小说就是为了满足这种愿望而生的也不为过。

　　孩童的梦想更为自由奔放。很遗憾，现今的童话并非如此。以前的童话里有许多人类被魔法师变成石像、怪物、鸟类等的情节。人类就是这样，终日期盼能变成其他的东西。

　　如果人的身躯能缩小至一寸左右，一定很有趣，这样的幻想自古就存在。像民间传说中的"一寸法师"，就以缝衣针为配刀、拿碗当小舟。江户时代的色情书刊里面有一个"豆男"的故事。男子借助仙术缩小至一寸大小，因为不会被人发现便可以躲进美女的胸脯里,或是神不知鬼不觉地钻进浪荡子弟的衣袖里,见闻种种风流韵事。西方色情书刊的"跳蚤人"故事亦有异曲同工之妙,只是其行为更加放肆不拘。既已变成跳蚤大小,便可以一寸寸走遍雄壮如大山脉般的人类肉体的每一个部位。

"真想变成木板,变成浴槽的木板,触摸心上人的肌肤呀。"这是古希腊的戏谑诗,我想日本也有类似的诗歌。在某些情况下,人的确会渴望变成浴槽木板的。

变身愿望的高尚表现,如化身为神佛,神明能化身成任何事物。神明化身为全身长满烂疮的乞丐,考验人类的善心,对伸出援手的人授予无尽的福报;神明化身为鸟兽虫鱼。神明是人类理想的象征,所以这种变身、化身之术,想必正是人类最为渴望的理想,也是人类爱好"化身"的佐证之一。

回溯世界文学史,自古以来就有一类可称之为"变形谭"的作品。我认为若从历史的角度研究一定很有意思,但现在我还不具备这样的智慧。至于近来的作品,在这一年之间,我读到了两部非常精彩的现代变形谭,一个是卡夫卡的《变形记》(*Die Verwandlung*),另一个是法国现代作家马歇尔·埃梅① 的《变貌记》(*La Belle Image*)。不过这两部作品都不是以变身愿望为主题,而是描写了主人公被迫变身,从悲剧的角度阐释了"变回自身"的迫切愿望。

前一部作品众所皆知,这里我只简单介绍一下后者。这部埃梅的作品非常新,一九五一年才由伽利玛出版社(Ditions Gallimard)首次出版。我读的是哈波出版社的英译本。虽然它出版成单行本,

---

① 马歇尔·埃梅(Marcel Aymé, 1902—1967),法国小说家、剧作家,代表作有《穿墙记》(*Le Passe-Muraille*)等。

但分量更接近中篇。

一个有妻室的中年商人某天突然变身成一个才二十几岁的帅气青年。当时他想领取证件，在政府办事大厅的柜台前递上自己的照片，工作人员对他的外表提出质疑。

"你是不是错拿了别人的照片？""不，这是我的照片。"工作人员以为他是疯子。照片上是一位五六十岁、头发稀疏、皮肤松弛的中年男子，而眼前站的却是位二十几岁、朝气蓬勃的帅气青年。他不是在恶作剧，就是个疯子。职员认为是后者，就把他轰了回去。男子一头雾水，回家的路上，无意间看到自己投映在橱窗上的面孔，大吃了一惊。他以为自己的眼睛出了毛病，看了一次又一次，但那的确是自己没错，不知何时自己竟变身成了一位自己完全陌生的帅气青年。从"变身愿望"来看，这个人应该喜出望外的，但他是一个有钱、有地位、有妻儿的普通人，反而高兴不起来了，他只觉得不安极了。这要是孑然一身的虚无主义者或是有犯罪倾向的人物，一定会欣喜若狂，但一个脚踏实地的好公民是高兴不起来的。他害怕回家，因为妻子绝对认不出自己。

男子无可奈何，先找了好友述说来龙去脉，但好友不相信。在这个现实世界里，不可能发生那种只在童话中存在的变身魔术。好友反而心生疑念，怀疑编出这种说辞的人其实是把有钱的商人监禁在某处，或是已经对商人下了毒手，图谋取代商人，夺取他的财产。好友是个诗人，熟知两人一角的犯罪诡计。

这里穿插一点侦探小说的基本常识，埃梅并非侦探作家，但这部作品中有许多侦探小说的元素。像谷崎润一郎的《友田与松永的故事》，还有我的短篇《一人两角》，埃梅的点子就是把我们的点子反过来使用的结果。

变身男实在不知该如何是好。他没有勇气以一个没有人脉、没有合法身份、空有一张帅气面孔的现状从头开始。他舍不得财产，也舍不得妻子。他绞尽脑汁，终于想到了一个办法。他在自己居住的公寓楼里又租了一个房间，以另一个人的名义住进去，并诱惑自己的妻子，试图掳获她的芳心。因为自己的前身，也就是妻子的丈夫，已经不存在这个世上了，不必担心有人阻挠。他计划最后和妻子结婚，回归原本的家庭。不管怎么想，他都只能这么做了。

于是他不得不面对一个古怪的境地，以别人的身份与自己的妻子再次恋爱。这也是在我的旧作《一人两角》《石榴》中，最让我感兴趣的部分。商人的妻子是大美女，而且有些水性杨花，因此商人的计划几乎不费力就成功了。妻子上钩的时候，男子的心情真是说不出的古怪。自己的妻子对自己不忠，而她外遇的对象就是自己。身为帅气青年的欢喜与作为前夫的愤怒，两种情绪交织在一起了。

这场不忠的恋情不能让孩子或邻居察觉，因此两人自然都约在外头见面。幽会的次数一多，终于有一天被诗人好友看到两人手牵手散步的场景了。诗人当时的表情说出了一切，他一定是觉得帅气青年的恶计终于得逞了，商人的妻子投进他的怀抱。青年想夺走好友的财产和妻子，这可不能坐视不管。而且，好友下落不明，一周、十天过去仍然没有音信，看来情况很不简单，那个长相俊美的流氓肯定杀害了我的朋友，我不能放任下去，只能报警，要警方调查了——变身男认定了诗人的心思。

左思右想之下，变身男决定和妻子私奔到一个没人认识他们的地方去。为了达到这个目的，他需要编出许多巧妙的说辞，但他认为说服妻子问题不大；就在他两头煎熬着的时候，就像突然从噩梦中醒过来了似的，魔法解除，他恢复原状了。当时他人正在餐厅瞌睡，醒来的时候，镜子里的依旧是五十岁中年商人的面孔。他松了一口气，安心之余心里竟冒出一种惋惜不舍的情绪，一生一次的冒险就这么结束了。

他以商人的身份回到家里，推说先前的音讯全无是突然有急事出国处理了。帅气青年从此下落不明，商人恢复了原本的生活。然而作者描写了一种奇妙的心理，参与了妻子不忠经历的中年商人，当生活恢复原状后心理无论如何都无法平复。妻子三缄其口，神色自然，找不到丝毫出轨的痕迹。男子也不着痕迹地观察着她，他的心情与其说是憎恨，更接近怜悯。因为奸夫就是自己，他也不生气，反而有一股异样的好奇。这是借助变身的虚构情节才可能产生的一种奇特的心理状态。我深深喜爱这类虚构故事。

我还读过另一部英译的埃梅作品，也非常有趣。一个普通的上班族，一天头上突然冒出了一圈光环，就是神明头上的那种光环。这是神明对于信仰虔诚的上班族的嘉许，但对上班族而言，却是一场大灾难。他没办法行走在路上，因为行人纷纷止步指着他笑。他先用大帽子遮住，进了公司办公室也戴着帽子。可是这种遮掩也不是长久之计。无论到哪儿他都会遭到耻笑，被妻子唾骂，他诅咒起神明赐予的荣光。走投无路之下想出一计，为了让光环消失，他打算触怒神明，也就是行罪恶之事。他从撒谎开始，一步步靠近邪恶的魔鬼，但不论他犯下什么样的罪，光环就是不消失。男子继续犯下更重的罪、更骇人的罪，就是这样一个故事……我真想再多读一些埃梅的作品。

言归正传，埃梅的《变貌记》描述的是变身带来的烦恼不便，虽然前半部分不明显，但里面也提到变身的魅力。即使描写的是变身的烦恼，但一个从不曾幻想过"变身"的作者，是写不出这种小说的。

人类的变身愿望是很普遍的，光从化妆一事就可以看出来，因为化妆也算得上是一种变身。年少的我曾与朋友一起玩演戏的游戏，借来女性服装，在镜子前面化妆，当时心里那异样的雀跃甚至让我感到惊异。而演员就是受这种愿望的指引，将"变身"变成自己的职业，以便每一天都可以数次变身成他人。

侦探小说中的"变装"情节同样满足了人们的变身愿望。作为诡计的易容术，现在当然没什么意思了，但变装本身仍旧魅力十足。变装小说的巅峰之作，应该是故事里出现了描写通过整形外科实现彻底的改头换面的情节吧。代表作品有战前安东尼·艾伯特[①]策划、以《总统侦探小说》（$The\ President's\ Mystery$）的书名出版的合作小说。关于这部作品，我已经提过许多次，所以不再重复，不过通过整形外科变成另一个人是可能的。这可说是现代的忍术、隐身衣吧。从这个意义来看，变身愿望也与"隐身衣愿望"有一脉相通之处。

（收录于早川书房《续·幻影城》、社会思想研究会《侦探小说之谜》）

[①] 安东尼·艾伯特（Anthony Abbot，1893—1952），美国推理小说家。

变装术

罪犯与侦探通过千变万化的变装术相互较劲，在年少的我的记忆中，印象最为深刻的是《吉格玛》①这部电影。那种可以说是神出鬼没的痛快滋味，与立川文库的猿飞佐助②的忍术妙趣类似，我将热爱这类事物的心理命名为"隐身衣愿望"。人类在心底深处埋藏着一个愿望，希望自己变成与现实截然不同的另一人。自古以来就有一种统称为"变形谭"的文学形式，就是最好的证据。而与此类心理相呼应的最新故事，就是卡夫卡的《变形记》、马歇尔·埃梅的《变貌记》。

侦探小说中，"变装"是最古老也是最初级的手法，人们认定它是荒唐的，因为现实世界中，乔装几乎是能被一眼识破的，那不过是故事罢了——这无疑是常识。不过也不能说一概全是如此，最早萌发飞机设想的人，也受到众人的嘲笑；关于光线杀人之类武器的设想，同样被视为天方夜谭。然而现今飞机已成为日常之物，核弹爆炸也可视为光线杀人梦想的实现。如此，终有一日，原本荒诞无稽的事物也许都无奇妙之处。这该说是现实世界辩证法式的转换吗？我认为这个时代，"变装"也许不再是梦想了。

事实上，前阵子持卡宾枪抢劫的主犯大津③，警方就是假设他有可能易容成老人或女人的前提下进行调查的。然而等嫌犯落网，才发现他其实没怎么乔装，但警方是很严肃看待"变装"这个可能性的。

---

① 《吉格玛》(*Zigomar*)，是由法国作家里昂·萨吉（Leno Sazie）创作的一系列怪盗小说。
② 是立川文库创造出来的小说英雄，名气很大。
③ 指发生在一九五四年六月的集团抢劫事件，主谋为当时二十八岁的前保安队队员大津健一。

近代的"变装"逐渐与整形外科挂上钩了。只要肯花钱，就可以借助外科手术变成几乎不同的另一个人。我在新近作品《续·幻影城》中的《异常犯罪动机》以及《变装愿望》的章节详细讨论了外科整容。不过这不光是小说家的空想，西方就有好几个现实的罪犯亲身实践的例子。如果将单眼皮割成双眼皮、插入象牙隆鼻的美容外科手术应用在全身的每一个部位，彻底变成另一个人也不是空想。颧骨突出的人可以把骨头削低，宽下巴的人也可以把骨头削细。平肩的人一样可以运用削骨术变成垂肩。反过来在这些部位插入象牙等异物，应该也可以隆高颊骨、拉宽额头，或让肩膀耸起来一些。

为了让眼睛看起来不同，佩戴墨镜或在眼睛上扎一条眼带的方法已经过时了，现在只要用与角膜密切贴合的透明树脂镜片就行了，很多运动员用它替代眼镜。透明树脂可以上色，因此也能自由改变虹彩的大小及颜色。变装中在技术上最难处理的眼睛变化也可以解决了。至于头发与眉毛，有脱毛、植毛、染毛等技术可以运用。

性别转换这回事，也可以说是广义上的"变装"。近年来通过外科手术，男人可以变成女人，女人可以变成男人。这在西方和日本都有实例。男娼的女装虽然十分精妙，但只要脱光衣服，立刻就会露出马脚。可是通过外科手术变成女性后就不必担心这一点了。手术后的男人会逐渐转化为女人吧，体毛变淡，乳房渐渐隆起。我曾经与一个在夜总会驻唱的歌手谈过，他是通过外科手术从男人变成女人的，其整容几乎可以说是完美，他成了彻底的女人。现如今连性别转换都已经不难实现了。

（收录于《浮世为梦》）

推理交友录

战争时期，推理作家彼此都疏远了。我虽然与住在附近的大下[1]保持往来，与水谷[2]也偶尔见面，但和其他的东京作家见面的机会就相当少了。然而随着战后推理小说日渐蓬勃，见面的机会一下子多了起来。我们成立了侦探作家俱乐部，每个月的土曜会都会碰面，自由出版社的每月招待会也都一定出席。此外还有各种招待会、座谈会、试映会等，称得上三天两头就碰面。如果这些活动全都参加，大概每一星期或五天就能见到一位同好，因此我们密切地交流意见、报告写作近况等，以至于其他领域的作家羡慕地说：推理作家们真是团结啊。

我经常在这些活动中碰到的有大下、木木、延原[3]、水谷、角田[4]、城[5]、渡边[6]、守友[7]等人。海野[8]因为疾病缠身，被医生禁止外出，去年之后一次也没再露面，但经常有同伴前去探望。住在首都以外地区的作家，与我鱼雁往返最为频繁的是高知县的森下先生、冈山县

---

[1] 大下宇陀儿（1896—1966），日本推理小说家，一九二五年出道，和乱步同为《新青年》上的人气作家。以《石头下的记录》（1951）获得第四届侦探作家俱乐部奖。
[2] 水谷准（1904—2001），日本推理小说家、编辑、翻译，曾任《新青年》总编辑。《某场决斗》（1952）获得第五届推理作家协会奖（短篇部分）。
[3] 延原谦（1892—1977），日本推理小说编辑、翻译。曾任《新青年》总编辑，翻译了"福尔摩斯系列"，也是最早把克里斯蒂介绍给日本读者的人。
[4] 角田喜久雄（1906—1994），日本小说家。活跃于推理小说、时代小说、传奇小说等领域。《吹笛就会有人死》（1958）获得第十一届侦探作家俱乐部奖。
[5] 城昌幸（1904—1976），日本小说家、诗人、编辑。
[6] 渡边启助（1901—2002），日本推理作家。代表作有《地狱横丁》等。
[7] 守友恒（1903—？），日本推理作家，作品甚少。
[8] 海野十三（1897—1949），日本推理、科幻小说家，一九二八年以《电气浴室的怪死事件》出道，被视为日本科幻小说的始祖之一。

的横沟、神户的西田①、山形县的井上英三②等人。

除了这些熟人以外，十几、二十年没见的人，或是只知道大名，但从来没机会见面的老推理作家，这阵子也经常碰见了。我每星期六下午会到位于银座交询社五楼的侦探作家俱乐部办公室上班，有时候会有一些非常难得的贵客造访。像昨天星期六，才刚从满洲回国的葛山二郎③就光临了。我与他是初次会面，葛山长年在满洲经营建筑方面的事业，战败之后毕生心血也付之一炬。他和妻子及两个孩子目前暂住在撤退合宿所，日子过得很紧张。他是名著《买红漆的女子》以及《自胯下窥看》的作者，他说今后想专注于推理小说创作，我认为大可期待。

两周前的星期六也来了两位贵客。一位是以前京都《猎奇》杂志的同好，也是《猎奇》的编辑主力河东茂生（本名加藤重男，《猎奇》时代的笔名是滋冈透），没想到十几年后他突然露面了。大正末期，我刚开始写推理小说时，与大阪每日新闻的星野龙绪（春日野绿）组办了侦探趣味会，当时就读京都同志社大学的河东也加入了我们，结果他人在九州的父母还写信向星野抗议"请不要将小犬拐入歧途"。当年的翩翩少年河东如今也已年逾四十，他战时以新闻记者的身份在南京前线活动，出现在我面前的时候，一张晒得黝黑的面孔，脸上的精悍之色尚未退去。他现在在旅游和出版事业方面十分活跃，希望他能尽情发挥才智，有所大成。

---

① 西田政治（1893—1984），日本推理小说家、翻译家。曾任关西侦探作家俱乐部会长、侦探作家俱乐部关西支部部长。
② 井上英三（1902—1947），日本文学者、翻译家。
③ 葛山二郎（1902—1994），日本推理小说家。

当天九点，赤沼三郎①前来东京拜访俱乐部，我和赤沼也是初会。光看作品风格实在想象不出他竟是一位温厚的白面绅士，他从九州帝大毕业后，一直在当地的高等农林（？）学校教书。战时出版了南方开拓先驱的传记小说，是文部省推荐的图书，获得极高的社会评价。他现在同样投入了推理小说的创作，也是今后大有可期的作家之一。他早年出版的推理小说处女作《恶魔启示录》，这阵子刚由京都海鸥书房出版单行本。

我还见到了《船富家的惨剧》的作者苍井雄②，也是初次会面。苍井约三个月前因公务从大阪前来东京，顺道到俱乐部转转，后来又来了一次，我们总共见了两次。他是关西配电的技师，也是位性格温厚的优雅绅士。他擅长创作日本难得一见的英式风格本格长篇。我估计最近苍井的力作就会在各杂志上刊出，他是我心里"侦探小说之鬼"群体中最为欣赏的作家之一。

在《宝石》杂志中获奖的诸位新人中，岛田一男、岩田赞③两位最常来俱乐部，而住在远地的人，像广岛的鬼怒川浩④曾经来过东京一次，拜访了舍下及俱乐部。他也是位活跃的本格派分子，我建议他在广岛也组织一个土曜会。

往年的评论名家野上徹夫⑤（电影评论家辻久一）在战争期间一直以军人的身份住在中国。他一回国，立刻成了大映京都摄影所的制作人，策划了许多由推理小说及心理悬疑作品改编而成的

---

① 赤沼三郎（1909—？），战前活跃于《新青年》的侦探作家，战后历任福冈大学教授、理事。
② 苍井雄（1909—1975），日本推理小说家。他的《船富家的惨剧》是日本推理小说史上第一篇使用了火车时刻表诡计的作品。
③ 岩田赞（1909—1985），日本推理小说家。
④ 鬼怒川浩（1913—1973），日本推理小说家。
⑤ 野上徹夫（1914—1981），本名辻久一，著名的电影评论家、制片人。

电影。一个月前来到东京时,他特意来到舍下,告诉我最近正构思拍摄一部情节类似伊登·菲尔伯茨①《黑暗之声》(*A Voice from the Dark*)的电影。我建议他再像过去那样撰写推理小说评论,他说他会继续写评论,但想更进一步尝试创作推理小说。这又是一件令人期待万分的事。

此外,约两个星期前,作家稻垣足穗②暌违十年来访舍下。这位过去的银纸星星天文学及白铁玩具国度的诗人,战后在《新潮》发表了《我的机械》等充满异趣味的人工宇宙幻想作品,但众人皆知,稻垣的幻想作品与推理小说有着一脉相承之处。

上个月三十日,我在意外的地方碰上了难得的人物。当时我出席正冈容③主办的落语研究三十日会,在人形町末广亭的后台,和小先生、圆生、马乐④等人一起,与落语爱好家的花柳章太郎、莺亭金升⑤、伊藤晴雨⑥诸君同席。席间,坐在一角身着高级麻织碎花和服、留着半白胡须的老绅士,向我寒暄说他就是羽志主人⑦。说到推理作家羽志主人,若非相当老资格的读者应该不知道,距今二十年前,他在《新青年》发表了堪称社会主义推理小说的《监狱牢房》,博得好评。后来他也发表了几篇短篇,但他的本职是医生,可能忙于工作,不知不觉间与推理小说疏远了。他现在仍是医生,比起推理小说,如今更沉迷于落语的历史典故。我请他到土曜会来坐

---

① 伊登·菲尔伯茨(Eden Phillpotts,1892—1960),英国推理小说家,代表作有《红发的雷德梅因家族》(*The Red Redmaynes*,1922)。
② 稻垣足穗(1900—1977),日本小说家,代表作有《一千一秒物语》(1923)等。
③ 正冈容(1904—1958),日本作家、落语寄席小说家。
④ 第五代柳家小、第六代三游亭圆生、第六代蝶花楼马乐,都是当时知名的落语家。
⑤ 莺亭金升(1868—1954),日本记者,留有许多传统艺能、文艺相关的评论。
⑥ 伊藤晴雨(1882—1961),日本画家。
⑦ 羽志主人(1884—1957),日本医生,曾在《新青年》发表过《监狱牢房》。

坐，就此道别了。

我用大篇幅交代了阔别未见的旧友们，关于战后的新推理朋友们，得加快介绍节奏了。因为战后认识的新朋友实在太多了。

侦探作家俱乐部的会员有不同领域专家的推理小说爱好者，除了先前介绍的熟人外，还有干事野村胡堂①、星野龙绪两位，会员有乾信一郎②、武野藤介③、纳言恭平④、菊田一夫⑤、大仓烨子⑥诸位；纯文学方面有坂口安吾⑦的朋友平野谦⑧、荒正人⑨两位热心人士主动加入了俱乐部，而历史小说家高木卓⑩也次次出席土曜会。坂口是外国本格推理小说（尤其是克里斯蒂）的爱好者，造诣颇深，他自己也写推理小说（发表在《日本小说》的《不连续杀人事件》）。荒和平野两位则是支持推理小说的文艺评论家，特别是荒，他向我预告不久后将发表关于推理小说的评论。

俱乐部会员中的教授阵容，庆大教授兼作家的木木就不用提了，此外还有前任台北帝大心理学教授、现任东京高等检察厅检察官、

---

① 野村胡堂（1883—1963），日本小说家，最知名的作品是《钱形平次捕物帐》。
② 乾信一郎（1906—2000），日本小说家、编辑、翻译。
③ 武野藤介（1889—1966），日本小说家，以许多搞笑小说为人所知。
④ 纳言恭平（1900—1949），日本小说家，多创作时代小说。
⑤ 菊田一夫（1908—1973），日本作词家、剧作家，留下许多名戏，对日本大众演剧有很大的影响。
⑥ 大仓烨子（1886—1960），日本小说家，是日本第一位女性侦探小说家。
⑦ 坂口安吾（1906—1949），日本小说家，战后无赖派代表作家，有推理小说作品《不连续杀人事件》。
⑧ 平野谦（1907—1978），日本文艺评论家。
⑨ 荒正人（1913—1979），日本文艺评论家，担任过江户川乱步奖评委。
⑩ 高木卓（1907—1974），日本历史小说家、德国文学和音乐研究家。

东大讲师的植松正①，一高英文学教授岛田谨二②，同校德语系的高木卓，专攻英美近代文学的早大教授铃木幸夫③，前任早大高等学院教授二宫荣三等。其中铃木教授已经透露他想挑战心理性的推理小说的心思，植松检察官也是《太阳写真报》④评奖作品的大众评审（全都是名士）之一。我写这篇稿子的时候，植松来电说他想知道奎因的推理小说评分表的项目，我便用电话念出杂志《悬案传奇》⑤的那一页给他听。他说他想在进行《太阳写真报》评审投票的时候，制作评分项目表，请各评审填写，以便知道评审的具体内容。因为有已故滨尾四郎⑥检察官的例子，木木和我都鼓励植松也试着创作推理小说。

此外，与推理小说关系最为密切的法医学，有东大古畑博士⑦、东京医大河田博士这两名权威担任名誉会员，他们也经常出席土曜会。古畑先生是已故小酒井不木博士的好友，因此与我也算老交情了。教授阵容中不可遗漏的还有早大心理学的户川行男⑧教授（测谎器的发明者）以及法大心理学的波多野完治⑨教授。两位也都是推理小说的支持者，偶尔也会出席土曜会。

再回过头看会员中的检察官阵容，也都是些响当当的人物。名

---

① 植松正（1906—1999），日本刑法学者。
② 岛田谨二（1901—1993），日本比较文学、英美文学研究者。
③ 铃木幸夫（1912—1986），日本英国文学研究者，翻译了许多推理小说。
④ 指《サン写真新闻》，一九四六年创刊，是日本第一份小报形式的晚报，内容以搭配照片的报道为主，一九六〇年停刊，对日本后来的晚报影响巨大。
⑤ 《悬案传奇》（*Mystery League*），埃勒里·奎因创办的侦探小说杂志，只出了四期。
⑥ 滨尾四郎（1896—1935），日本律师、侦探小说家、贵族院议员。代表作有《杀人鬼》等。
⑦ 古畑种基（1891—1975），日本法医学的开创者之一。
⑧ 户川行男（1903—1992），日本临床心理学者，日本临床心理学理论和技术的开创者。
⑨ 波多野完治（1905—2001），日本心理学者。

誉会员最高检察厅检察官桥本乾三氏①是大力支持推理小说的前卫检察官。他担任横滨检事局次席检察官时经常招待我们这些作家，安排我们在辖内警察署举行座谈会、参观真实犯罪案件的调查等，帮了我们不少忙，现在也经常在土曜会上露面。还有前面介绍过的植松检察官，我和他经常在各种座谈会上碰面，逐渐熟悉起来。

另一方面，警视厅则有搜查第一课长堀崎繁嘉氏担任名誉会员，他在战时担任中丰岛区目白警察署署长，所以区内举办活动时，我们经常碰面。而且他与住在目白署辖区内的大下宇陀儿过从甚密，因此曾为推理作家们安排了大规模的警视厅参观活动、与刑事部各课长进行座谈等，后来我与堀崎氏见面的机会渐渐增加了。最近大下和我曾去刑事教习所进行课外授课，还有我单独与堀崎课长的对谈会。稍早之前还在《星期日每日》上举办了一次纸上推理问答活动，由课长出题，大下、木木和我写下解答等，堀崎课长先进开放的观念，叫我佩服得五体投地。

俱乐部会员当中，还有一群和电影相关的人士。有东宝电影的植草甚一②、电影评论家及《明星》编辑双叶十三郎③、大映的制作人加贺四郎、辻久一、编剧高岩肇④、导演久松静儿⑤等。其中植草与前面提到的二宫荣三是会员中数一数二的外国推理小说通。我希望这方面的会员能够多一些，进一步巩固推理小说与电影的关系。

---

① 桥本乾三（1901—1983），日本检察官、认证官。
② 植草甚一（1908—1979），日本电影、爵士、英美文学评论家。一九七九年曾以评论集《熬夜写推理小说吧》获得日本推理作家协会奖。
③ 双叶十三郎（1910—2009），日本电影评论家、翻译家，是日本战后最早介绍美国冷硬派小说的人。
④ 高岩肇（1910—？），日本电影编剧，曾改编过许多推理、悬疑电影的剧本。
⑤ 久松静儿（1912—1990），日本电影导演。

除此之外，会员中较特殊的成员还有前任将棋名人木村氏、德川梦声①、市川小太夫②、插画家岩田专太郎③、日本魔术联盟的长谷川智④等。长谷川有时候会在土曜会上表演魔术，但后来大病了一场，有时间没露面了。真希望早点儿看到他康复后的可亲笑容。

——罗列，实在没有止境，以上就是我目前的推理交友录。

（收录于《浮世为梦》）

感谢之词

平素我就说既然是六十年一次的生日，就大肆庆祝一把吧。结果就如同各位知道的，在侦探作家俱乐部、捕物作家俱乐部、二十七日会东京作家俱乐部主办下，再加上这三个俱乐部以外的我的亲朋好友，总共来了一百多位宾客。看来战后我似乎太招摇了些。因为寄赠酒品等细节，为三个俱乐部的诸位作家添了许多麻烦；而揽下主持工作的各位也熬夜工作了两三晚，真叫我过意不去。由于诸位的尽心尽力，我欢度了一场别开生面的豪华生日会。唯一遗憾的是会场的扩音设备不佳，原本想播放的各前辈的录音演讲几乎听不到了，只好中途更改节目，几乎都是舞台的余兴表演。关于这部分，尽管我三十年来的好友大下宇陀儿精彩地主持了节目，但再怎么高明的主持人，面对那样多的人，靠着那样的麦克风，也不得不

---

① 德川梦声（1894—1971），日本艺人、辩士、演员、广播电视主持人、作家。
② 第二代市川小太夫（1902—1976），歌舞伎演员。
③ 岩田专太郎（1901—1974），日本画家。
④ 长谷川智（1915—1955），魔术师，日本魔术联盟的创始人。

当机立断，中止演讲。

当晚由于人数众多，有些宾客我无法周到地一一致谢，因此借这个机会，对侦探作家俱乐部的诸位会员的好意致上最深的谢意。我从俱乐部收到椿①设计的红色外套，在会上大出风头；关西分部依照我的处女作制作了直径一尺的巧克力"两分铜币"蛋糕；捕物作家俱乐部则送上由土师清二②大师担纲的清元歌唱③，还有画家神保朋世④大师安排的配合筝曲的优美舞蹈；此外还有许多个人和团体、各杂志社送来的豪华礼品及华美余兴表演，这真是我此生中最为豪奢的一晚了。

《宝石》⑤杂志送来画家松野一夫⑥大师画的我的肖像画，此外《宝石》、《侦探俱乐部》、《侦探实话》、《黄色房间》、《侦探趣味》等各杂志也推出了我的六十大寿纪念特集，这些绝佳的纪念品，将永远摆在我的座台上。我向以上列的诸位致赠者再次深深致谢。

另外，当晚木木会长发表我将捐赠一百万圆给俱乐部的消息，作为以我的名字命名的侦探小说奖的基金。其实这并非临时起意，而是开始准备六十大寿庆祝会时就已经有的念头，但我觉得设立这种奖项似乎太狂妄了些，犹豫着不敢提起。然而在某一天的干事会席上，有人提出"设立一个江户川奖如何？"我便趁此机会提出我的想法，竟获得众人一致鼓掌同意，这让我大为欢喜，便决定捐出

---

① 椿八郎（1900—1985），日本推理小说家。
② 土师清二（1893—1977），日本时代小说家，曾任捕物作家俱乐部副会长。
③ 清元是以三味线伴奏弹奏的一种表演。
④ 神保朋世（1902—1994），日本画家。
⑤ 一九四六年创刊的推理小说杂志，开始由城昌幸主导。后因财务问题经营不振改由乱步接受经营，于一九六四年停刊。
⑥ 松本一夫（1895—1973），日本画家，一九二一年起连续二十八年承接《新青年》封面插画的工作。

这笔钱，于祝贺会当晚公布这个决定。

与过去的侦探作家俱乐部奖不同，这个奖项是将这笔基金衍生出来的年利息（换算成债券的话，约七八万圆）当成该年度的奖金颁发给获奖者。当然我也会加入评审委员会，但我还是打算组织一个适当的委员会，将奖项颁给异于俱乐部奖的年度最佳杰作。

可是这当中有一个难题。这笔基金我想送出去，但俱乐部并非法人，所以无法拥有所有权（法人这东西需要非常繁杂的账册，不能只为了一百万圆就成立法人）。话虽如此，如果将所有权转移到会长等个人手中，首先就会因为赠与税而被扣掉一大半，而且还有个人所得税等问题（法人也会被课税）。关于这一点，我正与俱乐部会员的前大藏次官长沼弘毅氏商量是否有什么好的解决方案。不管怎么样，这个奖一定会设立。待评审方法及奖金金额确定后，我会立刻向各位报告。

还有另一件事。在庆祝会的晚上，我宣布将以花甲寿辰为契机，重新提笔写小说。当然我打算实践诺言。可是只要看我过去的工作情况就明白，说写其实也写不出太多。开始在《宝石》上连载的（这篇作品预定连载半年或更久一些）作品以及新年开始在《趣味俱乐部》上连载的《影男》（这将连载一年）是成人读物，其余的就是从新年开始在《少年》及《少年俱乐部》上连载的作品。不敢大言不惭说我写了很多，但我希望可以从这里开始，尽量多写一些较长的短篇作品。

以上，我为诸位为我举办的庆祝会致谢，并记下我的感想。感谢各位。

（昭和二十九年十一月《日本侦探作家俱乐部会报》）

老宅扩建记

过去我对房子不怎么关心，总认为只要能住人就行了，四处租屋迁徙。从我少年时代的迁居算起，加上寄居，我总共搬了近五十次家。可藏书逐渐增加，搬运这些杂物成了一件苦差事。此外，我喜欢旧式传统土仓库建筑，所以搬家的时候都会选择带土仓库的。但现在早就没有那样结构的房子了，于是即使想搬也找不到中意的房子。因此，我在现今池袋的家已经住了二十五年之久。一开始是租的，战后屋主给我两个选择，要不买下土地，要不搬走，所以我便借钱买了下来，更是动弹不得了。定居实在不合我的性子，但出于刚才说的理由，加上家人全都主张定居，我更是不想花费时间精力说服他们随我一起搬迁了。

池袋的房子倒是有一个土仓库，战时四周的建筑大都化为一片焦土，只有它硕果仅存，是一栋有近四十年历史的木结构平房建筑。里面没有西式房间，碰上西装革履的客人，总是叫人发窘。我打算筹到钱就加建一幢洋房。

约三年前，钱终于存得差不多了，我便决定加建一幢洋房。

洋房、二楼的和室加上大厅，总共约三十坪。此外还建了一栋二十多坪的偏房给儿子一家居住，主屋的房间也扩建了，还有翻修工程，老房里没有下水设施，所以总共加盖了四间地下有化粪池的水洗厕所。厨房电气化，庭院也改建了一番，总之花费惊人，积蓄一扫而空。

双层洋房里面贴着黄色的砖墙，有一扇大窗户，从外面看是纯西式的建筑，但里头并非钢筋水泥结构。我很后悔，既然决定改建也预见需花那么多钱，干脆建钢筋水泥的好了。虽说是木结构房，但工程活是请长年认识的木匠亲自施工的，木材也都是精挑细选的。特别是厨房的木材，有专门将电线杆浸在焦油池里防腐的公司，木匠把所有的木材都送去做了防腐处理，拿回来的材料都已浸成漆黑的颜色了。木材是相当粗厚的木料，接缝的地方不光用螺栓固定，还贴上厚铁板加强，尽可能弄得牢固，我想应该不会有问题。

至于西式房间和大厅的墙板，由于我认识上野松坂屋的主管，拜访的时候看中了主管室的墙板，便委托同松坂屋合作的装修公司承接扩建新房的墙地板铺设。用了纹理统一的柳安木厚三合板，不使用钉子的方式组装。

地板猛一看像柚木，不过其实为了省钱，用了类似樱木的木材，当然是双层的。西式房间约九坪大，呈长方形东西走向，面向庭院草坪的一边是一扇纵七尺宽四尺的格子型对开木框玻璃门，营造出法式窗户的感觉。加上防虫门等，总共有四层，结果那一面墙壁显得特别厚。我在外头用铁平石加盖了约三坪大的阳台，摆上时髦的桌椅。遗憾的是，那侧朝西，会西晒。

西式房间里最昂贵的一样东西就数地毯了，我在高岛屋地下卖场找到它的，还是古董。椅子有一把长椅、一把高背安乐椅、三把普通的安乐椅，全都是订制的，设计得和西方人的家具一样大方气派。此外还有三把款式相同的普通椅子，可供十个人就座。不够的话，可以从偏房的儿子家客厅借椅子过来。

定做的家具还包括摆在长椅前的一张长桌、可自由移动的四张小桌，这五张桌子合在一起就是一张大桌子。全都是柚木制的，上头铺上厚玻璃以免刮伤台面。此外，厚毛织的（和制）窗帘与蕾丝窗帘一起，从高高的天花板上垂挂下来，这些家具全都是委托三越家具部门制作的。

北侧设有一个装饰性的原寸大壁炉，壁炉架是大理石的，可以燃烧瓦斯暖炉，其他地方还摆了循环式的瓦斯暖炉，共同给房间保暖。夏天没有冷气，但房子建在庭院中间，自然风要舒爽得多。不过也买了一只大型电扇，以备不时之需。暖炉两边往外延展出架子，摆着我收藏的佛像等，现在墙上挂着村山槐多的《二少年图》及栋方志功[①]的版画。西式房间外面的楼梯间还有一个小巧的西式洗手间。

二楼则是和室。木框窗的西式墙上钉上桧木柱子，涂成砂壁，三尺长的走廊环绕出了一个十叠大的和室。柱子、走廊用的是尾州桧。纸门选了格子间距较宽的，一边是三片门，但并非茶室建筑，整体十分古雅。

为了挑选天花板、壁龛柱和装饰架的使用木材，我亲自前往木场的檀木店挑选。壁龛柱使用的是实心铁刀木，上面的横木是紫檀，壁龛框用的则是黑檀。我另外设了一间壁柜，纸门、壁龛旁以及底柜纸门，请了田中亲美[②]氏的公子县次郎作画。

听起来像在炫富，实在惶恐，以上就是老宅的扩建记。

（昭和三十四年十二月《住》）

[①] 栋方志功（1903—1975），日本版画家，日本代表性艺术家。
[②] 田中亲美（1875—1975），日本美术研究家，致力于平安朝美术的研究及推广。

评论

侦探小说是大众文艺吗？

目前侦探小说声势如日中天，光是专门杂志，就有《新青年》、《侦探文艺》、《侦探趣味》、《电影与侦探》，数量之多，几乎令人胃口尽失。其他种类的娱乐杂志、妇女杂志、少年杂志，也几乎都会刊登侦探小说。乍看之下，侦探小说读者数量似乎非常惊人。

然而尽管侦探小说如此盛况空前，能够真正理解侦探小说的人却意外稀少。只要看看侦探小说专门杂志的销售量就知道了。和娱乐杂志、妇女杂志动辄几十万册的发行数量相比，侦探杂志的读者最多只有区区几万。而且，侦探专门杂志上若刊登爱伦·坡、切斯特顿等作家高尚的侦探作品，就卖不出去，所以真正的侦探小说读者有多么稀少，可想而知。

根据这种情况，侦探小说算得上是大众文艺吗？有一段时期我曾这样想：侦探小说与被称为纯文艺的小说相比，是一种读者更加稀少、同好更只有一小部分的类型文学。侦探小说所描写的并非艺术,也非科学,而是类似二者混合的东西;它所诉求的读者群当然也像我说的并非一般大众,但也不是文学青年,而是像福田德三[①]博士或是内藤鸣雪[②]翁那样,在意想不到的领域有着喜爱它的读者。但以纯粹的意义来说,侦探小说是一种非常不一般、极为特殊的文学类型。

过去我很是孤芳自赏,确切来说应称为"古董"嗜好吧。真正的侦探嗜好,是极少数人才能理解的一种快乐,而能体会这种乐趣的我,是多么受老天爷眷顾啊。这是一种有限的嗜好,爱伦·坡的《金甲虫》对于爱好侦探小说的人来说,有趣绝妙,直叫人拍案叫绝,但对于对侦探小说不那么喜爱的人来说,则枯燥无味到了极点。这是我在喜爱小说的朋友身上实验后的结果,是千真万确的事实。过去我总是如此认为。

读者一定会反问:那你为什么要加入《大众文艺》的行列?请等一下,这是有理由的。其实最近,我开始质疑自己原先的想法。侦探小说这东西,真的只是小众的嗜好吗?先看看我们的人生吧,它充满了各种侦探元素。学问的研究,无疑就是侦探过程的一种。推理、演绎、归纳,这些全都是侦探小说的专门用语。外交及政治也是一种侦探活动,因为间谍及其活动是外交必不可少的环节。其他不管是做生意还是社交,就连恋爱,换个角度来看也是侦探活动。人绝不会照单全收对方说的话,而是想方设法弄清话里的真意。善于运用这种侦探方法探究的人,换个说法就是聪明人。这样一想,便觉得侦探小说真是十分大众化。不仅如此,我甚至认为换个角度

---

① 福田德三(1874—1930),日本经济学家。
② 内藤鸣雪(1847—1926),日本俳人。

看，说侦探小说是造福社会的文学，这说法也不是不能成立。

所以我想侦探小说应该可以更为大众化，现在它的同好真是少得可怜，实在没有道理，其实侦探小说的读者应该还可以更多的，事实上，国外的侦探小说销量就非常好。趁这个机会，挥起大众文艺的大旗推广侦探小说应该也不错吧——我的想法便沿此思路渐渐改变了。

然而，这里有个问题，何谓"大众文艺"？身为其中一员，提出这种问题或许很怪异，但老实说我还不能清楚地定义。不光是我，二十一日会的众会员似乎也没有明确一致的见解。有些人认为不必刻意地将大众文艺的主旨界定为将新的社会思想透过各式读物、小说灌输给大众；有些人则对只是单纯地将艺术大众化、自命清高且自以为是地对现今文坛感到不满，认为应该以更容易亲近的方式唤醒普罗大众，将一般读书界也加以艺术化，才是我们的使命。

如果大众文艺就像前者那样，多少带有指导大众的意涵在内，我就困窘了。因为侦探小说的写作，绝对不是为了那样的目的。有人告诉我，侦探小说必须脱离金钱和物质的樊篱，注入更多社会性的意义，否则就是虚假的。那些人会建议我看威尔西宁的《死亡炸弹》①，但是我完全不觉得那类作品有趣，我想一般同好也是这么想的。侦探小说的好，不是一两句话就说得清楚的，在那部作品中，侦探小说的趣味太稀薄了。

因此基于上述后半的理由，我确实是大众文艺的一员。而在这个意义上，侦探小说也属于一种大众文艺。

（收录于《恶人志愿》）

---

① 应指一九二六年博文馆出版的《死の爆弾》一作，但作者的生平事迹不明。

侦探小说的定义与类别

距今十五年前，我在昭和十年十一月号的《档案》①杂志上写过一篇关于侦探小说定义与类别的文章，那篇旧稿也收录在战后出版的《随笔侦探小说》中，而我将重新梳理现在的想法，成文后刊登于此。无论西方或日本，战后都频频掀起关于侦探小说本质的论战，因此在这里我想明确地说出自己的看法，也不算什么浪费时间的事情。

A 侦探小说的定义

侦探小说是着眼于主要关于犯罪的难解秘密、以逻辑方式逐渐解明，并在此过程中获得乐趣的文学。

这是十五年前我给侦探小说下的定义，新添上了"主要关于犯罪的"这几个字，其他的没有改动。依循前例，接下来我将一一解释。下面的解说文字是我新撰写的。

（1）首先必须有一个贯穿小说全体的秘密，这个秘密可以是罪犯的身份，也可以是犯罪手法，或是犯罪动机。欧美近年来出现了许多挖掘"动机"的侦探小说，甚至还更进一步，有些作者尝试探寻"被害者"的小说。这些都是有关犯罪的秘密，但即使秘密与犯罪没有丝毫关系，当然也无妨。原则上只要有谜团就行了。

（2）原则就如同上述，但是自古以来，可以说几乎没有过不探讨犯罪的侦探小说，所以将这一点写进定义，应该比较贴近实际状

---

① 日本侦探小说专门杂志，一九三三年创刊，一九三七年停刊，是日本战前出版时间最长的侦探小说专门杂志。

况，所以我加进了"主要关于犯罪的"这几个字。要说侦探小说的趣味大半来自于犯罪本身也不为过。罪犯绞尽脑汁想出来湮灭犯罪痕迹的欺瞒手段，会被扮演侦探角色的人物透过证据，以逻辑推敲的方式一一揭发；不过罪犯的身份通常会被隐藏到小说的最后，因此作者无法直接描写罪犯的性格及心理。但随着侦探一步步抽丝剥茧，罪犯逐渐陷入焦虑之中，在恐惧中颤抖，或自暴自弃地负隅顽抗，可以从字里行间直观地感受到这种心理的作品，是上乘之作。作者间接地描写犯罪者的行动与心理，但正因为是间接，有时候比正面的直接描写更要打动人心。

（3）秘密越难解越好。因为越是看起来不可能的秘密，被巧妙解开时，也就越令人拍案叫绝。构成侦探小说乐趣的三个条件，我认为是出发点的不可思议、过程的悬疑以及结局的意外这三点。这三点缺少任何一项，以谜团小说来看，都难以令人满意。可是即便是世界十大杰出侦探小说，完全具备这三项条件的作品也不到一半。这表示写出同时满足这三项条件又是一部优秀的小说，是一件多么困难的事。第一项谜团的难解性，我命名为"不可能趣味"。过往的作家中，爱伦·坡与切斯特顿作品的不可能趣味最为浓厚，而专门追求该种趣味风格的作家群，就被称为不可能犯罪派（Impossible crime school），现在该派的代表人物为约翰·狄克森·卡尔，美国的克莱顿·劳森①、H.H.贺姆斯②等人，也是更胜卡尔的不可能派。

---

① 克莱顿·劳森（Claton Rawson，1901—1971），美国推理小说家，同样也致力于创作不可能犯罪路线的作品。代表作有《死亡飞出大礼帽》（*Death from a Top Hat*，1938）等，并曾担任过 EQMM 的总编辑，挖掘了许多新近作家。
② 即安东尼·布彻（Anthony Boucher，1911—1968），H.H.Holmes 是他的别名。美国推理小说家、编辑、评论家，走不可能犯罪路线。为了纪念他的功绩，世界规模最大的推理小说大会 Bouchercon 以他的名字设立了 Anthony Award。

但不可能趣味一旦走了极端，往往会显得不自然，因此厌恶不自然的读者就不再青睐它了。卡尔等人的作品也不能说不存在这种问题。

（4）秘密必须在小说结束之前清楚地被揭示出来。破案的可以是警察，也可以是业余侦探，即使不设计这类职业侦探的角色也完全无妨。无论解谜的人是谁，只要谜团解开就行了，当然也有未完全解决谜团的侦探小说。比如我的作品《阴兽》，直到最后都还留着部分疑点，但是这样的处理方法，招来了对侦探小说读者不敬的批评。人生是无法条理分明的，但侦探小说若是不条理分明，就会减损谜团的趣味。

（5）必须以逻辑解开秘密。可以是科学的逻辑，也可以是常识的逻辑，总之必须依循某种逻辑。侦探小说会被称为合理主义的文学，就是因为这一点。英美评论家有时会称切斯特顿、H.C.贝利[①]等人笔下的主角是直觉侦探，他们的推理虽然跳跃，但也只是省略了逻辑说明，并非纯粹的直觉。此外，美国的冷硬派作品的风格，虽然"行动"方面的交代详尽而缺乏了些逻辑，但由于包含了一些解谜逻辑，因此也可以说冷硬派也符合侦探小说的条件。中国的公案和日本江户时代的审判小说中，经常出现靠神谕、梦境分析、占卜等方式找出真凶的情节，这种非逻辑的侦探方法不能出现在近代的侦探小说中。就像先前说到的，解决方法越是意外，结果就越精彩。要让人感觉一切顺理成章，又极度意外，实际上是非常困难的；但能克服这种困难，就会成为侦探小说的精彩之处。

（6）解决的过程必须是循序渐进的。如果谜团三两下就解开了，

[①] H.C.贝利（H.C.Bailey, 1878—1961），英国推理小说家，和多萝西·L.塞耶斯、克里斯蒂、R.A.弗里曼、克劳夫兹一起都是上世纪二十年代英国本格推理小说家。

就没有"侦探"介入的余地了。从这个层面来看，比斯顿那种只重点着墨意外大逆转的风格，严格说起来并不能算侦探小说。从提出谜团到解决，中间必须有一段适当的时间距离，这样才能有余裕体会侦探小说条件之一的悬疑妙味。赛克斯顿·布莱克[1]的作品即使构思巧妙，却仍让人觉得美中不足，就是因为这中间的距离太短了。就连奥希兹女男爵[2]的《角落里的老人》都有这样的遗憾。换算成日本的四百字稿纸，至少需要五十页。若少于这个篇幅，就写不出像样的侦探小说。我想柯南·道尔的福尔摩斯短篇大概也相当于百页左右。卡尔的短篇有些更要精短，也会让人觉得不太满足。

（7）解开秘密的过程乐趣，必须是全篇的主轴，得时刻牢记侦探小说是以解谜乐趣为目的的文学。例如陀思妥耶夫斯基的《卡拉马佐夫兄弟》(*The Brothers Karamazov*)将杀人犯的秘密隐藏到最后，从这个定义来说很像侦探小说；但这部作品的重点并不在解开犯罪的秘密，而在其他部分。因此从这个意义来说，《卡拉马佐夫兄弟》并非侦探小说。反过来说，举个近年的例子，法兰西斯·艾尔斯[3]的《杀意》(*Malice Aforethought*)从正面描写杀人心理这一点虽然接近一般小说，但凶手的计划中有诡计、也有周全诡计被侦探以推理——识破的部分，这才是作品的重点所在。因此从这个角度来看，

---

[1] 赛克斯顿·布莱克（Sexton Blake），英国十九世纪末出现在大众廉价杂志上的虚构侦探，被称为"穷人的福尔摩斯"，有数百位作家创作了数千篇以他为主角的作品。还曾被改编为电影、广播剧和电视。
[2] 奥希兹女男爵（Baroness Orczy，1864—1947），英国小说家，代表作为安乐椅侦探作品先驱"角落里的老人系列"。
[3] 指安东尼·伯克莱·考克斯（Anthony Berkeley Cox，1893—1971），英国推理小说家，Francis Iles是他的另一个笔名。致力于追求推理小说的本质及表现的极限，代表作有《毒巧克力命案》(*The Poisoned Chocolates Case*，1929)等，文中的《杀意》是他在一九三一年发表的作品。

说它属于下一个类别项目中所提到的"倒叙侦探小说"也可以。（关于《杀意》的内容，详见"倒叙侦探小说"项。）

（8）"难解的秘密以逻辑方式逐渐解明，并在此过程中获得乐趣"这样的定义，也深具以数学为首的一切科学研究的乐趣。不过，即使在它前面加上"关于犯罪"的文字，也无法将之与法医学和鉴定实务的趣味区别开来，因此必须在最后加上"文学"这两个字，这是个必要条件，是侦探小说区别于别类学科而归入文学的重要条件。无论秘密被隐藏得如何天衣无缝、解谜手法如何出神入化，若不具备文学性，价值也会减半，必须留意这一点。同样，无论其文学技巧如何高超，若无法满足上述的谜团文学独特的条件，价值也一样会减半。从这个角度来看，侦探小说犹如科学与艺术的混血儿，在文学上占据了极为特殊的位置。不能只将小说大致分为纯文学与大众文学两类，再把侦探小说归类于后者。因为侦探小说不适用那种区分，它是独立自主、自成一体的。因此，我认为侦探小说的作品中有属于纯文学范畴的，也有可归入大众文学范围的，这种区分才是客观的。

B 侦探小说的类别

缺少推理元素的心理悬疑作品、非倒叙侦探小说的单纯犯罪小说，它们虽然不归入侦探小说类，但在英美以"Mystery"一以概之，视为广义的侦探小说。日本也将空想科学小说、怪奇小说、异境探险小说等包含在广义的侦探小说里。这里谈论的不是这类广义的作品，而是纯粹侦探小说的类别。

这里有许多分类方法，不过将我目前想到的列举出来，就有：

（A）依作品的长度与特性，分成长篇（novel），中篇（novelette），短篇（story），极短篇（short-short）等。

（B）依风格分类，正统派，柯南·道尔、克里斯蒂、范达因一类；浪漫派，《特伦特最后一案》《红发的雷德梅因家族》等融入许多爱情元素的作品；写实派，弗莱彻①、克劳夫兹等以仿佛实际存在的普通人侦探为主角，自然辅展开解谜过程的作品。幽默派，过去有马克·吐温，最近有克雷格·莱斯②。（根据汤姆逊〈H. Douglas Thomson〉《侦探作家论》〈Masters of Mystery : A Study of the Detective Story〉的分类予以增补。）

（C）根据侦探的解谜方法。分成逻辑天才侦探，爱伦·坡、柯南·道尔、范达因等人的正统派侦探；直觉侦探，切斯特顿、贝利等笔下的侦探绝非没有逻辑，而是省略了通过每一个证据来论证的过程；科学侦探，弗里曼的桑代克博士、阿瑟·里夫③的肯尼迪教授；写实度高的侦探，弗莱彻、克劳夫兹等人笔下令人感觉实际存在于现实世界中的侦探，和超人侦探完全相反。（据弗朗索瓦·福斯卡〈Francois Fosca〉《侦探小说的历史与技巧》〈Histoire et Technique du Roman Policier〉的分类予以增补。）

（D）进一步简化后可以分成两大类：天才侦探，从爱伦·坡、柯南·道尔到范达因、卡尔的侦探；普通人侦探，弗莱彻、克劳夫兹等笔下的侦探。（请参考"从两种角度来看"项。）

---

① 弗莱彻（Joseph Smith Fletcher，1863—1935），英国推理小说家。一九一八年发表的《中殿谋杀案》（The Middle Temple Murder）是他的代表作，和《特伦特最后一案》一起被视为开启英美本格黄金时代的先驱之作。
② 克雷格·莱斯（Craig Rice，1908—1957），美国推理小说家。代表作有酒鬼侦探约翰·J. 马龙为主角的推理小说作品。
③ 阿瑟·里夫（Arthur B.Reeve，1880—1936），美国推理小说家。

（E）塞耶斯① 在《侦探、怪奇、恐怖小说集》第一卷的作品排序中采用了另一种分类。纯粹耸动的侦探小说，这类作品也可称其为"不公平"的侦探作品，谜团解开了，却故意隐瞒了不让读者知道的线索；纯分析的侦探小说，爱伦·坡的《玛丽·罗热疑案》。上述两种的混合型，指柯南·道尔之后的全部正统派侦探小说。我在昭和十年的《档案》中写到的《侦探小说的四种形式》中，受到塞耶斯这种分类的影响，将除了《玛丽·罗热疑案》以外几乎没有实例的"纯粹分析的侦探小说"摆在四种形式的第一项，现在想想，将这种缺少实例的分类摆在第一项似乎有欠妥当，因此予以省略，只留下其余三种形式，并尝试以下分类。

第一，竞赛型侦探小说。

以爱伦·坡的《莫格街谋杀案》、《失窃的信》为始，柯南·道尔、弗里曼、克里斯蒂、范达因、奎因、卡尔等人是一脉相承的该类主流。这一派在作品中先全部呈现足以解谜的众多线索，以此为基础进行推理，读者能享受到与作中侦探竞赛解谜的乐趣（至少阅读过程中读者就是这种感受），此为一大特征。因此作者一方的公平性受到严格要求，即使不像奎因那样明确，抛出挑战信，读者也感受得到来自作者的挑战，从这里获得其他类型的文学无法体验到的魅力。

在其他篇目《两种比较论》及《英美侦探小说评论界的现状》

---

① 塞耶斯（Dorothy Leigh Sayers，1893—1957），英国推理小说家，英美本格黄金时代的代表作家之一。代表作有《强效毒药》（*Strong Poison*，1930）等。《侦探、怪奇、恐怖小说集》（*Great Short Stories of Detection, Mystery and Horror*，1928）是一部合辑，卷头的《侦探小说论》是推理小说史上最著名的评论之一。

中提到的雅克·巴尔赞①及玛丽·麦卡锡②,还有日本的坂口安吾等人,认为侦探小说是作者与读者之间的解谜竞赛,他们对于无法满足该条件的作品不感兴趣,或认为那并非纯粹的侦探小说。从这个角度来看,说这话的作家们定义了狭义侦探小说。

大力强调作者与读者之间的竞赛游戏的作家,美国有范达因,英国则有诺克斯③。范达因在《美国杂志》一九二八年九月号发表了《侦探小说二十条》(*Twenty Rules For Writing Detective Stories*)。当年曾经翻译刊登在《新青年》上面,但该期杂志现已无处寻得,这里仅略记下守则之大意。

范达因的《二十条》

(1)所有的线索都必须全数公开给读者。

(2)作品中除了罪犯的诡计以外,作者不得使计诱导读者。

(3)作品中不能大量添加爱情要素。

(4)侦探不可以是罪犯。

(5)不能以偶然的发现或罪犯的坦白破案。

(6)一定要有担任侦探角色的人物出场,由此人推理破案。

(7)最好是杀人命案。命案以外的小犯罪,没有吸引读者阅读长篇的张力。

(8)不可以使用通灵、读心术、水晶球、自动书记等迷信或神谕来破案。

---

① 雅克·巴尔赞(Jacques Barzun,1907—2012),美国历史学家。
② 玛丽·麦卡锡(Mary McCarthy,1912—1989),美国作家,评论家。代表作有小说《群体》(*The Group*,1963)。
③ 罗纳德·A.诺克斯(Ronald Arbuthnott Knox,1888—1957),推理小说家,被称为"福尔摩斯学之父",代表作有《陆桥谋杀案》(*The Viaduct Murder*,1925)。

（9）主角侦探一个人即可。否则读者等于是跟一支接力队伍赛跑（读者只有一个人），会感到不公平。

（10）罪犯必须是从一开始就出场的重要人物之一。

（11）罪犯不可以是女用、男仆等一开始就被读者排除出犯罪名单的人物。

（12）即使发生好几宗命案，罪犯最好也只有一个。

（13）应该避免秘密组织等有多名罪犯的案件。

（14）犯罪手段与侦探方法都必须合理、科学。不得使用幻想科学制造出来的非现实武器。

（15）作品在点出罪犯后，必须让读者在回读时，能有"原来这里清楚地写出了线索，如果我也和作品中的侦探同样细心，就可以找出罪犯了"的感觉。

（16）氛围与出场人物的性格描述，仅止于不妨碍推理乐趣的程度。侦探小说中不可添加无关的闲话。

（17）避免以熟悉犯罪的惯犯为主人公，罪犯应该是意外人物，谁也想不到这个人会犯罪。

（18）不可以用过失致死或自杀的方式，否则会让读者失望。

（19）动机应该是私人恩怨，国际间谍或政治犯罪属于其他类型的小说。

（20）避免以下的老套手法：（a）以烟蒂为线索；（b）用催眠术的方法诱使罪犯坦白；（c）伪造指纹；（d）用替身制造不在场证明；（e）因为狗没有叫，所以罪犯是该户人家熟识的人物的推理；（f）利用双胞胎或容貌酷似的亲人当替身的诡计；（g）利用针筒在饮料中注入麻醉药；（h）密室杀人中，在警官闯入之后才予以杀害的诡计（凶手就是发现者）；（i）利用语言反应进行的心理测验；

（j）使用暗号。

诺克斯的《推理十诫》

接着在英国，《一九二八年度杰出侦探小说集》(*The Best of Detective Stories of the Year 1928*)的序文里，编者罗纳德·诺克斯发表了《侦探小说十诫》(*Knox's Ten Commandments*)。它被翻译刊登在日文版的《陆桥谋杀案》（柳香书院）的卷首，这里仅摘记大意。

（1）罪犯必须是在小说一开始就出场的人物。此外，罪犯不可以是读者根本不会怀疑的人物。（例如罪犯就是小说的记述者。）

（2）侦探方法不能使用超能力。（例如神谕、读心术。）

（3）不可以使用密道或密室。

（4）不可以使用科学上未发现的毒药，或需要非常复杂的科学原理解说的毒药。

（5）不可以让中国人登场。（或许是因为西方人认为中国人是超自然、非合理的。）

（6）不可以靠偶然的发现或侦探的直觉破案。

（7）侦探不可以是罪犯。

（8）不可以靠读者不知道的线索破案。

（9）扮演"华生"的角色应该将自己的想法尽数呈现给读者。此外，华生角色最好是智力略逊于一般读者的迟钝人物。

（10）除非事先告知读者有双胞胎，或变装的人有当过演员的经历，否则不可以使用双胞胎或变装等两人一角的诡计。

这两类"戒律"可以说是侦探小说的初级语法，但仍有许多高明的作家在忽视语法的同时仍旧创作出了出色的作品，而现在也进入超越戒律的时代了。不过一九二八年前后正值英美谜团小说发展的巅峰，出现了这样的戒律，真是十分有意思的事情。

当时是英美侦探小说的"黄金时期"(海格拉夫①《为了娱乐而杀人:侦探小说及其时代》中的用语)。一九二〇年代初,有菲尔伯茨的《红发的雷德梅因家族》、《黑暗之声》、A.A.米尔恩②的《红屋之谜》(The Red House Mystery)、中期有梅森③的《箭屋》(The House of the Arrow)、诺克斯的《陆桥谋杀案》、菲利普·麦克唐纳④的《锉刀》、克里斯蒂的《罗杰疑案》(The Murder of Roger Ackroyd);末期有F.N.哈特女士⑤的《贝拉米审判》(The Bellamy Trial)、约翰·罗德⑥的《普里德街谋杀案》(The Murders in Praed Street)、安东尼·伯克莱的《毒巧克力命案》、克里斯托弗·布什⑦的《完美谋杀》(The Perfect Murder Case)、范达因的《格林家杀人事件》(The Greene Murder Case)、《主教谋杀案》(The Bishop Murder Case)、奎因的《罗马帽子之谜》(The Roman Hat Mystery)等杰作辈出;进入一九三〇年代,有奎因的《荷兰鞋子之谜》(The Dutch shoe Mystery)等作品、卡尔的《疯狂帽商之谜》(The Mad Hatter Mystery)、《瘟疫庄谋杀案》(The Plague Court Murders)等作品、埃勒里·奎因的《X的悲剧》(The Tragedy X)、《Y的悲剧》(The Tragedy of Y)、《Z的悲剧》(The

---

① 海格拉夫(Howard Haycraft, 1905—1991),美国推理小说评论家,出版过著名的推理小说评论集《为了娱乐而杀人:侦探小说及其时代》(Murder for Pleasure: The Life and Times of the Detectives Story,1941)。
② A.A.米尔恩(Alan Alexander Milne1882—1956),英国童书、奇幻、推理小说家。最有名的作品是"小熊维尼系列"。《红屋之谜》是他唯一的推理小说。
③ 梅森(A.E.W.Mason,1865—1948),英国推理小说家,《箭屋》是其代表作。
④ 菲利普·麦克唐纳(Philip MacDonald, 1899—1981),英国本格黄金时代的代表作家之一。代表作有《锉刀》(The Rasp,1924)。
⑤ F.N.哈特(Frances Noyes Hart,1890—1943),美国作家。
⑥ 约翰·罗德(John Rhode,1884—1965),英国本格黄金时代的代表作家之一。
⑦ 克里斯托弗·布什(Christopher Bush,1885—1973),英国推理小说家,和克劳夫兹一样,爱用时刻表诡计。

Tragedy of Z）等，从一九一五年到一九三五年约二十年之间，是本格长篇的黄金时期，当时的推理文坛称得上是百花齐放。这段全盛期，前文的两种"戒律"同时在大西洋两岸出现，真是耐人寻味。例如奎因就将这种竞赛主义纳入初期作品，在接近小说尾声的地方，插入给读者的挑战信。

第二，非竞赛侦探小说。

即便是竞赛派侦探小说，也并非完全恪守范达因及诺克斯的戒律，一般都只止步于给读者一种能公平竞争的感受。但光是要营造出这种感觉就相当困难，所以大部分侦探小说都更为通俗，面貌更为亲切，完全察觉不出相互竞争。前文的戒律，也算是对这类通俗草率的作品的抗议。

这类因为作者实力不强而无法成为竞赛小说的作品，就算数量再多也不值一提。不过也有实力派作者虽然写不出让读者与之进行竞赛的侦探小说，但由于仍符合笔者提出的侦探小说的定义，所以当然不能从侦探小说中剔除。我之所以无法赞同"竞赛"专一主义的考察标准，也是因为该风格自侦探小说初始就已存在，其分量甚至占据了侦探小说总数量的一半。

在这类非竞赛侦探小说中，有号召力的风格大致可分为两类。其一是用来推理的资料（线索），尤其是足以锁定罪犯的重大线索，作者一直到小说中途都不提示给读者，直到结尾处才提出，接着就破案了，这使得读者没有余裕享受挑战的乐趣；又或者因为故意将侦探塑造成普通人，让读者经常误解了线索，令读者无法信任作品提出的线索是正确的，因此享受不到竞赛的乐趣；这种类型的侦探小说，几乎不把"竞赛"、"挑战"、"公平竞争"当一回事。

这一类的代表作家应属弗莱彻与克劳夫兹。相对于竞赛派大都是天才的侦探，这类非竞赛派的侦探都是平常人。克劳夫兹等人优秀作品中的侦探都是"脚踏实地的侦探"，都是十分努力的侦探，破案过程中一步一个脚印，容易让人生出现实中的侦探就该是这种面貌的亲切感。因为这个特点，有时候会被称为写实主义的侦探小说，但这种写实只限于侦探一方，罪犯多半准备了非常出人意料的魔术式诡计。我认为克劳夫兹的魅力在于描写罪犯时的非写实性。

此外，虽然不能一概而论，但这种类型的作品与其谈诡计的独创性，不如说是情节构成出类拔萃。虽然克劳夫兹也有独创的诡计，但弗莱彻等人的风格，主要还是以情节的曲折妙味引人入胜。从这一点，我认为侦探小说可以大致分为诡计型与情节型两类。诡计型的鼻祖是爱伦·坡，但情节型的作家则承袭了狄更斯、韦尔斯·柯林斯、A.K.格林[①]等作家的系谱。切斯特顿的风格几乎都是诡计型的，柯南·道尔的作品有一半以上属于情节型。柯南·道尔作品大部分都有过往的因缘际会造成的犯罪动机，这也是情节型使然。诡计型最符合解谜小说的条件，但难以避免魔术性格带来的不自然以及稚气；而情节型则少有不自然，也符合成年读者的爱好，但缺少了解谜的逻辑乐趣。

非竞赛侦探小说的另一种类型，是切斯特顿、梅尔维尔·戴维森·卜斯特[②]、贝利等人的风格。他们虽然并非不提示线索，但不会一一详细地分析线索，而是跳跃式地作出结论。这也是英美评论家笔下所谓的"直觉侦探"，但说是直觉，也绝非不合逻辑。像切斯特

[①] A.K.格林（Anna Katharine Green，1846—1935），美国推理小说家，发表于一八九五年的《医生，他的妻子和时钟》（*The Doctor, His Wife, and the Clock*），深得乱步欣赏。
[②] 梅尔维尔·戴维森·卜斯特（Melville Davisson Post，1869—1930），美国推理小说家，代表作是"阿伯纳大叔系列"。

顿的作品，在"逻辑游戏"的乐趣营造上，无人能出其右。对于这种类型的侦探小说，读者必须放弃竞赛。尽管如此，布朗神父的故事还是能让人感受到属于侦探小说精髓的乐趣，由此可以知道"竞赛"绝非侦探小说的必要条件。

第三，倒叙侦探小说。

这相当于昭和十年我发表于杂志《档案》的《侦探小说的四种形式》中的第四种形式。当时还没出现艾尔斯等人的长篇倒叙侦探小说，只有弗里曼的中篇集《歌唱的白骨》而已。而我也写过属于这种类型的《心理测验》，因此我想将它独立成侦探小说的一种形式。尽管这类作品不多，仍为它设立了第四种形式。不过现在西方也有"倒叙侦探小说"，还受到热烈的讨论，成为侦探小说的一种流派，所以我毫不客气地将它独立成一个类别。关于这一点，我会在"倒叙侦探小说"以及"同再说"中详细讨论，请参考。

以上是有关侦探小说的类别，就像我在文章开头写的，此外还有广义的侦探小说。我在昭和十年的《档案》这篇文章中也探讨过所谓的"广义的侦探小说"。可是当时与现在，英美侦探小说界的状况也大为不同了，因此我重新在最近的《改造》上写了一篇《比较英美与日本广义侦探小说》的短文，后来收录到《两种比较论》中，前半篇即是。

（收录于《幻影城》）

论日本侦探小说的多样性

日本人有种倾向，认为严肃地探讨、评论侦探小说是幼稚之举，叫人羞于启齿。但爱好侦探小说的英语国家国民绝不如此认为。无论是切斯特顿、阿诺德·本内涅①、美国的亨廷顿·莱特（即范达因），文艺界人士总是无比严肃地发表有关侦探小说的评论及研究成果。此外，不同于日本文坛的作者们，即便写了侦探小说类的作品也不愿将其归入侦探小说范畴的现状，在英国，前文的切斯特顿不必说，本内涅也写了《巴比伦大饭店》（The Grand Babylon Hotel）等类似侦探小说的作品。而伊登·菲尔伯茨、A.A.米尔恩也极为严肃地撰写本格长篇侦探小说。我认为他们并非全为版税，而是出于真心的热爱，才出版了这些作品。自鼻祖爱伦·坡以来，狄更斯未完的侦探小说也是如此，英语国家国民爱好侦探小说的程度，是其他国家望尘莫及的。

然而我最近出于一些理由，必须全面了解新近的英美侦探小说，因此匆促读了几十部战后知名的长篇侦探小说。或许也是因为选择的对象全是所谓的本格作品，我不由得佩服英美国家竟然能不停地生产、消化相同的东西。之所以这么说，是因为随意挑出十部考察作品的中心诡计，十部里头的中心诡计全都是一人两角也不稀奇。而且明明是长篇侦探小说，若是三百页的作品，至少直到一百五十页都是枯燥的审讯证人的场面描述，就连我这种天生的侦探小说爱好者都大喊吃不消。我深刻感受到英语国家民族的耐性以及对逻辑的爱好，实在远远超出了日本人的理解范围。

在我阅读这些近代英美侦探小说时，也是因为迫于需要，必须一本本重读这十年来的日本侦探小说，一读之下，我有全新的感受，

---

① 阿诺德·本内涅（Enoch Arnold Bennett, 1867—1931），英国剧作家、小说家。代表作是《老妇人的故事》（The Old Wives, Tale, 1908）。

日本的侦探小说看起来似乎不怎么兴盛，然而这十年之间，光是《新青年》一本杂志，就有超过五十位作家发表过至少四五篇侦探小说。若将它们全数列出，那真是丰富极了，更重要的是，比起相对单调的英美侦探小说，日本的侦探小说更加多彩多姿，这让我振奋无比。

有人说，大多数日本侦探小说都不算真正的侦探小说，我也同意这个观点。既然是侦探小说，就必须注重侦探式的乐趣，也就是尽可能着眼于逻辑推理，抽丝剥茧地揭开秘密，在这分析的过程中获得乐趣。除此之外的所谓侦探小说，像是描写异常犯罪过程的作品、将主轴放在犯罪及其他异常细节的恐怖作品、描写某种怪奇人生的作品、描写精神病患或变态生活的作品、着重于比斯顿风格的"意外"快感的作品，都分别属于犯罪小说、怪奇小说、恐怖小说，不能算是侦探小说。

乍看之下这清清楚楚，实则暧昧模糊。我认为原因出在出版人士身上，他们习惯将侦探作家创作的作品，无论是犯罪小说还是怪奇小说，清一色称其为侦探小说；把出道于侦探杂志《新青年》上的作家全部当成侦探小说家，刊登在上面的犯罪、怪奇、幻想作品全部视为侦探小说，使得这样的错误观点横行于世。

我上面说的其实无关紧要，即使侦探作家随兴所至写下了犯罪文学，或者创作了怪奇、幻想故事，当然一点儿问题都没有。不，不仅如此，在没有明确区分出犯罪小说家、怪奇小说家的日本小说界，侦探小说出身的作家能自如跨界进入相邻的领域，是值得高兴的事。我认为这当中才有侦探小说该有的成长、扩张，也可以看出日本侦探小说界令人可喜的多样性。

日本侦探小说的多样性，并非只因为当中掺杂了犯罪与怪奇文学。侦探小说也是,在作家多样性方面,我们才短短十多年历史的侦探小说界,与拥有数十年历史的英美侦探小说界相较起来,也可以说绝不逊色。

说到侦探小说的诡计,无论是国外还是日本,和物理、化学相关的诡计都占了大多数,这方面的专家有专攻应用化学的甲贺三郎、大下宇陀儿;有专攻电学的海野十三、延原谦;小栗虫太郎除了心理性诡计,还专精物理、化学诡计;大阪圭吉①则是机械诡计的名家。此外,在心理性侦探小说方面,木木高太郎精神分析式的侦探小说的水平之高,是侦探起源地的英美也无法匹敌的;还有水上吕理②,也是精神分析式的侦探小说作家;此外也有许多作家创作利用心理学主题(心理测验、错觉、色盲等)作为诡计的侦探小说。

在可以命名为医学侦探小说的部分,有已故小酒井不木及新进木木高太郎两位医学博士,米田三星③、南泽十七④也是医学作家;虽然领域不同,但正木不如丘⑤及高田义一郎⑥两位医学博士也各自写过几部医学式的侦探小说。此外,法律部分有曾担任过检察官、现任律师的滨尾四郎、山本禾太郎⑦,甲贺三郎也开始写起与法律密切相关的《状况证据》、《谁来审判》等法律侦探小说;"法庭侦探小说"的形式,则有代表作葛山二郎的《买红漆的女人》这类优秀作品。

---

① 大阪圭吉(1912—1945),日本侦探小说家,本格派代表作家,代表作有《银座幽灵》等。
② 水上吕理(1902—1989),日本侦探小说家、翻译家、化学研究者。以《精神分析》(1928)一作在《新青年》出道。
③ 米田三星(1905—2000),日本侦探小说家,以《活着的皮肤》(1931)在《新青年》出道。
④ 南泽十七(1905—1982),日本侦探、科幻小说家、翻译家。
⑤ 正木不如丘(1887—1962),日本作家、医生,其小说和随笔作品广受欢迎。
⑥ 高田义一郎(1886—1945),日本作家、医生。
⑦ 山本禾太郎(1889—1951),日本侦探小说家,代表作有《小笛事件》(1936)等。

此外，如果把融入了爱情及其他情感要素的称为浪漫主义侦探小说，那么大下宇陀儿、横沟正史、水谷准、梦野久作[①]、已故的渡边温[②]、小栗虫太郎等人，分别在不同的层面上称得上是这方面的杰出作家。

若离开侦探小说，将眼光转向犯罪、怪奇、幻想文学领域的话，我们可以找到更胜于侦探小说的作品。有许多让读惯了英美侦探小说的读者耳目一新的、具有极高文学价值的作品，比如梦野久作的《贴画的奇迹》、渡边温的《可怜的姐姐》、横沟正史的《面影双纸》、大下宇陀儿的《魔法街》、水谷准的《在天空歌唱的男子》、城昌幸的《牙买加氏的实验》、地味井平造[③]的《烟囱奇谈》、葛山二郎的《自胯下窥看》、濑下耽[④]的《柘榴病》、渡边启助的《义眼的美女》、妹尾韶夫[⑤]的《本牧的维纳斯》、小栗虫太郎的《白蚁》等，这些作品当然不是侦探小说，却使人禁不住想祝福使这些非侦探小说的作品得以问世的日本侦探小说文坛。我国的侦探长篇小说并不发达，在逻辑文学方面远远不及英美，但这些非侦探小说的作品岂不是弥补了这方面的缺憾，而且还绰绰有余吗？这些作品其实是鲜艳地绽放在日本侦探小说文坛上的变种异花。

在出版圈里，日本的侦探小说绝对称不上是兴盛的品类。能够以侦探小说为业的作家，一只手就数完了。可是从另一方面来说，这称不上兴盛、大部分侦探小说家都不是职业作家的状况，对日本侦探小

[①] 梦野久作（1889—1936），日本侦探、幻想小说家，最有名的作品是《脑髓地狱》（1935）。
[②] 渡边温（1902—1930），日本侦探小说家、编辑、翻译。
[③] 地味井平造（1905—1988），日本侦探小说家。
[④] 濑下耽（1904—1989），日本侦探小说家。
[⑤] 妹尾韶夫（1922—1962），日本侦探小说家、翻译家。

说界来说或许也是一种幸运。他们不受其他杂念支配，只是因为热爱侦探、热爱怪奇文学，只在真正想写的时候写作。此外，我认为他们的创作态度也并非为了迎合读者，而是沉溺于作者自身的热情。

《新青年》的编辑老是开口闭口悲叹侦探作品难寻，可是换个角度看，可以说再也没有比《新青年》更奢侈的杂志了。《新青年》可以独占这些非职业作家亲手创作的作品，在其中再三精挑细选，只在想刊登的时候刊登。虽然这精挑细选的过程可能会让一些创作者因挫折而丧失了对侦探小说的热情，但作家与作品的水准都被提升到了前所未见的境界，作品的丰富性也空前增加了。然后，小栗虫太郎来了，木木高太郎来了。可以说这两人带着过往的侦探小说从来没有过的珍奇礼物出场，而这样的作家每增加一位，日本侦探小说也就更增添了一份美好的多样性。

逻辑侦探小说，那就继续穷究逻辑吧。犯罪、怪奇、幻想文学只要以作者的个性作为天马行空的路线，无论离开侦探小说多远都无妨。因为这里有日本侦探小说界异于英美、值得夸耀的多样性！

（昭和十年十月号《改造》）

侦探小说的界限

一个月前，本栏（东日文艺栏）刊登了甲贺、大下两君近乎笔战①的文章，引起了侦探小说爱好者的注意。有人询问我对这件事

---

① 甲贺三郎在一九三一年七月十六日的《东京每日新闻》发文表达对日本尚未有本格侦探小说的不满，文中批评了大下宇陀儿的《魔人》是模仿乱步的作品。大下则在同月二十七日回敬了侦探小说并不需要拘泥解谜，这是日本推理小说史上著名的"甲贺·大下论战"。

的看法，尽管迟了些我还是写下本文。

对于纯粹侦探小说的界限，我的意见与甲贺三郎相同。我想没有人能否认侦探小说从根本上应着眼于通过逻辑推理以获得解谜的乐趣。卡罗琳·韦尔斯① 的《侦探小说入门》也提出了相同的意见，我在其他地方看到的论述，用词虽然不同，但毫无例外，意见都与甲贺相同。事到如今，也没有必要再高声疾呼了。（不过使用"谜团"比喻的时候，因为"谜团"能单纯靠智力破解，但侦探小说除了机智以外还有科学的逻辑推理，这是决不可忽略的。侦探小说于文学，犹如学问与艺术的混血儿，必须赋予特别地位的理由就在这里。）

纯粹侦探小说的这种概念，是根本的，应该是永恒不变的。大下宇陀儿主张"打破侦探小说的框架"，并非否定这种本质的观念，应该解读为提升表现方法，使其更具艺术性、别开生面。若非如此，就纯粹侦探小说而言，就是大下的谬误了。

前面我使用了"纯粹侦探小说"这样的说法，为什么侦探小说上头不冠上"纯粹"（或本格）两个字，就无法恰到好处地显示出其贴切的意义呢？其中潜藏着侦探小说复杂微妙的问题。

今天被称为侦探小说的作品，有如下几种形式：

一、犯罪推理的纯粹侦探小说（如柯南·道尔、切斯特顿、范达因）。

二、缺少推理乐趣的犯罪研究小说（如弗莱彻、韦尔斯·克劳夫兹）。

三、着眼于描写罪犯心理、犯罪过程的犯罪小说（现在我想不

---

① 卡罗琳·韦尔斯（Carolyn Wells，1862—1942），美国作家、诗人。其作品中最活跃的人物是侦探弗莱明·斯通，著作有《墙上之眼》（*Eyes in the Wall*，1934）等。

出适当的代表作家，但我们熟悉的作家，爱伦·坡及雷见尔即是）。

四、只着眼于"意外性"的大逆转小说（如比斯顿）。

五、以罪犯或侦探为主角的谐谑小说（如《地铁萨姆》①）。

六、以犯罪为主题的科学小说（如韦尔斯的某部作品）。

七、以犯罪或侦探为主题的通俗冒险怪奇小说（如勒布朗、华莱士②、鲁鸠③、奥本海姆④）。

其他就连纯粹的怪奇小说、恐怖小说、怪谈等，只要稍涉及犯罪就被当成侦探小说。甚至连巴尔扎克、狄更斯、陀思妥耶夫斯基等人的某些作品，也被命名为侦探小说。这种难以置信的混乱究竟从何而来？我能想得到的有如下原因：

一、在日本，侦探小说与犯罪小说没有从根本上明确区分。

二、为了让侦探小说这个名称流行起来，姑且将近似侦探小说的其他类型小说（犯罪小说、探讨犯罪的科学小说，还有怪奇小说、冒险小说、怪谈等）都归入侦探小说的范畴。

三、侦探小说爱好者以及侦探小说相关出版界人士贪婪地想尽可能开疆辟土。

四、被出版界打上侦探小说作家标签的作者，只要写出类似侦探小说的作品就会被当成侦探小说。而作者本身多半也出于立场，无可奈何地将其当成侦探小说发表。

---

① 地铁萨姆（*Thub-Way Tham*），美国作家约翰斯顿·麦卡利创造的角色，是一名专门在地下铁作案的扒手。
② 埃德加·华莱士（Edgar Wallace，1875—1935），英国作家，擅长犯罪小说，最优秀的作品是《深红色的圈》(*Crimson Circle*，1922）。
③ 鲁鸠（William Le Queux，1864—1927），英法记者、作家。
④ 奥本海姆（Edward Phillips Oppenheim，1866—1946），英国作家，擅长创作冒险悬疑、间谍小说，代表作为《欧内斯特·布里斯先生的奇怪追求》(*Curious Quest of Mr. Ernest Bliss*，1919）。

五、有时候算不得侦探小说的作品，也会有读者无视于作者的意愿，只一味放大作品中的侦探乐趣，将之称为侦探小说。

可以举出诸如此类的原因。

话说回来，如果甲贺无视现状，就主张侦探作家不该发表纯粹侦探小说以外的作品，那就不免单纯、偏狭了。

况且被称为侦探作家的这群人，也没有人不醉心于纯粹侦探小说的。但想发表大量的纯粹侦探小说，只要作者对相类似的诡计越敏感就越困难。

事实上不仅甲贺所举例的范达因感叹"一个作家要创作六篇以上的纯粹侦探小说太困难了"。爱伦·坡也只写了三篇纯粹侦探小说。就连柯南·道尔也不止一次想让福尔摩斯退休，无奈一直被绊在出版界里，一共写下了六十几篇，但后期的作品完全失了神采。还有切斯特顿，也没办法写出更多的布朗神父系列。从这些状况都可以看出要持续大量生产出色的纯粹侦探小说有多么困难。

一方面肯定范达因的说法，一方面又责怪侦探作家的作品跳脱纯粹侦探小说的框架，这种立场本身就是矛盾的。再说，就连本格派的甲贺自己也不是只发表纯粹侦探小说而已。

不是所有作家都能像范达因那样，写完几篇纯粹侦探小说之后就封笔。厌倦了纯粹侦探小说的侦探作家任凭天分发挥，更进一步开拓其他领域，也无可厚非。无论采取哪种形式，写出精彩的作品始终是作家最大的课题。

的确，大下的《魔人》并非纯粹侦探小说。但他的其他作品，比如《蛭川博士》，我认为不折不扣就是篇敲响长篇侦探小说晨钟的作品。

然而诚如甲贺所言，"侦探小说才正要起步"。日本侦探小说无法脱离短篇故事之域，或许也是我们自身必须承认的事。我们侦探小说界总是鼓励既有作家努力，敦促新人奋发。我希望自己有一天也能写出让甲贺满意的真正的长篇侦探小说。

(昭和六年九月《东京日日新闻》)

日本侦探小说的系谱

1

当我们在大正末期开始写侦探小说的时候，有人看着稀奇就给我们这个群体冠上"创作侦探小说群"的名号。难道此前日本没有侦探小说吗？并非如此。德川时代，有继承中国《棠阴比事》系统的西鹤①《樱阴比事》等；由《智慧鉴》改写而成的小说《智囊》，可以算是辻原元甫①的作品吧；沿袭《杜骗新书》风格的团水②的《昼夜用心记》等；还有作者不详的《板仓政谈》③、《大冈政谈》等，这类小说以机智解谜为主要特点广为流行。

另一方面，可归入广义侦探小说中的犯罪小说则更普遍。像《今昔物语》中的恶行卷、《古今著闻集》的偷盗卷等，德川末期的"读本"、"合卷"④中残虐无道的故事，以及明治年间发生的"五寸

---

① 辻原原甫（1622—？），日本江户前期的儒学者和假名草子作者。
② 团水（1663—1711），日本江户中期的浮世草子、俳句作者，也是西鹤的弟子。
③ 据说原作者为板仓胜重，是安土桃山至江户时代的京都所司代（负责治安的官园），《板仓政谈》记录板仓胜重及其子重宗的判案事迹及逸事，当中有不少和大冈记录的事迹重合的故事，或者从中国的《棠阴比事》、《包公案》的故事中改写而来。
④ 草双纸的一种，是将草双纸数册合成一本，故有此名。

钉寅吉"①等的真实犯罪案件。

　　光是从南北②、默阿弥③的恶汉剧、贼盗伯圆④这些犯罪说书的名家中，就看得出犯罪故事在戏剧、说书当中占了相当大的比重。明治期往后，一方面，这类犯罪故事流传不辍，同时又有神田孝平⑤译的《和兰美政录》、圆朝⑥的《松之操美人的生理》、《黄玫瑰》、飨庭篁村⑦译的爱伦·坡的《黑猫》、《莫格街谋杀案》（不过爱伦·坡要到大正时期才真正为日本读者所接受）、黑岩泪香翻译的艾弥尔·加博里奥、鲍福⑧、柯林斯、格林等人的作品，西方作品数量开始超越旧有的传统犯罪实录，形成大军压境之势。

　　泪香极受欢迎，据说当年的报刊若不连载泪香的译作就卖不出去。他自身创立的《万朝报》，读者中的一大半都是在泪香侦探小说的吸引下来的。那时候，坪内逍遥⑨翻译了A.K.格林女士的《XYZ》

---

① 西川寅吉（1854—1941），日本历史上越狱次数最多的罪犯。一次逃跑途中，不慎踩到一块插着五寸铁钉的木板，脚板被刺穿后仍跑了十几公里，因而被取了"五寸钉寅吉"这样的诨号。
② 鹤屋南北，歌舞伎狂言的剧作家。到第三代为止是演员，四五两代留下了许多原创的歌舞伎剧本，分别被称为大南北（1755—1829）和小南北（1796—1852）。
③ 河竹默阿弥（1816—1893），歌舞伎剧作家，拜五代鹤屋南北为师，是江户歌舞伎集大成者。
④ 松林伯圆（1832—1905），说书艺人，因擅长讲述贼盗的故事，被称为"贼盗伯圆"。
⑤ 神田孝平（1830—1898），日本幕府末期的洋学家、启蒙思想家。《和兰美政录》是其翻译荷兰的记载法庭实录的书籍而成的作品，被视为日本翻译侦探小说的先驱。
⑥ 三游亭圆朝（1839—1900），落语家，落语中兴之祖，也被称为大圆朝，留有许多自己创作的落语段子，他独特的落语剧本速记方式，让近代日本的言文一致体得以成立，对近代日语贡献卓著。
⑦ 飨庭篁村（1855—1922），日本小说家、评论家，著作有《当世商人气质》等。
⑧ 鲍福（Fortuné du Boisgobey，1824—1891），法国小说家，和加博里奥同为法国侦探小说黎明期的重要作家。代表作为《铁面人》（Les Deux Merles de M. de Saint-Mars，1878）。
⑨ 坪内逍遥（1859—1935），日本小说家、翻译家、评论家，二十六岁那年发表了《小说神髓》，主张小说理应放弃江户时代劝善惩恶的故事内容，转而描写人情，该理论推动了日本近代文学的诞生。此外，他也创作演剧剧本，对日本演剧的近代化做出了极大贡献。代表作有《当世书生气质》（1885）和莎士比亚全集的翻译。

（即《假钞》）、幸田露伴在报纸上连载了原创侦探小说《噫吁》、《异哉》，还有红叶门下的泉镜花等砚友社成员由春阳堂出版了一系列共二十六卷的丛书《侦探小说》，泪香作品风靡一时，掀起了侦探风潮。

泪香时代的侦探小说翻译家，有丸亭素人、菊亭笑庸、南阳外史、不知火生，还有归化日本的英国人说书师布拉克①（英国人布拉克与侦探小说的关系似乎不怎么为人关注，但他比任何一个外国侦探作家都更早以说书的方式演绎了利用指纹办案的侦探小说。故事内容记录集②也在明治二十五年以《幻灯》为题出版，值得留意）。此外，也不能遗漏森田思轩，爱伦·坡和雨果作品的翻译，原报一庵翻译了柯林斯的《月亮宝石》等作品。

至于戏剧方面，川上音二郎③、高田实④等人把侦探、犯罪作品改成新派剧频繁演出，泪香作品自然也是日常剧目。翻开《续续歌舞伎年代记》，其中记录明治二十六年，鸟越座有川上一团演出《巨魁来》，二十八年春木座有泽村讷子一团演出《人耶鬼耶》，三十年深川座有水野好美一团演出《舍小舟》，三十一年歌舞伎座有第五代菊五郎⑤一团演出《舍小舟》，同年歌舞伎座川上一团也演出了《舍小舟》，三十五年真砂座有伊井蓉峰一团演出《武士道》等。再加上

---

① 快乐亭布拉克（Henry James Black，1858—1923），落语家、说书师、魔术师，一八七八年拜入说书师第二代松林伯圆门下，以英国人布拉克的艺名演出。一八九一年改名为快乐亭布拉克，一八九三年和一日本女性结婚，归入日本国籍。
② 当时，受欢迎的落语段子会以速记的方式记载下来，并加以出版。
③ 川上音二郎（1864—1911），日本演员、剧作家。他所创作的舞台剧相对于歌舞伎被称为新派剧。
④ 高田实（1871—1916），日本演员，是日本新派剧全盛时期的代表演员之一。
⑤ 第五代尾上菊五郎（1844—1903），活跃于明治时期的歌舞伎演员，和第九代市川团十郎、初代市川团次同为明治歌舞伎黄金时代的代表人物。梅幸是其俳名。

关西等其他地方剧场演出的戏剧，数目真是相当惊人。尤其是第五代菊五郎公演《舍小舟》时，报纸杂志纷纷刊出剧评，一石激起千层浪。试引用《续续歌舞伎年代记》的作者田村成义的感想文：

  当时黑岩泪香是我国小说文坛的中流砥柱，侦探小说流行几达巅峰，几乎压倒其他爱情小说。坂野积善①素日留心不落流行，认为将其搬上歌舞伎舞台，必能博得好评，故与梅幸商议，命河竹（新七）改写成剧，即舍小舟。然市藏所饰古武石大佐、秀调所饰小浪姑娘虽多少出色，引起观众之感兴，但菊五郎所饰之关键人物皮林及常盘男爵形象皆异于过往之人情故事，未能获得好评，以失败告终。

  由第五代菊五郎主演泪香作品，或许有不少人感到意外吧。当时歌舞伎座的首席剧作家为福地樱痴②，河竹新七③已经急流勇退，但以被委托撰写这部《舍小舟》为契机，新七又重回歌舞伎座，后来留下了约十篇新作，殁于明治三十四年。

  川上、高田、伊井等新派剧所演的侦探剧，不少是以犯罪为主题，实在无法一一详记于此。但除了泪香作品以外，森田思轩、须藤南翠等人的作品也被搬上舞台，圆朝的改编说书故事《松之操美人的生理》也一再被搬上舞台。此外，明治十四年由司法省翻译出版而声名大噪的《情供证据误判录》中的实例也被改编上演，值得

---

① 坂野积善（1827—1907），江户后期至明治时代的演剧制作人、剧作家。
② 福地樱痴（1841—1906），幕末至明治时代的武士，记者、剧作家、小说家。留有许多和文化研究相关的著作。
③ 第三代河竹新七（1842—1901），第二代河竹新七传人，代表作有《笼钓瓶花街醉醒》等。

关注。但总体来说，上演的作品比起源自于西方的侦探故事，取材自当时报纸新闻的犯罪实事更多。试举一小部分剧名，如《明治审判辩护之誉》、《书生实话山田实玄》、《浦铧屋命案》、《侦探实话鼬小僧》、《明治一天坊》、《五寸钉寅吉》、《青水定吉》、《首级正太郎》、《海贼房次郎》、《自行车阿玉》、《敲诈师阿金》、《阎魔之彦》、《返邯郸》、《蛇蝮阿政》。

这些剧目大部分都是依《都新闻》等各家报纸连载的侦探实录改编而成，可见当时除了泪香等人的翻译小说，侦探实录是非常流行的。伊原青青园①、半井桃水②等知名作家偶尔也会写点儿侦探实录。

新派剧所演出的这类侦探剧当中，社会评价最高的是岩崎蕣花③所写的《意外》、《又意外》、《又又意外》，该作品取材自相马事件④。其中又以《又意外》最受好评，再三上演。上小学前，我曾于名古屋看过高田实的《又意外》（明治三十三四年左右）。舞台前面罩满了纱，在雪中缉凶的"梦"的场景令人印象深刻，到现在还历历在目。

我出生在明治二十七年，而戏剧界的侦探剧全盛时期正好是我出生前后到三十年代前半，在我懂事的时候，对侦探的热情已经稍微冷却了。不过余势仍然强劲，除了上述的《又意外》以外，我偶尔也会去看新派剧的犯罪戏。当时的新派剧似乎有一个固定模式，

---

① 伊原青青园（1870—1941），演剧评论家、剧作家。
② 半井桃水（1861—1926），小说家，代表作有《吹过胡沙的风》（1893）。
③ 岩崎蕣花（1864—1923），剧作家。
④ 发生在明治年间的骚动。一八七九年，旧中村藩藩主相马诚胤因精神病加剧被家人监禁，后送进精神病院。家臣锦识刚清怀疑主君其实精神正常，控告相关者不当监禁，轰动一时。

结局一定是法庭场面，充满浓厚的秘密与犯罪气息，给我留下了新派剧很恐怖的深刻印象。

我对侦探小说及犯罪小说的兴趣，可以说是通过当时相当兴盛的租书店及新派剧培养出来的。那是个异于我们日常生活、充满秘密的诡奇世界，但人类这种生物的心底一定都隐藏着这类诡奇的性格，有着异于表面生活的不同真实——就是这种兴趣。这种兴趣追根究底，与过去的观众对希腊悲剧及莎士比亚的犯罪剧抱持的兴趣根本上似乎并无不同。

小学期间我就将当时出版的几十本泪香作品全部读完了。我母亲喜欢泪香，经常租他的书回家读（当时的租书店颇受时人尊重，且书的品类完整，是现今无法想象的），因此我从还不识字的时候开始，就通过书中恐怖的插图认识了泪香。我认为让我后来成为侦探作家的最早机缘，就是喜爱泪香的母亲，以及喜爱戏剧的祖母（不光是旧剧，祖母也常带我去看新派剧），还有浸沉在泪香世界的整个少年时代。

2

以泪香为中心的翻译侦探小说以及在各报纸连载的侦探实录，全盛之火一直熊熊燃烧到明治三十年代中期。到了大正中期，被新的西方侦探小说取而代之，下一个全新时代由此萌芽并形成破土之势，而它开始大肆流行，是大正后半的事。

南阳外史第一次翻译柯南·道尔的歇洛克·福尔摩斯系列，是明治三十二年的事，而三津木春影引介弗里曼和勒布朗是明治末到大正初，这三位新作家被介绍到日本，在侦探小说史上具有极为重大的意义。柯南·道尔作品由原报一庵①、冈本绮堂②、押川春浪、本间久四郎、邵山经堂等人陆续翻译出来；另外，三津木春影将弗里曼与柯南·道尔的短篇以"吴田博士"为名，改写为少年读物丛书。就在新侦探小说流行的基础不断得以巩固的时候，大正七八年前后有出版社出版福冈雄川③、保筱龙绪④等人翻译的亚森·罗宾丛书。大正九年《新青年》创刊，在森下雨村主导下，《新青年》转型为侦探杂志，接着博文馆推出侦探丛书，新侦探小说总算在日本文坛崭露头角了。当时的翻译阵容，除了保筱龙绪意外，还有田中早苗⑤、妹尾韶夫、浅野玄府⑥、延原谦等，优秀人才不断涌现。

以西方解谜趣味为主的本格侦探小说分成两大流派。其中之一是以爱伦·坡为鼻祖的柯南·道尔、切斯特顿等人，长篇则有E.C.本特利、克里斯蒂、范达因、奎因、卡尔这样的诡计派。另一派则是狄更斯以及他的好友柯林斯，美国的格林女士、澳洲的弗格斯·休姆⑦等人。比起诡计，该派作品更重视曲折的情节，法国的鲍福和加博里奥也有这种创作倾向。这一派后来发展成以弗莱彻为首的非竞赛派侦探小说。

然而，相对于明治的泪香时代翻译的都是鲍福、加博里奥、柯

---

① 原报一庵（1866—1904），日本翻译家。曾翻译过柯林斯的《月亮宝石》和《白衣女人》。一九〇〇年翻译了道尔的《血字的研究》。
② 冈本绮堂（1872—1939），日本歌舞伎作家、小说家，最有名的作品是以半七老人为主角的"半七捕物帐系列"。
③ 福冈雄川（1885—1931），日本出版人、翻译家。
④ 保筱龙绪（1892—1968），日本翻译家，以"亚森·罗宾系列"的译作最为知名。
⑤ 田中早苗（1884—1945），日本翻译家，《新青年》初期的代表翻译家之一。
⑥ 浅野玄府（1893—1970），日本翻译家，《新青年》初期的代表翻译家之一。
⑦ 弗格斯·休姆（Fergus Hume，1859—1932），澳洲侦探小说家，代表作《双轮马车的秘密》(*The Mystery of a Hansom Cab*，1886)。

林斯、格林等情节派的作品,大正时期的翻译作品则是以柯南·道尔、弗里曼、切斯特顿、卡斯顿·勒鲁①等人的诡计派作品,亦即爱伦·坡风格的魔术文学的作品成为主流。这是第二期翻译兴盛时期的特征。

我在少年时期读遍了泪香,已经厌倦了旧式的情节型侦探小说,在中学高年级一直到早稻田大学预科时代,才接触了爱伦·坡、柯南·道尔等诡计型的作品。我被这些作品的全新风格打动,对侦探的爱好再次被唤醒,并一发不可收拾。当时我是个贫穷的半工半读学生,没钱向丸善书店订书,但我从旧书店搜购道尔及弗里曼等人的作品,沉溺其中。我对这类新侦探小说产生兴趣,一方面是因为学校的教科书里也提到了爱伦·坡及道尔。而当时离大正七八年以后的翻译兴盛期还早了四五年,才刚出版了三津木春影的《吴田博士》等作品,所以我只能靠着我匮乏的英文能力阅读原文书。后来,我因为爱伦·坡的《金甲虫》及道尔的《跳舞的人》等作品而对暗号产生兴趣,还上图书馆调查西方暗号史,现在还保留着当时的笔记。上了大学以后,我还是对侦探小说痴狂不已。我翻译的几篇道尔短篇的原稿也还留在手边。

仅有爱伦·坡、道尔等西方侦探小说的影响,或许也会让我产生创作侦探小说的念头,事实上,除此之外还有另一个极大的刺激。那就是从明治末期到大正时期,为了反抗自然主义而兴起的新文学——谷崎润一郎、芥川龙之介、菊池宽、久米正雄②、佐藤春夫等人的作品。这些作家的初期短篇小说有着与爱伦·坡路线的侦探小

---

① 卡斯顿·勒鲁(Gaston Leroux, 1868—1927),法国小说家,代表作有《黄屋奇案》。
② 久米正雄(1891—1952),日本小说家、剧作家。

说一脉相通之处。尤其是谷崎、芥川和佐藤三位，显然都有过倾心爱伦·坡的时期。

文坛上的暗流涌动终于表象化，大正七年七月以《中央公论》特辑的"秘密与开放号"为具体形式，揭开了日本侦探小说发展的序幕。这是被尊称为名总编的泷田樗荫①的计划，他在同一期的创作栏上以"艺术性的新侦探小说"为名，刊登了谷崎润一郎的《两名艺术家的故事》、佐藤春夫的《指纹》、芥川龙之介的《开化的杀人》、里见弴②的《刑警之家》，此外在"以秘密为主题的戏剧"的标题下，刊登了中村吉藏③、久米正雄、田山花袋④、正宗白鸟⑤等人的剧本。

过去谈论推动日本侦探小说的起源和发展时，总觉得所有的都应归功于西方侦探小说的影响，对于来自于内部的大正文坛的侦探小说影响甚少着墨，但是从我的经验来看，来自日本文坛的刺激力道绝对不下于外国侦探小说。不只是我，甲贺三郎、大下宇陀儿、横沟正史、水谷准、城昌幸等人，或多或少也都被当时的这股文坛风潮影响。至于我本人，还受到宇野浩二的影响。现在是私小说名家的宇野先生似乎被看做与侦探小说毫无瓜葛，但在他初期的小说中，也包含了许多能激起侦探作家在谜团设置、逻辑解谜方面的灵感。

然而大正文坛的侦探小说趣味，终结在横光利一⑥、川端康成、

---

① 泷田樗荫（1882—1925），编辑。在担任《中央公论》编辑期间，成功让其转型成文艺政论杂志，挖掘了许多新进作家。
② 里见弴（1888—1983），日本小说家，代表作有《安城家的兄弟》等。
③ 中村吉藏（1877—1941），日本剧作家、演剧研究者，留下了许多舞台剧本。
④ 田山花袋（1872—1930），日本小说家，是自然主义派的代表作家之一，作品《蒲团》（1907）被视为日本私小说的先驱之作。
⑤ 正宗白鸟（1879—1962），日本小说家、剧作家、评论家，代表作有《往何处去》等。
⑥ 横光利一（1898—1947），日本小说家，被称为"新感觉派的天才"。代表作有《苍蝇》等。

片冈铁兵①等新感觉派②的兴起势头下。随着无产阶级文学的兴盛，这些作家也各自转到其他的创作路线上。但横光利一初期的作品中有许多推理要素，影响了之后会提到的侦探小说第二期的作家小栗虫太郎。或许有人会说：利一跟虫太郎哪里相似了？但即使表面看不出来，小栗虫太郎也确实受到横光利一的某种影响。我记得有一次小栗君对我说："你们的时代受到了谷崎、佐藤的影响，但在我这个时代，影响我们的是横光利一。"

3

以上述的西方新侦探小说及日本文坛的侦探趣味小说为母体，所谓的原创型侦探小说诞生了，而它的活动中心当然是森下雨村的《新青年》。我的处女作《两分铜币》在《新青年》上发表是大正十二年的事，接着甲贺三郎、小酒井不木、大下宇陀儿、城昌幸等人也开始投入写作，还有比我更早拿下《新青年》大奖的横沟正史、水谷准、角田喜久雄等人也是初期的伙伴。从大正末期到昭和八年左右，这些作家加上稍晚崭露头角的梦野久作、滨尾四郎、海野十三等各具特色的实力派作家，成了日本侦探小说初期的中坚力量。

影响初期作家的西方侦探小说作者，有爱伦·坡、道尔、弗里曼、切斯特顿等，此外法国的勒布朗、英国的比斯顿也受到同等或是更热烈的喜爱；小酒井不木与梦野久作倾心于爱伦·坡的怪奇小

---

① 片冈铁兵（1894—1944），日本小说家，代表作有《红与绿》等。
② 新感觉派，上世纪二十年代中期到三十年代中期的日本文学思潮之一，重要特征有"否定私小说的写实传统"，通过变形的主观来反映客观世界，描写超现实的幻想和心理变态，代表作家川端康成、横光利一等人。

说及勒布朗的作品，城昌幸深爱着爱伦·坡与维利耶·德·利尔-阿达姆①，大下宇陀儿醉心于莫泊桑、欧·亨利，而我与横沟正史偏好爱伦·坡的怪奇及江户残虐草双纸的混合风味；彻底执著于柯南·道尔侦探小说系统的，只有甲贺三郎及滨尾四郎两人而已。当时后者被称为本格派，而小酒井、横沟、梦野和我则被称为变格派。

在西方，爱伦·坡的怪奇小说、利尔-阿达姆、安布罗斯·比耶尔斯②、勒布朗等人的作品并不叫侦探小说。尤其是一九三〇年代中期以前，冷硬派与心理悬疑作品还不像现在这样风行，纯粹侦探小说一枝独秀。侦探小说评论家对本格侦探小说以外的作品不屑一顾。相较之下，日本的侦探小说从初期开始品类就非常丰富，包括怪奇小说、怪谈、空想科学小说等，或者该说这些旁支反而成了主流。我将其称为日本侦探小说的多样性，但甲贺三郎及滨尾四郎便主张应该更尊重侦探小说的正统，大力提倡本格创作。

回顾欧美的侦探小说史，鼻祖爱伦·坡是短篇作家，但后来直到柯南·道尔登场的五十年间，都是柯林斯、加博里奥、鲍福、格林、休姆等情节派长篇侦探小说当道。这些作品即是以泪香为中心的明治期翻译时代的底本。

从道尔开始到第一次世界大战前的约三十年间，是弗里曼、切斯特顿、杰克·福翠尔③、奥希兹女男爵、波斯特等诡计派短篇的主

---

① 维利耶·德·利尔-阿达姆（Auguste de Villiers L'Isle-Adam, 1838—1889），法国象征主义小说家、剧作家、诗人。代表作《未来夏娃》（*L'Ève future*, 1886）对后世的科幻作家产生了深远的影响。
② 安布罗斯·比耶尔斯（Ambrose Bierce, 1842—1913），美国短篇小说家，专栏作家、记者，代表作为《恶魔字典》（*The Devil's Dictionary*, 1911）。
③ 杰克·福翠尔（Jacques Futrelle, 1875—1912），美国记者、推理小说家，以绰号"思考机器"的凡杜森教授为主角的作品广为人知。

流时代，这些作品在日本成为大正时期翻译作品的底本。我们的初期原创侦探小说，就是受这个短篇时代的影响而出现的。

从一战前到现在，西方侦探小说的样式出现了变化，进入了长篇时代。我在前面提到道尔以前的长篇时代着眼于情节的曲折，也纳入了大量的爱情要素，是故事性悬疑小说（泪香作品即是）。而新的长篇时代则着重爱伦·坡、道尔、切斯特顿路线的诡计创意，更有逻辑，可以说是魔术小说的长篇化。

领导这次新长篇时代的，是前英国侦探作家俱乐部会长本特利的《特伦特最后一案》。接着直到上世纪三十年代中期，也是欧美侦探小说史家称之为长篇小说"黄金时期"的时代。我将出现在本特利之后的这类长篇作家的主要作家依年代顺序记述如下，有克里斯蒂、克劳夫兹、菲尔伯茨、米尔恩、塞耶斯、诺克斯、范达因、奎因、卡尔。但是这些作家并非遵循年代的顺序被介绍到日本的。克里斯蒂的作品很早就已经被翻译引进了，但没对日本作家形成太大的影响。跳过克劳夫兹、菲尔伯茨、塞耶斯等这些老作家，突然引进了范达因，而范达因对日本的作家造成的影响最大。

范达因的单行本《格林家命案》在一九二八年（昭和三年）出版，而《新青年》随即在昭和四年便开始翻译连载，那时候这部划时代的作品对老一辈日本作家几乎没有任何影响。本格派的甲贺三郎应该对它极感兴趣，但也不到立刻在其作品上反映出来的地步；其他作家也差不多厌倦了本格作品，创作时风格开始朝一般文学靠拢，因此对于范达因乍看像是将道尔作品长篇化的风格并不特别感到惊异。

此外还有一点，日本的小说界即使引进再怎么出色的长篇作品，也会有一些原因导致无法立刻出版成书。在英美，全新长篇作品一开始便以单行本形式出版，然而在日本，如果不先在报章杂志上连载就没有收益，而西方的本格侦探小说并不适合连载。再加上极少数的作家才能得到报刊连载的邀稿，因此要出现真正的长篇作品非常困难，大多数作家如果不每个月写上几则短篇，生活就无以为继。这种西方作家无法想象的必须集中精力于短篇创作就是日本的现状，因此在不可能每个月写出数篇本格推理短篇的情况下，自然就不得不投入非纯粹侦探小说的创作。这种经济因素造成了日本侦探小说的多样性，然而尽管这是一大特色，另一方面却也成了纯粹侦探小说、尤其是本格长篇积弱不振的一大要因。

　　因此，旧时期的作家几乎不受范达因影响，但担任地方法院检察官的滨尾四郎正好在引进范达因前后开始写起侦探小说，所以只有他明确受到了影响。昭和五年，滨尾四郎在《名古屋新闻》上连载《杀人鬼》，小说的结构与范达因的惟妙惟肖，是过去日本作家所写的长篇作品当中，唯一贴近英美本格黄金时期风格的作品。可是除了滨尾和大下这两位初期作家以外，几乎没有对初期作家造成影响的范达因，却以不可思议的形式对第二期的作家小栗虫太郎起了作用，不过在进入第二期的讨论之前，我想先补充一下我自己的情况。

　　被称为侦探小说书志学家的中岛河太郎君在一九四九年出版了《侦探小说年鉴》，该附录《日本侦探小说史》中昭和四年的章节如此描述我，"乱步的《孤岛之鬼》以长篇而言，悬疑刺激，处处是谜团，心理描写也深刻出色。但《蜘蛛男》以后的通俗大众作品，在吸引数百万新读者的同时，也遭到对乱步氏过去每发表一部作品、都能开拓出新境界而瞠目结舌的读者强烈抨击。衡量将自闭于狭小壳套中的侦探小说广为普及给大众的功绩，以及造成知识阶层现今仍对侦探小说抱持偏见的一半原因……"中岛君接着轻描淡写地总结，"乱步氏笔力之深厚，由此可见一斑"，但其实结论应该是，

"可看出其毒害之深"吧。我认为中岛君的这番批评是正确的。

我自少年时代就心醉于侦探小说，应该拥有不错的素质，然而实际提笔一写，却短短两三年就无以为继了。我一直被眼高手低的自卑感折磨。当时的文艺评论家平林初之辅曾在某篇评论中写道："江户川君每一发表新作，都显示出开拓新境界的激进欲望，但这对作家而言是危险的。希望他能够更沉稳一些。"他的批评实在一针见血。

我这种不愿二度使用类似题材的洁癖，加上兴趣范围极端狭隘的个性，陷入瓶颈是早晚的事。若从无视营生的角度来说，我早该在昭和二三年的时候就封笔不再撰写侦探作品了。其实我曾经一度让内子经营公寓，出发进行流浪之旅，但我意志薄弱，无法毅然决然撒手不干。最后我背叛了初衷，开始只为稿酬工作。我只在稿费最多、读者群最庞大的杂志上连载作品。刚开始的头几年，我和侦探作家伙伴们的见面也少了，我羞于见人，不是外宿不归，就是关在阴暗的房间里。可是我的这种任性妄为还是没有贯彻到底。不知幸或不幸，侦探小说界并没有抛弃我，直到今天。

4

昭和八年，小栗虫太郎登场；九年，木木高太郎现身，他们的风格独特，称得上前所未见，侦探小说界顿时朝气蓬勃起来。第二期侦探小说的鼎盛主要靠着这两位作家的力量支撑起来。

小栗虫太郎接受范达因的形式并非像滨尾四郎一样，他接收的方式极其古怪。名侦探的性格、谜团的组成，甚至是炫学，乍看之下相当近似范达因，但仔细观察，却是迥然不同。相对于范达因彻底的合理主义，虫太郎在各方面都是超合理主义。解谜中加入了狂人的逻辑，炫学也是超百科全书式，这便是我说他的风格全世界独一无二的原因。而以难以理解与超逻辑为最大魅力的《黑死馆杀人事件》会获得读者狂热的支持，也是出于此因。

木木高太郎最初是从可称为精神分析侦探小说的风格出发的，但实际上他对英美风格的侦探小说兴趣不大。他私淑于奥古斯特·斯特林伯格①、鸥外、漱石等人，试图采用这些作家处理心理之谜的方法写作侦探小说。将本格侦探小说与这类纯文学彼此融合是他的理想。他比初期作家更深一层乃至数层地敬爱爱伦·坡、E.T.A.霍夫曼、利尔-阿达姆、毕尔斯、勒布朗、莫泊桑和欧·亨利。只是他的理想虽是如此，实际创作出来的作品也以清新的思想及文风大受一般知识分子的欢迎，但许多作品都相当欠缺该有的侦探小说趣味。直到今日，似乎都无法充分满足喜爱本格侦探小说的读者，无论这些读者是否为知识分子。

第二期的作家还有渡边启助、大阪圭吉、兰郁二郎②等，但他们更接近初期的作家，没有木木、小栗两君划时代的特色。倒是虽然风格完全不同，但初期的海野十三（善于创作空想科学小说）与小栗、木木构成黄金三角，创办了杂志《休皮欧》③，大大提振了新人的气势，值得一提。昭和十二年，为了纪念木木君《人生的傻瓜》获得直木奖，推出《休皮欧》豪华号，刊登了所有侦探作家的代表作品，第二期由此到达顶峰。

范达因不只是在风格上影响了日本侦探小说，在对侦探小说本

---

① 奥古斯特·斯特林伯格（August Strindberg，1849—1912），瑞典剧作家、小说家，是瑞典现代文学奠基者，现代戏剧之父，作品有《红房子》、《父亲》等。
② 兰郁二郎（1913—1944），日本侦探、科幻小说家。
③ 原文为シュピオ（1937—1938），侦探杂志。

质的探究上，也大大刺激了我们。他主张的是纯粹谜团小说主义（也是我所说的最狭义侦探小说），抨击与解谜无关的氛围及角色性格描写，想法极端。本格主义者甲贺三郎采纳此一主张，用理论抨击摆文学架子的侦探小说，而木木高太郎则提倡侦探小说纯文学论，与甲贺掀起了笔战。我的立场则是侦探小说的主流毋庸置疑就是本格派侦探小说，但也不该排斥文学手法，反而必须大力采纳，也就是文学式本格论的立场。

这段时期，出版界无视日本作家的论战，接连翻译出版了英美本格侦探小说黄金时期的长篇作品，昭和七年有美国的奎因，十年有英国的克劳夫兹及菲尔伯茨、法国的乔治·西姆农[①]作品被大举引进。这方面的头号功臣当属井上良夫[②]君，像是克劳夫兹的《桶子》、菲尔伯茨的《红发的雷德梅因家族》、《黑暗之声》、奎因（罗斯）的《Y的悲剧》等，这些十大杰作级的作品，大部分都是井上君注意到，后又翻译引进的。

这些作品固然让同好欢喜，使侦探小说评论界颇热闹了一阵，但对于作家，却没有带来如同范达因那样的影响。作家和这些西方新作品，简直形同陌路。只有苍井雄的《船富家的惨剧》模仿了克劳夫兹的风格受到了瞩目，但他并未成为当红作家就结束了创作生涯。

初期作家大多数都对英美风格的本格作品不屑一顾。滨尾四郎病逝，甲贺三郎写了本格作品，却缺乏原创性，对高知读者而言又过于通俗。第二期的小栗虫太郎特点是超合理、超本格，木木高太

[①] 乔治·西姆农（Georges Simenon，1903—1989），比利时出身的法国推理小说家，以梅格雷探长为主角的系列最为知名。
[②] 井上良夫（1908—1945），日本侦探小说翻译家。他在战前引介了许多英美的侦探小说到日本，对乱步在英美侦探小说方面的研究也有诸多影响。

郎则是不将重点放在解谜上的文学派，结果纯粹侦探小说的爱好者渐渐疏远了日本作品，投入翻译小说的怀抱。尤其是知识分子的本格爱好者，越来越多的人都直接读原文或翻译作品，再也不看日本原创作品了。换言之，这是一种沉默的批判：日本的侦探小说界没有真正的侦探小说。正是从这时候起，我认为日本作家必须正面面对纯粹侦探小说了。

5

中日战争爆发后第三年，昭和十五年左右开始，由于战争因素，几乎再也无法创作侦探、怪奇小说了。同盟国意大利、德国禁止盎格鲁撒克逊式侦探小说的新闻上报，日本也在情报局的指示下贯彻新政，实质上形同掐断了侦探小说的命脉，这真是让人不得不悲叹"侦探小说惨遭灭门"的不幸。我从昭和十六年（一九四一）开始完全闲了下来，为了排遣无聊，心想至少可以留下过去的记录，便开始制作题为《侦探小说回顾》的手工书。其中，我用毛笔写了一段文章：

（前略）及至昭和十五年，物资极端缺乏，同年日德意三国同盟成立，美国的对日出口管制达到巅峰。国内物资的匮乏逐渐反映到日常生活上，为了防止米、炭及其他物资的通货膨胀，进行价格管制，接着是票券制，在店头排队购物，如今已成日常。第二次近卫内阁所提倡的新体制标语充斥了大街小巷，大至经济界的利润管制，小至废除贺年卡，无一不是新体制；文学美术方面也清一色成了集体主义。为了推行新体制，政府成立了大政翼赞会文化部，聘用岸田国士氏为部长，发起文学美术诸团体统一运动等，文人的政治活动也日益活跃起来。文学成为忠君爱国、正义人道的宣传手段，娱乐分子遭到彻底的封杀，社会上的读物清一色是新体制下的产物，几无趣味可言。侦探小说是以犯罪为主的游戏小说，最具旧体制色彩，故除具防谍目的之谍报小说，皆自各杂志销声匿迹。侦探作家大半顺其擅长之类别，转战其他小说领域，比如科学小说、战争小说、谍报小说、冒险小说。

从昭和十四年《烟虫》被禁版开始，我有许多作品陆续接到必须部分删除的命令，就连当时是我收入来源的文库和少年读物单行本也都是绝版状态。记录这个状况后，我悲叹道：

  我原本就没有大众作家那种灵巧的本事，只是出于想要探索心理底层、爱好逻辑、对于怪奇幻想嗜好这些天性而立志撰写侦探小说、怪奇小说，因此性格上没办法像其他侦探作家那般迅速地转换写作其他类别的小说。若是我的这种天性是错误的，那么我也只有沉默一途了。

在直到战败的五年之间，我几乎不写小说，这段期间我都在做些什么？随着战况日益恶化，我还是无法作壁上观，余暇之际在町会和警防团帮忙，在最底层贡献自己的绵薄之力。不过这段期间，名古屋的井上良夫君寄来一些出色的英美黄金时期的长篇，我读了几十本。每一读完，便写下冗长的读后感寄给他。不知不觉间，内容发展成对一般侦探小说的大探讨，好长一段时间，我们持续着一次几十张稿纸量的信件往返。（我在东京没有可以这样谈论侦探小说的对象，因为没有任何侦探作家会读英美侦探小说。）

6

昭和二十年日本战败，美军进驻，军人读完即丢弃的口袋书出现在地摊上，其中包括了数量惊人的侦探小说，叫我吃惊。这完全不同于日本人认为读侦探小说就会战败的思维，美国人竟是在战壕中一边读口袋版的侦探小说一边作战的。西方侦探小说在昭和十二三年左右中断了进口，我饥渴了七八年之久，立刻抢购这些翻旧了的口袋书。此外我还前往美军开设的公共图书馆，忘我地调查英美侦探小说界后来的状况。

不久后，我结交了美国朋友，偶尔买到新书，渐渐对当时的状况有了一定的了解。不过当我弄到战时出版的美国侦探小说评论家海格拉夫的《为了娱乐而杀人：侦探小说及其时代》，以及他收集英美著名文学家的侦探小说论的巨著《神秘小说的艺术》(The Art of Mystery Story, 1946) 时，尽管年纪都一大把了，却还是十分欢欣雀跃。通过这两本书，我知道了战时有哪些代表作品，后来也读到了大部分重要的著作，所以我十分清楚英美的状况。获得了这些知识后，我陆续在侦探杂志上介绍最新情况。

就像我先前也提到的，我看到翻译侦探小说的读者对日本作家的作品十分冷淡，认为这样下去不行，便趁着战后侦探小说复兴的机会，反复提倡日本作家也必须对本格侦探小说多付出些努力。可是我只是在评论及随笔提倡这一点，并没有亲自以作品示范。没想到横沟正史君与我抱持相同的想法，迅速发表了完全异于他战前作品风格的本格侦探小说《本阵杀人事件》、《蝴蝶杀人事件》、《狱门岛》等，风格接近英美黄金时期的长篇力作，展现出引领战后侦探小说界的气势。

大正、昭和时期侦探小说的苗床是《新青年》，并一直持续到战前，战后则被新杂志《宝石》取而代之。就像战前的《新青年》孕育出第一和第二期的作家，《宝石》也在战后培育出为数惊人的新作家群。香山滋、山田风太郎、岛田一男、岩田赞、高木彬光、大坪砂男、宫野丛子①、冈田鲵彦②，数不胜数的作家辈出，或是蓄势待发。这些作家即是代表日本侦探小说界第三兴盛期的选手。

第三期的特征是新人辈出，数量之多前所未见，而且他们多半都能够以作家的身份自立；但每一个作家的分量，或者说个性的强度，与往年的木木、小栗两君崭露头角时相比，到目前仍是望尘莫及。

此外不能遗漏战后文坛流行的宠儿坂口安吾，他发表了一部本格长篇《不连续杀人事件》，叫专业侦探作家看了都自叹不如。文坛作家尝试写作侦探小说的例子，从大正时期以来就不胜枚举，但除了初期的谷崎与佐藤两氏的作品以外，从侦探小说的角度来看，几乎没有经得起推敲的作品，然而坂口君却写出了表现英美本格侦探小说精髓的名作。

第三期的新作家群，除了两三个例外之外，几乎都写作本格作品。但就像先前说的，出版界的需求偏向短篇，因此各作家也依各自的风格，转向了所谓广义的侦探小说领域，这一点与初期作家的情况几乎相同。彻底执著于解谜小说的大概只有高木彬光君（代表作《刺青杀人事件》）而已。在横沟君的示范下一度起死回生的本格热潮，似乎也岌岌可危了。这一方面应该也是因为日本人的嗜好异于盎格鲁撒克逊民族，另一个原因则是我经常提到的，光靠出版

---

① 宫野丛子（1917—1990），日本推理小说家，代表作有《鲤沼家的事件》（1949）。
② 冈田鲵彦（1907—1993），日本国文学者，推理小说家，代表作有《薰大将与匂之宫》（1955）。

新作长篇小说，经济上无法维持。日本或许永远不会迎来二十世纪二十到三十年代英美那种本格长篇黄金期。（昭和三十二年开始，日本也进入了长篇单行本时代。）

  英美早已过了本格黄金时期绚烂的花期，目前进入了本格、冷硬派、心理悬疑三派鼎立的新时代。本格派有英国的迈克尔·英尼斯[①]、尼古拉斯·布莱克[②]、玛格丽·阿林厄姆[③]、奈欧·马许[④]，还有老作家克里斯蒂、卡尔，美国的奎因最为多产。

  冷硬派始于达希尔·哈米特，代表作品如美国独特的行动派侦探小说，雷蒙德·钱德勒是现任代表选手。心理悬疑派则有英国的法兰西斯·艾尔斯、理查德·赫尔[⑤]、伊莉莎白·霍尔丁[⑥]、艾瑞克·安伯勒[⑦]、美国的多萝西·B.休斯[⑧]、威廉·艾利希[⑨] 等已有定评的作家。

[①] 迈克尔·英尼斯（Michael Innes, 1906—1994），英国莎士比亚研究者、推理小说家，乱步将其归入战后英美新本格派，代表作有以艾伯比探长为主角的一系列作品。
[②] 尼古拉斯·布莱克（Nicholas Blake, 1904—1972），英国诗人、推理小说家，代表作有以名侦探史川吉威为主角的一系列作品。
[③] 玛格丽·阿林厄姆（Margery Louise Allingham, 1904—1966），英国推理小说家，和阿加莎·克里斯蒂、多萝西·L.塞耶斯、奈欧·马许并称为英国女性推理小说家的"Big 4"，代表作有《白色庄园谋杀案》(*The White Cottage Mystery*, 1928)等。
[④] 奈欧·马许（Ngaio Marsh, 1895—1982），英国剧作家、推理小说家。代表作有《贵族之死》(*Surfeit of Lampreys*, 1941)。
[⑤] 理查德·赫尔（Richard Hull），原名为理查德·亨利·桑普森（Richard Henry Sampson, 1896—1973），英国人，会计师、推理小说家，代表作有《谋杀我姑妈》(*The Murder of My Aunt*, 1930)等。
[⑥] 伊丽莎白·霍尔丁（Elisabeth Sanxay Holding, 1889—1995），美国推理小说家，代表作有《空白之墙》(*The Blank Wall*, 1947)。
[⑦] 艾瑞克·安伯勒（Eric Ambler, 1909—1998），英国间谍、冒险小说家，代表作有《双面狄米崔》(*The Mask of Dimitrio*, 1939)。
[⑧] 多萝西·B.休斯（Dorothy B.Hughes, 1904—1993），英国推理小说家，代表作有《骑粉红马》(*Ride the Pink Horse*, 1946)。
[⑨] 威廉·艾利希（William Irish），即康奈尔·伍里奇（Cornell Woolrich, 1903—1968），代表作有《后窗》(*Rear Window*)、《我嫁给了一个死人》(*I Married a Dead Man*)等。

不过这些作家才刚开始慢慢被翻译介绍进来，尚未对日本的侦探小说界造成影响。上述作家中唯有约翰·狄克森·卡尔深刻影响了战后的横沟正史及高木彬光。卡尔是与奎因几乎同时出道的老作家，但不知为何，战前在日本一直不受重视。然而到了战后，随着口袋书大量涌入，也出现了许多卡尔的支持者，像我也是到了战后，才真正注意到卡尔的作品；横沟君读了卡尔后大受刺激。关于这一点，他曾经对我说：

　　像范达因或奎因那样，检察官和警官抵达犯罪现场，一一询问关系者的写法，不合我的性子。可是卡尔的作品并非那种老套的本格作品，一开始就引人入胜，我也想挑战这种形式的作品。

　　换言之，就是因为有卡尔的作品，才会诞生《本阵杀人事件》、《蝴蝶杀人事件》。

　　最后简述一下战后木木高太郎君与我之间的论战。前面曾经提到甲贺三郎与木木君的论战，但是到了战后，情势一转，变成了他与我的论战。

　　本格派与文学派之间的对立从以前就一直存在，第一期的大正到昭和初期，从"本格派"与"变格派"的称呼中就可以看出这一点。本格派只有甲贺与滨尾两位，其余的作家全是变格派；此外还有另一种称呼，像甲贺就属于"健全派"，而我是属于"不健全派"。可是若问哪一边较为文学，变格派、不健全派是比较富文学性的。

　　昭和十年前后的第二期，就如同先前所述，本格派的甲贺与纯文学派的木木君僵持不下。本格派并没有改变，另一边却从过去的

"略带文学趣味"一跃成为"纯文学式"表现。木木君甚至主张侦探小说必须成为最顶尖的纯文学。

当时我二者都不赞同。我当然不赞成甲贺的文学剔除论，但我也无法同意木木的纯文学论。因为我认为执意变成纯文学，不知不觉中侦探小说独特的趣味会消失。特别是近代的纯文学几乎就等同于现实主义，如果侦探小说追寻这种方向，彻底追求现实主义，那么爱伦·坡所创造的解谜小说也将会步向灭亡之路。换言之，在不破坏侦探小说独特乐趣的前提下，我是个文学论者。从一开始我就主张毫无不自然之处的侦探小说没有魅力可言，这个想法现在也没有改变。

而木木与我的想法相左之处，在战后的第三期以两人笔战的形式浮上台面。简而言之，木木认为侦探小说原本的特色，亦即谜团与逻辑的趣味再怎么出色，或深具独创性，若不是高度的纯文学，就根本不该得到重视。而我的想法当然不是排斥文学，但我认为不管在文学方面多么出色，若是在谜团与逻辑的趣味上不够出类拔萃，以一部侦探小说来看仍旧是失败的。看起来像是在从不同的角度说同一件事，不过实际争论起来，中间还是有一大段距离，论点也涉及许多方面的差异。

我仍然认同爱伦·坡所发明的形式，尊敬英美的代表性作品，但木木扬弃自爱伦·坡以来的一切侦探小说，意欲创造一种全新的纯文学式侦探小说。这番雄心壮志确实值得尊重。然而以现实面来看，这简直是如同要求芭蕉①再世的至难之事。而木木本人当然也还未能出示范本。

---

① 松尾芭蕉（1644—1694），江户前期的俳人。学习谈林派俳谐，创立"蕉风"，将原本只是市井娱乐的俳谐提升到艺术境界。

因此截至目前，这场论战完全是抽象的理论之战，但只要它是抽象的理论之战，不管争论到何时，都不会有一方弃械投降。可想而知，再继续议论下去也只会发展成相互揭短的混战。因此我希望这场战争到此为止，拭目以待木木创作出所谓的纯文学本格侦探小说。

（收录于早川书房《续·幻影城》、青蛙房《乱步随笔》）

推理小说今昔

在日本，该类型小说的名称与内容从来就不一致。英美不同，一直留心使其名实相符，因此现在几乎不使用"侦探（detective）小说"这种称谓了，过去他们把该类型小说统称为"mystery"，这阵子也并用"crime novel"的说法。这样一来，就能囊括所有的细分类别了。不管是纯粹推理小说、单纯的犯罪小说、冷硬派小说、悬疑小说，全都囊括进去了。因为它们的共通点都是以犯罪为主题，因此英国的侦探作家俱乐部不像美国那样称为 Mystery Writers 协会，而是 Crime Writers Association。犯罪作家这个名称感觉不是很好，但英国人好像不在乎。

战前日本几乎都称为"侦探小说"，战后木木高太郎率先使用"推理小说"[1]，后来不断得到认可，现在已经普及了。

就像前面提到的，"侦探（detective）小说"这个名称在英美已经极少使用了。detective 是指有 detection 的所谓本格侦探小说，在

---

[1] 原文为汉字的"推理小说"，目前日本一般使用的称呼是 mystery 的外来语"ミステリー"。

本格以外的风格更为强势的现在，这个名称已经不太适切了。

那么"推理小说"这个称呼又如何？从字义上来看也十分狭隘，甚至比"侦探小说"还要狭隘。"侦探小说"的话，只要小说中有人进行侦探活动，即使没有逻辑推理，也说得通；但"推理小说"的话，如果没有推理，就名实不符了。英美现在没有相当于"推理小说"的说法，鼻祖爱伦·坡写下侦探杜宾登场的小说时，当然没有detective story这样的名称，所以爱伦·坡称其为"推理的（ratiocination）小说"。爱伦·坡的作品以逻辑获得快感为主要目的，这样的称呼完全适切。可现今，无论是西方还是日本，大行其道的是本格以外的非本格作品，这类作品并不以逻辑趣味为主，因此"推理小说"这个名称就不恰当了。从字义来看，符合"推理小说"之名的，只有所谓的本格作品而已。

无论是战前的"侦探小说"还是现在的"推理小说"，日本使用的名称内涵都极为狭隘，但它的内容，尤其在战前，与西方相较之下更要包罗万象。我称这个现象为"日本侦探小说的多样性"，予以辩护。不过其实连在西方不被归入侦探小说类型的作品，都被称为侦探小说。

即使在战前，本格作品也难得一见。只有主张正统侦探小说的甲贺三郎与滨尾四郎两位一直孜孜不倦地创作着而已，其他作家都转到其他类型了。我自己也是如此，只写了《心理测验》等几篇本格作品，其他作品大都是怪奇小说路线。大下宇陀儿曾说"即使马（侦探小说）头长角（侦探小说以外的文学味）又有何妨"（范达因及甲贺三郎认为角是多余的），不愿被局限在本格的范畴内；梦野久作醉心于爱伦·坡侦探小说以外的作品，净写些怪奇小说；而海野十三的天赋其实在空想科学小说及科学冒险小说中才得到更好的发挥。横沟正史在战前写的也都是些如《鬼火》的怪奇小说。

以上是创作侦探小说初期的作家，昭和十年左右开始崭露头角的第二期代表作家有小栗虫太郎与木木高太郎，他们为侦探小说添加了以往作家所没有的趣味。小栗用超逻辑与百科全书式的炫学建构了宛如"猎奇博物馆"般的诡奇风格；至于木木，他的作品可冠于思想小说之名并深具文学味，两位给侦探小说带来第二期兴盛繁荣的力量。

接着历经战争的空白时期，战败之后随即进入了第三次兴盛期。这个时期侦探小说杂志多达十四种，其中的代表《宝石》销售量高达十万册。基于占领军的方针，彼时封建式的大众时代小说几乎被禁止，所谓的中间小说①也尚未出现。败战之后两三年间，由于只有侦探小说可读，出版社一窝蜂地重新出版战前作家的旧作，这一时期堪称火爆。趁着此次风潮，横沟正史、角田喜久雄等人初次发表类似英美黄金时期的本格长篇杰作，此外新人有香山滋、岛田一男、山田风太郎，稍晚则有高木彬光崛起。我将之命名为侦探小说第三次兴盛期。

在这个时期，横沟等人陆续创作出风格类似英美"黄金时期"的本格长篇，这在日本的侦探小说界是一件划时代的大事。可是这样的长篇在日本固然稀奇，但此时的英美，本格侦探小说的黄金时期早已过去，冷硬派、心理悬疑与冒险小说超越了本格作品，大受欢迎。而这些英美作品接连被翻译介绍进来，受此影响的日本作家，风格也开始呈现出意义异于战前的多样性，日本终究没有迎来英美"没有本格作品，就没有侦探小说"的所谓黄金时期的漫长时代。

这第三次兴盛期中，持续创作本格侦探小说的也只有横沟、高

---

① 日本小说分类的一种，指介于纯文学与大众小说之间的作品，二战结束后开始兴盛。

木两人而已（角田一待大众时代小说复活，便潜心于那个领域的创作，很少再写本格侦探小说了）。香山滋专心于怪兽小说，岛田一男倾向以报社记者为主角的行动派小说，而山田风太郎则全力创作时代小说、怪奇小说，后来出现的众多新人，也甚少涉及纯粹侦探小说。

刚才我提到英美黄金时期，这里简单说明一下。"黄金时期"一词出于美国评论家海格拉夫的《为了娱乐而杀人》，书中使用的名称后来得到普及，指从一九一〇年代中期到一九三〇年代中期的英美风格。这段期间优秀的本格作家与作品频频出现，呈现出纯粹侦探小说黄金时期的繁盛景况。

侦探杂志经常举办问卷调查，票选出世界推理小说的前十名，并将之整理发表。战前自不必说，即使看看去年的投票结果，日本人投票选出的前十名，占了大多数的作家与作品依然属于二三十年前的英美黄金时代。再说去年的例子，是日本版《希区柯克推理杂志》从二十七名作家与评论家手中回收问卷整理而成。说到去年，英美的本格作品当然早已式微，日本也只有一小部分作家还在创作本格作品，然而问卷统计之后的结果却如同下列，依然是黄金时期的作家与作品呈现出了压倒性的优势。

奎因《Y的悲剧》；克劳夫兹《桶子》；范达因《主教谋杀案》；范达因《格林家命案》；艾利希《幻之女》；克里斯蒂《无人生还》；菲尔伯茨《红发的雷德梅因家族》；勒鲁《黄屋奇案》；钱德勒《漫长的告别》；菲尔伯茨《黑暗之声》；克里斯蒂《罗杰疑案》；法兰西斯·艾尔斯《杀意》；柯南·道尔《巴斯克维尔的猎犬》。共十三部作品。

其中艾利希、钱德勒、艾尔斯是黄金时期以后的作家，而勒鲁、道尔是黄金时期以前的作家,此外其余八篇全都是黄金时期的作家和作品。

英美的黄金时期持续了二十年以上。这段期间,说到侦探小说,几乎都指本格作品;而在日本的《新青年》杂志上颇受欢迎的比斯顿、雷贝尔等,在英美不被当成侦探小说。所以,那时候我不得不写下《日本侦探小说的多样性》等文章加以辩护。

可是本格一枝独秀的英美侦探小说界,也从上世纪三十年代中期开始显现出异于日本的多样性。冷硬派的鼻祖哈米特开始写小说的时间比黄金时期中坚分子的奎因及卡尔更早,但他确立作家地位,却是在一九三〇年以后。冷硬派仰仗高级知识分子评论家,终得认可,成为美国独特的文学性侦探小说,拥有许多追随者。

另一方面,承袭出现于战时英国的文学性谍报小说系统的心理恐怖小说——心理悬疑——被分出来,自成一派。代表作家有英国的格雷厄姆·格林[1]、艾瑞克·安伯勒、法国的乔治·西姆农、美国的康乃尔·伍立奇(别名艾利希)等。不同于此,后来还出现冒险小说这样的称谓,专指本格味较淡、犯罪心理小说式的、或是风俗小说式的风格,但此一类别与心理性的悬疑风格有所重叠,无法明确划分。都不追求逻辑快感是二者的共通处。

我记得同样是三十年代后半,有一种说法甚为流行,主要是将本格侦探小说中的人物描写比喻为人偶或棋子,画蛇添足之外还与现实脱节。本格作品推崇诡计的创新,但诡计几乎已经用尽了,再加上人偶、棋子之说横行,使得接下来的作家创作时纷纷转向冷硬派的风

---

[1] 格雷厄姆·格林(Graham Greene,1904—1991),英国小说家,间谍小说方面的代表作有《哈瓦那特派员》(*Our Man in Havana*)。

格,也有作家投入精力于心理悬疑或冒险小说,朝现实风格迈进。话虽如此,本格派也并非消亡了。尤其是英国,现在仍有许多本格作家,只不再是主流罢了。

我必须声明,我并不喜这样的转变。我性格别扭,对一般小说毫无兴趣,只受到侦探小说和怪奇小说吸引,所以还是喜欢侦探小说味十足的侦探作品。和一般小说难以区别、侦探小说味淡薄的作品无法满足我。可是风格与黄金时期相同的作品我受够了。虽然无法想象面目一新的纯侦探小说会是什么模样,但我想也只能等待如同爱伦·坡发明爱伦·坡式的侦探小说那样,再出现一个新的爱伦·坡创造出形式完全崭新的纯粹侦探小说。我一向主张,新艺术的诞生总是受到优秀天才或团体力量的牵引。因此我认为侦探小说不会融入一般小说,不会被逐步吸收,而是会出现一位新人,创造出个性鲜明、形式新颖的侦探小说。

入选去年度日本版《希区柯克推理杂志》十大杰作的,大部分都是黄金时期的作家作品,但在这个榜单公布的一年前(昭和三十四年),英国作家朱利安·西蒙斯[①]广征各方意见,后将整理结果发表在《星期日泰晤士报》上,在日本也蔚为话题。而最佳九十九部杰作中,当然有不少黄金时期的作品入选,不过入选的作品,品类远远超出了本格范畴。《天方夜谭》、陀思妥耶夫斯基的《罪与罚》、威廉·福克纳的《圣殿》、毛姆的《英国间谍阿兴登》、达夫妮·杜穆里埃的《蝴蝶梦》、格雷厄姆·格林的《职业杀手》等也出现在榜单内。专业推理作家的作品与非纯粹侦探小

---

① 朱利安·西蒙斯(Julian Symons,1912—1994),英国推理小说家、评论家、诗人,代表作有评论集《血腥的谋杀》(*Bloody Murder*,1972)等。

说的作品同样榜上有名（这最佳九十九部杰作的作家与作品名，与其他各种排行榜一同收入中岛河太郎所著的《推理小说笔记》当中）。

相较于去年的日本问卷调查结果，这份西蒙斯的排行榜更能反映当前推理小说界的倾向，它认同了黄金时期推理小说界看不到的多样性。传统的推理小说当然存在于现代的小说类别中，但另几个分支的力量日益壮大，若想有一个足以涵盖各分支内涵的称谓，只能冠以"Mystery小说"或"犯罪小说"之名了。

日本这几年似乎也赶上英美的潮流了。就像先前也提到的，战败之初，横沟、角田、高木等人只写本格作品，终于拉近了与英美黄金时期的距离。后来登场的众多作家中，专注创作纯粹侦探小说的只有鲇川哲也、仁木悦子、笹泽左保[①]，其他大多数作品特征就和英美近年来的一样，本格味更淡，其他元素更加突出。

有人说这是东西方偶然的巧合，倒也并非如此。现代日本推理小说风潮的兴起，应该是从芥川奖作家松本清张以推理作家身份声名大噪开始的，昭和三十二年，他的短篇集《颜》获得日本侦探作家俱乐部奖。可这场创作风潮并非凭空而来，在那之前有那么长一段翻译推理小说周期。借着蓬勃的态势，我预言翻译小说风潮之后，必定会有一次创作高潮，但没想到它以空前的规模出现了。

翻译小说的风潮也是盛况空前。引领该风潮的头号功臣是早川书房，"早川口袋推理丛书"在五六年间出版了五百多册。一家出版

[①] 笹泽左保（1930—2002），日本小说家。一九六一年发表的《噬人》获得第十四届日本侦探作家俱乐部奖。

社在短期间内只出版一种品类——推理小说，且数量如此之大，我想全世界都找不到第二个例子。东京创元社虽然起步稍晚，但出版的作品数量也不逊于早川书房。我从两社出版的第一部推理作品开始收藏，目测它们在书架上占据的面积，创元社的丛书及文库本和早川推理分量差不多，或许创元社还要更多一些。

这次的翻译风也刮到了本格以外的作品，因此获得了不喜欢登场人物模式固定的读者群的青睐。此外，也有越来越多的作家开始喜欢翻译推理小说。我并非空口胡说，印象最深刻的是昭和三十一年左右，《日本读卖新闻》上大篇幅连载了福永武彦[①]、中村真一郎[②]的《门外汉侦探小说问答》。福永武彦甚至也写起了纯粹侦探小说。

此时，文坛作家的先驱有松本清张、有马赖义、加田伶太郎、菊村到等人，此外大冈升平、安部公房[③]、柴田炼三郎[④]、藤原审尔[⑤]、吉行淳之介[⑥]、梅崎春生[⑦]、中村真一郎、远藤周作[⑧]、三浦朱门[⑨]、曾野

[①] 福永武彦（1918—1979），日本小说家、诗人、法国文学研究者。他以笔名加田伶太郎创作了一系列推理小说。
[②] 中村真一郎（1918—1997），日本小说家、评论家、诗人、剧作家。
[③] 安部公房（1924—1993），日本小说家、剧作家、导演，代表作有《墙壁》（1951）等，是日本推理第三次兴盛期的代表作家。
[④] 柴田炼三郎（1917—1978），日本小说家、中国文学研究者，代表作有"眠狂四郎系列"。
[⑤] 藤原审尔（1921—1984），日本小说家，是个风格多变的作家，代表作有"新宿警察系列"。
[⑥] 吉行淳之介（1924—1994），日本小说家，代表作有《骤雨》（1954）等。
[⑦] 梅崎春生（1915—1965），日本小说家，代表作有《破房子的春秋》（1954）等。
[⑧] 远藤周作（1923—1996），日本小说家，代表作有《沉默》等。
[⑨] 三浦周门（1926— ），日本小说家，代表作有《冥府山水图》（1951）等。

绫子①、新田次郎②、石原慎太郎、邱永汉、南条范夫③、小沼丹④等人，亦涉足推理小说的创作，最近水上勉⑤大热，名气直追松本清张。

我将这个时期命名为推理小说第四次兴盛期，而在这个时期活跃的当然不光文坛老作家，主要是在专门杂志《宝石》上出道的作者。除了高木、岛田等来自刚战败后的第三次兴盛期的作家以外，在这个时期崭露头角的还有飞鸟高⑥、日影丈吉⑦、鲇川哲也、土屋隆夫、多岐川恭、高城高⑧、星新一⑨、竹村直伸⑩、大薮春彦、户板康二、桶谷繁雄等人。从飞鸟到多岐川（原名白家太郎）的这五个人，是以前就已经出道的作家，但因为他们主要活跃在昭和三十年以后，因此也在此归类。

此外还有各种奖项，通过这些奖项出道的作家们也都相当活跃。

【江户川乱步奖】每年征求长篇推理小说，得奖作品由讲谈社出版。得奖者有昭和三十二年度的仁木悦子、三十三年度的多岐川恭、三十四年度的新章文子、（三十五年度得奖者从缺）最近获奖的是三十六年度的陈舜臣（在日台湾人）等四人。仁木悦子的获奖作品《只有猫知道》早于松本清张的《点与线》，成为销售十几万本的

---

① 曾野绫子（1931— ），日本小说家，代表作有《远来的客人》（1954）等。
② 新田次郎（1912—1980），日本小说家，气象学者，代表作有《八甲田山》等。
③ 南条范夫（1908—2004），日本小说家，经济学者，代表作有《灯台鬼》等。
④ 小沼丹（1918—1996），日本小说家，英国文学研究者，代表作有《村中的异邦人》等。
⑤ 水上勉（1919—2004），日本小说家，代表作有《雾与影》等。
⑥ 飞鸟高（1921— ），日本推理小说家，《红色细线》获得第十五届日本侦探作家俱乐部奖。
⑦ 日影丈吉（1908—1991），日本推理小说家，代表作有《内部的真实》等。
⑧ 高城高（1935— ），日本推理小说家。
⑨ 星新一（1926—1997），日本科幻小说家，日本科幻小说御三家之一。
⑩ 竹村直伸（1921— ），日本推理小说家。

畅销书，也成了中坚出版社投入推理小说出版的契机。多岐川恭获得江户川奖的同年拿下了直木奖，更巩固了他在读者心目中的地位。他也是继昭和十一年度的木木高太郎后，第二位获得直木奖的推理作家。笹泽左保在角逐三十四年度的江户川奖时夺得副奖，不过他依据评审委员的意见修改了作品，后由讲谈社出版，大获好评，跻身为一线作家。

【周刊朝日—宝石奖】昭和三十三年，在当时的《周刊朝日》总编扇谷正造提议下设立，但后来由于扇谷氏调到其他部门，便终止了，只举办了三十三、三十四年两届。得奖作家当中有佐野洋、树下太郎①、黑岩重吾②等众多实力派作家。黑岩重吾并获得三十五年下期的直木奖。

【电视"夜之棱镜"奖】这个奖只在三十四年举行过一次，第一名为河野典生③。

【日本版 $EQMM$】早川书房的《埃勒里·奎因推理杂志》征求刊登在美国杂志上的短篇作品，结城昌治④获得了第一名。他接着发表了漫画推理长篇作品《胡子男们》，博得好评。另外，日本版 $EQMM$ 总编辑都筑道夫⑤现在也是专业作家，以其异色风格大受肯定。

除了上面提到的作家以外，还有以崭新的谍报小说作家身份受

---

① 树下太郎（1921—2000），日本推理小说家，代表作有《在墓前献上蓝色花朵》等。
② 黑岩重吾（1924—2003），日本小说家，代表作有获得直木奖的《悖德的手术刀》等。
③ 河野典生（1935—2012），日本小说家，代表作有《名叫杀意的家畜》等。
④ 结城昌志（1927—1996），日本推理小说家，代表作有《黑夜结束时》等。
⑤ 都筑道夫（1929—2003），日本推理小说家，推理小说、评论相关著作甚丰，称得上推理小说界全方位的作家。

到瞩目的中薗英助①、海渡英祐②等人。

第四次推理小说的兴盛期，涌现了许多前所未见的划时代事件。这一期的作者水平就是如此惊人，规模浩大。我试着列举主要事件如下：

（一）日本的推理小说终于进入了长篇时代。在西方，无论是一般小说或推理小说，全新长篇作品一般都以单行本的形态出版。相对于此，日本只有用于在杂志上刊登的短篇需求量大，除非是相当受欢迎的人气作家，否则不会接到长篇连载的邀稿；而以单行本形式出版的推理小说，一年最多只有十几部而已。然而这几年来，松本清张、有马赖义等人的单行本，还有仁木悦子的得奖作品空前畅销，引起了大出版社极大关注，除了出版连载小说以外，也出现直接出版全新长篇作品的趋势。过去一年顶多十几本，近年来则是一个月就出版十几本以上，总算接近西方的出版规模了。我认为这不应该流行于一时，而是和西方一样，成为日本推理小说的出版模式。

（二）许多普通作家对推理小说表示兴趣，并发表推理作品。战后有坂口安吾的长篇《不连续杀人事件》（昭和二十三年）打头阵，但许多文坛作家开始对推理小说发生兴趣，是在前述的翻译小说风潮之后。多年前也有过这样的现象。在第一次兴盛期以前，大正初、中期，谷崎润一郎、佐藤春夫、芥川龙之介等人的短篇小说中有许多富含侦探小说元素的作品，对初期的侦探作家造成了相当大的刺激，可是这些文学作家的初衷并非为了投入推理小说的创作。相对于此，近年的文坛作家则竞相发表标榜为推理小说的作品。此外，

---

① 中薗英助（1920—2002），日本推理小说家，代表作有《黑夜嘉年华》等。
② 海渡英祐（1934— ），日本推理小说家，代表作有《柏林一八八八》等。

无论是松本清张还是水上勉，他们都是长年来在普通文学的领域耕耘，却靠着推理小说一跃成名，获得众多读者后便专心创作推理小说的作者。这是该时期才出现的全新特征。

（三）社会派推理小说优势凸显。刚才我说和英美一样，所谓的本格推理小说在日本也日渐衰落，其他趣味的作品成为主流。而在现今的日本，社会派推理小说的作品最受欢迎。这与松本清张的自身有密切的关系。松本的风格是充分理解本格的趣味后（他所钟爱的本格是弗莱彻、克劳夫兹那一流源的），更倾注心力在本格以外的社会性元素上，这种特征的作品占了多数。他之后的作家或多或少都选择了这个方向，可以说松本缔造了一种流行。于是，目前的日本推理文坛就呈现出了社会派占了压倒性优势的态势，但也并非没有其他流派存在。本格派有横沟正史、高木彬光、鲇川哲也、仁木悦子、户板康二、笹泽左保；极短篇有鬼才星新一；日本式的冷硬派有高城高、河野典生、大薮春彦；而幽默及漫画派有小沼丹、结城昌治；谍报小说有中薗英助等。其他虽然无法明确分类，仍有风俗派、怪奇派、意外派，日本推理小说品类的丰富程度绝不逊于西方。整体来看，小说本身的水准提高，也是该时期的一大特征。

（四）非推理小说界人士、文艺评论家、学者积极撰写推理小说评论。从大正到昭和初期的第一期，当时的第一线文艺评论家平林初之辅不断发表推理小说评论，除此之外，鲜有评论家关注推理作品。其后除了偶有文艺评论家撰文评论，更多的是推理小说界的评论家的批评，媒体也极少介绍。战后，平野谦、荒正人、大井广介[①]诸氏引

[①] 大井广介（1912—1976），日本文艺评论家，曾发表过许多推理小说评论，也曾以"田岛莉莱子"的名义发表过推理小说《棒球杀人事件》。

领推理小说评论，近年则有中田耕治①、村松刚②、大内茂男③、丸谷才一④等诸氏加入，不断评论推理小说作品。这也是该时期的一大特征。

（五）推理作家接连获得直木奖。过去以推理小说获得直木奖的推理作家只有昭和十一年的木木高太郎一人，然而自昭和三十三年起，每年都有一名推理作家获得直木奖。三十三年的多岐川恭、三十四年的户板康二、三十五年的黑岩重吾、三十六年的水上勉，此为前所未有的盛况。

（六）推理小说首次成为畅销书。推理小说卖出十万册以上，是史无前例之事。松本清张的每部作品皆成了十几万或二十万册以上的畅销书，推理小说奖出身的作家中，仁木悦子的《只有猫知道》成了十几万册的畅销书。我的书在战前最为畅销，将长年来再三出版的数字合计后，也有二三十万册，但一次销售的册数顶多只有三万左右。近年来在销售册数的部分，也呈现出划时代的增长。

以上是我以整理资料的方式谈论了推理小说的今昔。人活得一久，虽有许多羞愧之事，但也有不少值得欣喜之事。作为共同走在这条路上的一分子，能够恭逢这样一场划时代的推理小说盛况，实为欣喜之至。

（收录于讲谈社《子不语随笔》）

---

① 中田耕治（1927—），日本作家、评论家、推理小说翻译、导演。
② 村松刚（1929—1994），日本评论家、法国文学研究者。
③ 大内茂男（1921—2007），日本心理学者，曾经发表过许多推理小说评论者、作家论。
④ 丸谷才一（1925— ），日本小说家、翻译家、评论家。

一名芭蕉的问题

本杂志的编辑山崎带来木木高太郎的《新泉录》原稿请我看，要我尽量不客气地写下感想。山崎似乎期待我们之间暴发一场激烈的论战，但木木与我的想法之间并没有像已故的甲贺三郎与木木一般悬殊的差异，因此或许成不了论战。但也并非完全没有意见相左之处，所以在此提出一些我的感想。

直截了当地说，木木认为侦探小说的根本要素，亦即谜团与逻辑的趣味再怎么出色、具独创性，如果作品不具文学性，就没有意义。相对于此，我当然并不排斥文学，但我认为不管具有多么出色的文学性，若是在谜团和逻辑的趣味上不够出类拔萃，那么以侦探小说来看就是无趣的。似乎是从不同的角度说明同一件事，但要使文学性与侦探趣味浑然一体地融合在一起，难如登天。因此在现实的创作中，二者的想法便出现了相当大的落差。木木是文学至上主义，而我是侦探小说至上主义，能使二者合为一体当然是理想。然而在现实层面上，这样的理想困难到几乎不可能实现，所以才会出现问题。

对于木木的看法，尽管我从前就隐隐担忧着它的困难之巨，但我赞同这个理想。我在《侦探小说的斗志》、《侦探小说与科学精神》等随笔文章中也谈论过这一点。我是个不亚于木木的文学爱好者，若当成一个高远的理想，我十分赞成侦探小说文学论；然而在现实层面上，我还是将之区分为一般文学与侦探小说看待。想要接触人生机敏细微之处时，我不会从侦探小说中寻求，而是亲近普通文学。而想在侦探小说中得到的满足，则是一般小说找不到的。我姑且将其命名为谜团与逻辑的趣味。我从侦探小说中寻找的是谜团与逻辑的趣味,而非人生诸相百态。侦探小说中当然也必须有人生,但那是在不妨碍谜团与逻辑趣味的前提下。

能够尽可能融入一般文学的手法最好,但它的极限是"具有文学风味的侦探小说",想更上一层楼,也就是文学性与侦探趣味并驾齐驱,我认为难如登天。在文学作品的大框架下创作,侦探趣味必将黯然失色,我深爱着侦探小说独特的风格。失去这种特色的寻常文学作品,我不认为还称得上是侦探小说,如此,必将扼杀侦探小说这个类别。如果有作品既具备侦探小说的元素,其思想又不逊色于一般文学,那么这部作品便是实现了最为遥不可及的理想。但以我目前的想象力,实在无法在脑中构思出那样的作品,这是至难中的至难之事。

木木说不该先思考诡计,而该先塑造操纵诡计的人物以及这些人物之间的关系。如果他是指重视动机的必然性,我丝毫没有异议,但这也是有限度的。如果照字面意思将诡计视为次要,只重视人与人的关系,并追究它的必然性,这样的作品人物自然不会任凭作者摆布,那么这里面真的会诞生出侦探小说式的诡计吗?我很怀疑。我认为如此架构一部作品,作中不会出现诡计,反倒有可能出现更不同的东西、或是以侦探小说来说不及格的诡计。如果以人性为优先,理所当然便衍生出这样的结果。从这个思路中诞生的作品,如果作者彻底对文学忠诚,那么最多会是带着几许侦探风味的一般文学。如果将《卡拉马佐夫兄弟》当成侦探小说加以评价,水平算不上高,侦探小说根本的趣味并没有彻底表现出来。

就现实面来看,国内外的作家在创作正统侦探小说时,并不是先创造人物,再根据人物个性形成符合其身份思维的诡计。而是先钻研诡计,再安排适合诡计的(尽可能具有必然性)的人以及人物关系。这与文学创作的过程相反，却也是侦探小说的宿命。如果无视这个宿命，妄想在文学创作的母胎中孕育侦探作品，那结果一定是南辕北辙，徒留遗憾而已。

恕我重申，我并不排斥文学元素，但将侦探小说的根本要素摆在第一位，在不打破侦探框架的范围内纳入文学趣味。这是我异于范达因及甲贺三郎主张的地方，我没有超越限度，不认同以文学引导侦探要素的文学至上的木木理论。我并非全盘否认木木说的可能性，只是觉得那实在难如登天。

我认为日本的侦探小说以整体而言，相较于侦探式的趣味，文学味更胜一筹。我在编纂杰作集的时候，经常感觉与英美的短篇侦探小说集相比，我国作品的文学味更为浓厚，这种文学性当然不可比肩第一流的文学作品。相反，日本侦探小说该有的逻辑趣味却单薄许多。在三五十页的短篇篇幅限制中，这也无可奈何，那么长篇的逻辑趣味就比较浓郁吗？事实上却是更清淡如水。

从战时到战后，我前所未有地大量阅读英美著名长篇，越读越能强烈感觉出日本的侦探小说与世界的主流相去甚远。过去，我们受到英美侦探小说的刺激，奋起直追，还没有从正统的侦探小说学校毕业，就已在不知不觉间绕进旁门左道去了。日本的侦探小说现在缺少的不是文学理论（因为已经到达某种水平了），而是侦探小说创作理论。我们必须回到正道来，在原本的侦探小说，尤其是长篇侦探小说方面，拿出能够与英美杰作比肩甚至凌驾其上的作品来才行。当我看到终战后侦探小说复兴的趋势时，最渴望的就是有朝一日能亲眼目睹这样的盛况。

即使是英美侦探小说的杰作，从纯粹文学的观点来看，也称不上一流。可是纵然不是最出色的文学，我也不能因此轻视。我不仅不漠视，甚至更重视这一点，对于日本的侦探小说没能在侦探趣味上达到英美杰作的水准感到遗憾。今后无论我们情愿与否，都必须站在世界的高度上，侦探小说也不例外。我们必须以国际化的观点来批判、改进日本侦探小说。从这个意义来看，日本的侦探小说也应该回归世界侦探小说的正道。

以上是当前的现实问题，不过放眼遥远的水平线彼方，谈论远大理想时，感想自然又不同了。

我在昭和十一年左右的随笔《侦探小说的斗志》中提到："简而言之，那是该如何更行之有效地将干净利落与复杂纠葛、科学精神与艺术精神进行有机化合的苦恼。认为侦探小说是非黑即白的世界，安居在英美侦探小说的老路子上是很容易的。此外，不满足于千篇一律的常识逻辑，抛弃侦探小说，踏入其他剪不断理还乱的世界也不困难。然而不满足任何一边的渴望以及憧憬融合二者的新世界的贪婪，就是侦探小说最根本的苦恼之处。"这或许是永远的梦想。但或许正因为是梦想，才显得尊贵。就连文学论者木木高太郎，对照他过去的成绩，也还未能实现这场梦。是第一流的文学，而且还能够满足侦探小说独特的趣味，这的确是极为艰难的创作之路，然而我并非全盘否定它的可能性。我从未对天才现身的可能性感到绝望。因为如果侦探小说界能出现一名芭蕉，要将所有的文学远抛在身后，把侦探小说推上至高无上的宝座，也绝非不可能之事。

从和歌卑俗滑稽的部分发展出来的俳谐，原本只是市井俗人的消遣娱乐。贞德、宗因① 等前人的俳谐多半只游戏于卑俗的玩笑与滑稽之间。古俳谐中甚至包含了许多充斥着谜语和谐音内容成分的

---

① 松永贞德（1571—1654）、西山宗因（1605—1682），都是江户前期的俳人、歌人。

作品。可是芭蕉只凭一人之力，就将贵族歌人嘲笑为俗谈的俳谐，通过他耗尽精力的苦苦创作，脱胎换骨成带着悲壮之气的千古杰作，成为至高无上的一门艺术，甚至可说是哲学。

这是历史上的事实，是革命的先例。要让侦探小说提升成至尊的艺术，就只能参照芭蕉走过的这条路了。我们这样的凡人当然无从揣测，前无古人的天才披荆斩棘，耗尽心血才抵达的国度，风光是怎样的旖旎。啊啊，侦探小说之芭蕉是何许人也？好汉木木高太郎真有芭蕉凄苦之气魄？

（收录于《随笔侦探小说》、《幻影城》）

再论侦探小说之宿命

有幸对前一期木木的《新泉录》续篇再论我的看法。老实说，虽然言不尽意，但我的看法已在上上一期的《一名芭蕉的问题》中阐述过了，但议论的乐趣是在交换意见之中让彼此的想法逐渐深化，从而得到某些收获。因此今天我想针对同一个问题进行更进一步的思考。

木木说我们两人的想法相左之处并不在于理念。我原本也是这么认为，但仔细想想，却并非如此。何谓文学？何谓侦探小说？在这些根本之处，我们两人的看法是否一致，到现在仍不清楚。

何谓文学？这当然不是三言两语就可以交代清楚的事情，但我试着提出自己的定义。我认为文学的目标并非用相机拍摄人类生活，而是用画笔勾勒出人类生活百态。若将绘画换成另一种说法，就是穷究 idea（柏拉图哲学中的"形相"、"形态"）。不是单纯的临摹，而是探究深处的本质。可以说文学上的"创造",就是作者的笔力能逼近这种 idea。

另一方面,侦探小说并非与上述的文学本质背离,但它所追求的中心主题是巧妙建构的谜团,以及抽丝剥茧时逻辑的乐趣。它虽然是文学的一种,却不能与爱情小说、犯罪小说、社会小说等同而语,从某种层面上可说是本质完全异于这些类别的特异文学。侦探小说不会直接从正面白描歹徒及犯罪行为,而是隐藏在文字背后,表面上只会若有似无地透露出片鳞半爪(侦探小说的其他特征也由此而生。侦探小说是犯罪小说的反面,有时反令犯罪者的心理与恐惧呈现得更为活灵活现)。作者为了隐瞒罪犯与犯罪手法而使用诡计,而主要的谜团依据这个诡计构成,谜团的构成巧拙,是侦探小说的重点。

如果文学的目的在于逼近人类生活的 idea,那么直接以此为目标就行了,完全没有必要隐匿罪犯、构思诡计、为了导出既定的结论而想出漫长的逻辑推理,绕上一大圈。特殊情况下,也会有纯粹文学会采取这类迂回的路线,但那只是巧合,我无法想象总是以这样绕远路为前提的纯粹文学。

我说的"侦探小说最好能尽可能添加丰富的文学风味,但这是极限,如果完全朝文学本身迈进,那就不再是侦探小说了"的意义正是如此。非侦探小说的作者及作品不受此限,但若是侦探小说本身变成这样,我无法认同。

如此一想,关于文学的本质,木木和我的想法应该没有根本上的不同,但我认为双方的相左之处或许在于对侦探小说本身的解释。那么木木认为的侦探小说本质是什么?我想先请教木木这一点。

接下来我将考察前一期的《新泉录》。对(4)到(6)我没有什么特别的意见，但最后的（7）"诡计必须出自于生活"一项，从某种意义上来说，也算回答了我前面的疑问。木木的论旨要点如下：

"（不是先有诡计，而是先有生活）先决条件是作者有没有全力投入生活的气势，再投入犯罪与心理，如此才能产生诡计。

"投入小说中的人物生活是侦探文学创作的坦途，由此必然而生的诡计，才是真正的侦探小说构成中不可或缺的诡计。

"重现真正的生活，肯定能创建出超越既有一切诡计的诡计。

"这是至难之事吗？这若是至难之事，那么一切文学皆是困难之事，并非只是侦探小说的宿命。"

对于这番论述，我如此认为：

投入作中人物的生活是文学的要诀，侦探小说也不会忽略这一点，但我对于投入角色生活就必然产生诡计的说法存疑。有时候的确会产生诡计，但也有并非如此的情况，我反倒认为不产生侦探小说式的诡计才自然。

我认为投入主角的生活之后，出现的不会是我所理解的侦探小说，而是像陀思妥耶夫斯基的《卡拉马佐夫兄弟》那类作品。依我目前的想象力，只能想到那样的作品。

《卡拉马佐夫兄弟》是最巅峰的文学巨著之一，可是它无法满足侦探小说根本的趣味。在侦探小说技巧上（当然作者并不着重于此）极为单纯而且贫乏。亦即《卡拉马佐夫兄弟》是十分伟大的文学著作，但以侦探小说的标准衡量却是无趣的。

木木所谓的"创造真正的原创生活，肯定能出现超越既有一切诡计的诡计"，这个诡计究竟指的是什么，我猜木木自己恐怕也还没有明确的想法。但是将重点放在生活本身，以 idea 为目标，追求现实性后应运而生的诡计即使不像《卡拉马佐夫兄弟》那般遥远，我担心那仍然只是无法满足侦探小说爱好的下等诡计。

再举一个浅显的例子,是深得木木赞赏,在某种意义上我也大力推崇的《蝴蝶梦》。

《蝴蝶梦》当然无法与陀思妥耶夫斯基的作品相提并论,但它是部十分出色的犯罪心理小说。有着奇异的恋爱心理,男主角与女管家间的神秘言行营造出的悬疑气氛,还有最后揭开犯罪事实的意外性。不过作者的意图还有作品的构成重点都和纯粹侦探小说无关,书中没有称得上精心策划的诡计,而且解谜的逻辑趣味极端淡薄。我对这部小说的喜爱绝对不输其他人,但那不是对侦探小说的喜爱,而是对于恋爱与犯罪心理小说的喜爱(但我不反对将这部作品纳入广义的侦探小说范畴中,而且也非常希望日本的侦探作家能写出这种小说,但这部小说的内容并不足以满足我对于纯粹侦探小说的爱好,也是事实)。

接着木木文中最后提到的"这若是至难之事,那么一切文学皆是困难之事,这并非只是侦探小说的宿命"。这一点并不符合事实。文学要以最杰出的文学作品为目标,理论上并非完全办不到,实际上也不是不可能,但侦探小说要以最杰出的文学作品为目标,不光只是理论上至难,实际上几乎不可能。我所谓的"宿命"就是这个意思,是从以上的想法当中必然产生的,只属于侦探小说的"宿命"。

可是我并不为这个"宿命"感到悲伤,我无条件地爱着拥有此般"宿命"的侦探小说。因为这当中有着侦探小说的特异性,有着其他任何文学都无法类比的独特世界。

我也不认为爱伦·坡、范达因的这些既有的侦探小说是至高无上的。可是我说我不满足于它们的意义,与木木的想法在根本上不同。相对于我是在前述的"宿命"中追求更加卓越的作品,木木却是想打破这个"宿命",转向纯文学。我是二元论,而木木是一元论,就讨论本身来说,木木的想法更具革命性,叫人直呼痛快。然而以我目前的想象力,只会觉得从其中诞生出来的作品,不是能够满足我的形式。

我在前面提到芭蕉,绝非只是信手拈来一例。我是以芭蕉作为能实现我无法相信可能实现的难事的例子,而现在的我并没有能力阐述如何成为芭蕉的方法。因为没有,所以才举芭蕉为例。

以上完全是我真实的心情,木木或许会责备我"驳斥了所有的可能性",实际上绝非如此。虽然现在的我没有这样的方法,但如果木木有,就请提出来吧,我一定洗耳恭听。这场论战的目的不在于谁驳倒谁,而是在论战中碰撞出某些成果。如果木木能够说服我,并成就侦探小说的革命,即使在论战中落败,我虽败犹荣。

(收于《幻影城通信》)

评侦探小说纯文学论

日本的侦探小说界自出发以来,本格侦探小说支持派(以谜团与逻辑为主)与文学派便始终对立。从大正末期到昭和初期,侦探小说界习惯以本格派及变格派这种模糊的称呼来区别二者,变格派中有许多作家的创作依当时的标准来看应归入文学作品类。昭和十年前后,这样的对立愈演愈烈,极端本格派(文学无用论)的甲贺三郎与极端文学派(侦探小说至高文学论)的木木高太郎的论战即为代表。过去算属于文学派的我,此时没有偏袒位于两端的任何一方,而采取了"文学式本格论"的立场。经过战争中的空白时期,进入战后第三次侦探小说兴盛期后，这场对立转而成为木木高太郎与我的论战。我并非甲贺那般极端的本格论者，也非文学排斥论者。如同我在其他篇目《两种比较论》、《英美侦探小说评论界的现状》中详述的，我是个文学式本格论者。可木木不满足于现状，也不满足于从爱伦·坡以来的一切侦探小说，想创造出完全不同形式的纯文学侦探小说，然而我无法想象被木木当成目标的新侦探小说会是什么样的形态。木木对《蝴蝶梦》赞誉有加，也将鸥外的《如同那般》视为推理小说，但我实在不明白为什么非把这些一直以来被视为一般文学的作品也纳入侦探小说的范畴？西方也有把《蝴蝶梦》甚至是陀思妥耶夫斯基的《罪与罚》当做侦探小说的，但这是为了丰富侦探小说，他们并未排斥《蝴蝶梦》以外的旧式侦探小说。西方的侦探小说界并非无视爱伦·坡以来的所有侦探小说，也不曾有过要把侦探小说全部变成和《蝴蝶梦》一模一样的想法。然而木木认为爱伦·坡以来的一般侦探小说全都不值一提，于是欲把侦探小说引向《蝴蝶梦》，或者我不知道的其他路线，总之是异于过去我们并不称为侦探小说的作品方向。

木木还没有明确提出他所谓的新侦探小说的形态，所以或许是我误会了。但据我推测，依木木平常的风格还有他赞赏的外国作品来看，他的目标应该是几乎没有解谜小说趣味，而是带着某些犯罪意味、或人生谜团的一般文学的方向。这虽然只是我之前的推测，但若真是如此，对于侦探小说往这种方向前进，融入一般文学的发展趋势，我大感不满。因为这样一来，就失去了侦探小说这个特殊类别存在的意义，而那种可称为一般文学的，也用不着勉强冠上侦探小说之名。

简单来说，以上述的内容为背景，木木与我的论战在战后一直持续着。为了纪念，也作为记录，我将我的《对于纯文学论》三篇收录于下。《一名芭蕉的问题》是这场论战的第一篇文章，可以看出我们的论战是源于何种契机；此外，因为我的想法完全表达在那篇文章中了，所以再加上两篇新短文，一并收录。

侦探问答

（客人）木木高太郎先生在《星期日每日》的春季特别号写了一篇《侦探小说问答》。您读过了吗？

（主人）读过了。是一篇切中要点的侦探小说入门介绍文章，可完全没提到木木真正想说的事情。他在最后稍微提到了纯文学，但没有深入解释。是想要保留问题以供思考，还是因为截稿日的关系割爱了？我想应该是后者吧。

（客人）对于那篇问答，您有没有不同的意见？

（主人）几乎没有，不过对于推理小说这个名称，我有几点意见。木木说除了侦探小说以外，科学小说、怪奇小说、悬疑小说、考证小说、心理小说、思想小说等全都要归入推理小说名称中，他的这个想法无视"推理"的字义，我无法赞同。把怪奇小说和悬疑小说统称为推理小说，未免太牵强了。科学小说也是，比起推理，过去的这类作品更注重科学的幻想，实在谈不上有什么推理的元素。而且连思想小说都称为推理小说的话，文学史上绝大部分的作品都是推理小说了。这样会让侦探小说这个特殊的类别变得暧昧，与一般文学混淆，把难得分化出来的东西又丢回未分化的过去了。

（客人）您不喜欢推理小说这个称呼，是吗？

（主人）也不是。战争刚结束的时候，我曾在《改造》上写过一篇随笔，提倡如果将广义的侦探小说（也包括悬疑小说等类别），以及以逻辑游戏为主的本格作品统称为推理小说，那么本格、变格这种古怪名称即使消失也无妨，但没有获得多少共鸣。后来我不再使用推理小说这个名称，是因为它已经不是我当初提倡的那种语义了。

（客人）逻辑游戏啊，您在无意中透露了真心话了。

（主人）就是这样，我是个侦探小说游戏论者。不过在进入游戏论之前，先说说我对文学论的看法吧。有样东西要让你看，就是这个，大正十四年九月发行的《侦探趣味》第一期。那时候我刚开始写侦探小说，还住在大阪，和《大阪每日新闻》的春日野绿还有神户的西田政治、横沟正史等人创办的同人杂志。

（客人）咦，您还保存着这么久以前的东西啊。说到大正十四年，已经是二十五六年前的事了呢。

（主人）我是搜集狂嘛，尤其喜欢收集这类旧物。最初这本杂志是由成员轮流担任编辑，第一期由我负责。上面有一个专栏叫"侦探问答"，由我向各成员以回函明信片的形式提出四个问题，第一个问题就是"侦探小说是否为艺术？"换成今天的说法，就是"侦探小说有没有可能是纯文学？"这里有二十四个人的回答，大多数的回答都是"侦探小说也是艺术。"此外也有很多"视作者与作品，有可能是艺术，也可能不是"的回答。后来变成文学排斥论者的甲贺三郎也回答，"侦探小说中也有艺术性作品，艺术小说中也有侦探小说式的作品，简而言之，侦探小说也可能是艺术。"

（客人）那么您本身是艺术派吗？

（主人）我却不是如此。我也一样回答了这个问题，但我是这么写的："虽然我想说侦探小说是艺术，却无法斩钉截铁地断定。我总觉得既然侦探小说是刻意写出来的，本质上就不能算是艺术。"所以我想知道其他人怎么回答。

（客人）您的回答让人觉着您很贪心。

（主人）当时也有人这么奚落我。二十五年后的现在，我的想法仍然和当时的十分接近，真是本性难移。这就是我最近常说的，侦探小说有着无法完全成为纯文学的宿命。

（客人）您是说与木木先生的论战吗？

（主人）是的，木木说他对从爱伦·坡到现在的所有侦探小说不满意，心中描绘着完全不同的纯文学式的侦探小说。可是连他自己都不知道那会是何种形态的侦探小说。从木木过去的作品来看，也不能说没有类似的种子，可我觉得由那些种子萌芽而成的作品只是略带侦探小说趣味的一般文学而已。我认为越是深入那种方向，就越远离了侦探小说，只单纯地往纯文学靠拢。光靠抽象的理论说不明白，所以我要他拿出范本来。

（客人）您肯定既有的侦探小说，范本当然要多少就有多少，只要拿出排行榜上前十名的作品就行了。然而木木先生设想的是未来的一种趋势，并没有现成范本。您要他拿出那样的东西，岂不是不公平吗？

（主人）所以我不想深入追究这一点，但是抽象理论说服不了我，我必须看具体的作品。前阵子我也问过木木，外国文学里有没有什么可以拿来当成范本的即成作品？结果他还是只说得出陀思妥耶夫斯基的《罪与罚》、《卡拉马佐夫兄弟》或类似的作品。以文学标准来看，《罪与罚》和《卡拉马佐夫兄弟》是很伟大；但以侦探小说的标准来看，并没有什么大不了的。它们不是着重解谜逻辑之类的东西。所以这类特征的作品，没办法成为新侦探小说的范本。

（客人）话说回来，您刚才本来要详细介绍游戏论的，那么谈谈游戏论如何?

(主人)这也是很久以前的事了,本性难移。我刚开始写侦探小说没多久,当时的无产阶级作家前田河广一郎[①]氏在大正十二三年左右的《新潮》上发表了两篇短文《究明侦探小说》、《侦探小说心理》。主旨是侦探小说是拥护资产阶级的小说,作家应多创作反资本主义式的侦探小说。我在《新青年》上反驳了这个说法,我说侦探小说是"理性的游戏",所以并非有资本主义或无产阶级的立场。依作家的性格,要写出赞同或反对资本主义的作品也不是不可能,但那与侦探小说的本质无关。更久之后,我发表了一则短篇《烟虫》,结果这次受到了左翼人士的赞赏,但那也只是巧合,选择以军人为主角只因其适合描写一个怪现象,我从未刻意在我的作品中突出反军国主义。

(客人)我觉得您有些偏离主题了。

(主人)游戏论,是吧?我刚才的话其实也涉及一二,很早以前,我骨子里就是个侦探小说游戏论者。文学是放眼人生、寻找真实,描写人类世界种种悲欢离合,或谈论神与恶魔的一种艺术形式。侦探小说当然无法避开这类要素,但中心主旨却全然不同,是将人为制造的谜团——最为不可思议的谜团——甚至看似不可能的谜团以逻辑加以清晰化,以获得解谜乐趣为目的的小说。这个谜团可以是人生之谜,但人生之谜自古以来便是哲学与文学的中心课题,没必要连它也都放在侦探小说里,而且人生之谜也不可能靠一本书就解得开,这与侦探小说的趣味不同。换言之,试图解决与人生相关谜团的小说是纯文学,解开与人生无关的人为制造的谜团的小说是

[①] 前田河广一郎(1888—1957),日本小说家。

侦探小说，也就是游戏文学。

（客人）在侦探小说中，解开杀人命案之谜不也与人生有关吗？

（主人）不能这么说。我现在谈的不是这么浅显的层次，而是更高的层次。你要知道，侦探小说的根本乐趣在于虚构。虽然必须写得煞有介事，但那不可能是真正的现实。我认为"虚构的现实"必须和一般意义的现实分开。如果要彻底追求一般意义的现实，侦探小说根本的虚构乐趣就消失了。我认为，一般意义的现实主义与侦探小说无法并存。我会说侦探小说与犯罪实录截然不同，也是这个原因。

（客人）可也不能说它是游戏，就成不了文学吧。不光是文学，所有的艺术都是源自原始人的游戏吧？文学现在已经有了框架，人们不再说它是游戏，但追根究底，它原本也是游戏。不必追溯到原始时代，说简单点儿，不管是西鹤还是近松[①]，他们都不是为了阐明人生而写，而是为了游戏而写，但比起当时探讨人生的儒学，他们现在得到的评价更高。因此侦探小说现在虽然是一种游戏，也许有一天也会成为文学吧。

（主人）那真是我最大的愿望。但不能急躁地朝文学靠拢，如此反而会让侦探小说走向灭亡。如果选择了单纯模仿现今的文学，无论如何侦探小说的根本趣味都会在无意中被淡化。你刚才举西鹤和近松为例，但他们认为自己是戏作[②]的作者，有时候甚至羞于在作品上署名。因为当时儒学者将浮世草子及歌舞伎当成妇孺的娱乐，弃若敝屣。有时候侦探小说的作者也会引以为耻，但即使它是魔术文学，一样由人类创造，总会有人性的成分深藏其中。有时候间接

[①] 近松门左卫门（1653—1724），江户中期的净琉璃、歌舞伎脚本作者。
[②] 指江户时期的通俗文学，尤其是小说类的。

的东西反而比直接的更能打动人心。如果纯粹侦探小说能够成为文学，目前我能想到的就只有这样的方式。可那并非刻意为之就能成功的，这关乎作者的个性，是一条极为狭隘的路。

（客人）侦探小说成为文学的道路只有这一条吗？

（主人）除此之外，虽然还非常空泛，还有另一种可能，就是循着侦探小说的进化过程预测未来。侦探小说这类形式，从百年前的爱伦·坡算起，还相当年轻；但作为趣味中心的解谜游戏，几乎从原始时代就有了。换言之，那不是现在才出现的，而是随着人类的智慧同时出现，与人智同时演进的趣味。在西方，希腊、罗马古代时就非常盛行谜语诗歌，一般的谜题也十分流行，这从出现在《伊底帕斯》戏中的人面狮身谜题也看得出来。东方也是如此，中国诗歌谜语中的《野马台诗》相当有名，日本也有谜语和歌。像"物名"[①]、"折句"[②]就是。最近有位叫和田信太郎的人出了一本叫《巧智文学》的书，书中写到日本与中国的谜题历史。《巧智文学》中介绍的人类的谜题趣味渐渐也被纳入小说里面，诞生了中国的《棠阴比事》、伏尔泰的《查第格》[③]、日本的《大冈裁判》之类的作品，"谜"的趣味由此延续下来。而它因爱伦·坡的创意，被汇整成现在侦探小说的形式。百年之间，侦探小说变得复杂了，但根本上还是爱伦·坡创造的原型。这样一想，就知道侦探小说还不到走进死胡同的地步，也许会进化成更加不同的形式。不过这只是单纯的想象，非常暧昧模糊，所以我还不能提倡新形式的侦探小说。

[①] 和歌咏法的一种，与和歌的实际意义无关，而是借替来吟诗事物的名称，是难度很高的技巧。
[②] 是俳句样式的一种。
[③] 指 *Zadig*，出版于一七四七年。

（客人）这下我放心了，原来您也不是个固执于现状的人。

（主人）那当然。不过，就算是过去的爱伦·坡式侦探小说，也还有进化的余地，或者说还有让人恋恋不舍的力量。前阵子我在某本杂志上提到，综合西方评论家的侦探小说论，约有四类主张。一是和木木相同的纯文学论，冷硬派的主将钱德勒便是如此，美国也有纯文学论者；第二类是风俗小说论，也就是认为侦探小说将发展为魔术小说，最后变成有侦探出场的风俗小说，日本的大下宇陀儿等人似乎赞同此说；第三类是文学式本格论，也就是不减少本格侦探小说的趣味，尽量融入文学手法，这也是我目前的想法；第四类是竞赛论，很接近坂口安吾的意见，也就是对无法展开公平竞赛的侦探小说不感兴趣，是对侦探小说最狭义的定义。范达因在评论中也发表过类似的看法。我刚才提到的第三种说法，在西方也是支持者最多的一种，而我也对这个方向最为眷恋。我认为这个方向还有十足的空间能创造更杰出的作品。

（客人）这么说来，侦探小说还是会维持着魔术文学的形式继续走下去。不喜欢侦探小说的人会说侦探小说幼稚，就是因为它的这种魔术性，这一点没办法改善吗？

（主人）我目前尚未找到足以取代的东西，所以我还是坚持魔术文学的立场。所谓魔术，也就是不可能的趣味，正是谜团的本质。以现实的眼光来看不可能趣味，一定会显得不自然，会让人觉得是在哄骗儿童。但我认为那种不自然、稚气，是侦探小说的一个特征——当然，这里说的也不是初步入门的层次——不别扭的侦探小说，对我来说一点儿都不有趣。当然这是只限于纯粹侦探小说的范畴……关于魔术文学，距今二十几年前，我曾向小酒井不木先生埋怨过，说纯粹侦探小说说穿了就是魔术文学，然而魔术这东西，在舞台艺术中也称不上高级，不能算纯艺术，这实在太窝囊了。可现在我改变想法了，我认为最高明的魔术拥有和戏剧同等的价值，只是性质不同，因此评价的原则也应该改变。虽然我至今也还没见过自己说过的最高明的魔术。

（客人）那么侦探小说也可以说是同样的状况吧。最好的纯粹侦探小说不一定就逊于一般文学，只是比较基准不同罢了。问题在于最好的侦探小说是否已经出现了？

（主人）哈哈，真伤脑筋，这样一来又会变成没有实例的议论了。我刚才说的魔术理论也站不住脚了。可是关于魔术文学，最近我有一个发现，也就是魔术文学并不一定就是形而下的。

（客人）哦？有形而上的魔术吗？

（主人）我不清楚真正魔术的具体情况，不过我认为有形而上的魔术文学。或许只是我的错觉，不过我就说说看吧。出于某些必要，我现在才开始读切斯特顿的《诗人与狂人们》(The Poet and the Lunatics) 这本短篇集，这本书让我意识到"形而上的魔术"。尤其是其中一篇《加布列尔·盖尔的犯罪》(The Crime of Gabriel Gale) 更是强烈地表现出这一点。该小说有日文版，由西田政治翻译，以《怪奇雨男》为标题刊登在《新青年》昭和十三年春季增刊号上。可是翻译省略了原作的后半部分。那部分是切斯特顿最为喜爱的涉及哲学、神学的吊诡抽象议论，可能译者认为一般读者看了也不会觉得有意思吧。这后半的议论，比较明确地暗示了形而上的魔术，你之后也读读看吧。事件的谜团解开后，增加了加布列尔·盖尔向两名医生高谈阔论他超乎常识的议论的段落。小说从后半往后，篇幅就全用在那些议论上。两名医生说："你说的话疯疯癫癫的，叫人听了莫名其妙。"但盖尔满不在乎，继续大放厥词。切斯特顿的侦探小说全是逻辑方面的悖论，也是逻辑学的魔术，不过这篇《加布列尔·盖尔》则进一步深化到哲学、神学领域。哲学的悖论、神学的悖论，也就是哲学的魔术、神学的魔术。虽然还相当模糊，但我发现朝这个方向深入，形而上的魔术或许也是可能的，所以有些兴奋了。

（客人）即使没有读过，似乎也能理解您的意思。可是，在过去的文学中不是也有类似的东西吗？我觉得不需要提侦探小说，一般文学里就有。

（主人）或许吧。像王尔德的《道林·格雷的画像》怎么样？王尔德是悖论大家，若再重读一次，或许也会有和读《加布列尔·盖尔》相同的感受。不管怎么样，这都还只是很模糊的想法，请让我再酝酿一阵子吧。这也是为了魔术文学的进步。

（客人）哎呀，已经十点了呢。我得告辞了。

（主人）真遗憾，我还意犹未尽呢。一聊起侦探小说，时间就过得特别快，实在不可思议……咱们下回再继续聊吧。

（昭和二十五年四月号《新潮》）

魔术与侦探小说

与魔术（magic）一词密切相关的学术研究与技术有三种。一是民俗学的中心项目巫术（magic），民俗学是研究散见于古代史或现存原始种族中的巫术、咒物崇拜等的学问，与 magic 关系密切。第二是神秘学（occultism）最关心的对象，虽然不是正统科学，但对神秘学家来说，这是一门不折不扣的学问，它以所有的魔术性现象为研究对象。第三则是魔术（戏法）的 magic。

虽然"待遇"不同，民俗学与神秘学所研究的魔术，在内容上有许多相互重叠的主题。咒法、咒力、咒符、护符、占卜、咒物崇拜、巫医等，都是共通的项目。不过不同的是，民俗学是客观地观察研究这一切的纯正科学，神秘学则带着信仰崇拜，是一种近似宗教（实则就是迷信）的学问。

此外，民俗学者将现存的原始种族视为最重要的研究对象，但神秘学对此却几乎漠不关心。古代，神秘学虽然被视为宗教或科学受到重视，但到了近代，已经成了被宗教、科学排斥的非合理信仰或学术研究方面的累积（尽管如此，也仍有进步和发现）。

魔术（戏法）在现代是一种舞台艺术，但论其起源，与民俗学的咒术或神秘学的魔术并无不同。留存在古代史中的原始种族施行的巫术、巫医之类，以某种意义来说，也是一种戏法。就连基督教《圣经》中的奇迹，在某些条件下也被解释为一种戏法。如果追溯戏法魔术的起源，就可以知道从前它就是原始巫术及所有伪宗教的最佳掩饰，与中世纪的巫术（witchcraft）和炼金术息息相关。在日本，《日本书纪》中记载着来自大陆的咒禁师——巫师，身兼巫医及戏法魔术师之职，这便是魔术的起源。另一方面，同样来自大陆的流浪人偶师和中古流行的杂技僧侣等，则是日本魔术、杂耍的祖先。

可是现代的魔术异于民俗学的研究对象或神秘学的信仰，不见半点儿神秘巫术的性质。虽然能表现得似乎有那么回事，以引起观众的好奇心，但其中的技术绝对不可能超出合理主义的范围。尽管起源相同，但神秘学只探讨超自然科学，魔术则仅限于科学性的变化手法。通过断绝与咒术性魔术的联系，戏法魔术成了近代合理主义世界的一分子，失去了往昔的神秘魅力。

印度魔术中，最著名的是登绳梯上天。抛到空中的绳索宛如一柱擎天，而少年攀着绳索爬升至高空，这种魔术通过旅人口耳相传，得以广泛传播。我读过的魔术书中都提到过，但作者们表示不明白其中的手法，而将其当成一种虚构的传说。我认为这当中横亘着一条神秘学与魔术的界限。其他的印度魔术，比如把芒果种子埋在地里眼看着幼芽破土、开花结果，还有被深埋在地下的人过了几十天还活着……后来，魔术书详细解说了这些魔术的手法，让我们知道那是合理、可能的魔术。

与此相关，神秘学的书籍中记载了如下极为不可思议的事情。一八九八年，英国人拆除了一座印度某城市古老寺院的塔楼，进行作业时，在塔楼的地下圣所发现了一具石棺。英国技师请印度僧侣打开石棺，发现里面躺着一具木乃伊般的尸体。英国技师问，这是木乃伊吗？僧侣摇头，说这不是死人，只是正在沉睡罢了。技师否定道，怎么可能？但僧侣的回答十分自信，是真的。我们印度人拥有灵力，即使长期被埋在底下，也绝不会死。不久你就明白了。几天以后，僧侣为了使死者复活，庄严的诵经延续了长达十二个小时之久。没想到石棺里的木乃伊真的复活了，便于一星期后恢复了健康，和先前的木乃伊判若两人。通过封存在石棺中的纸莎草文书，查出此人已经沉眠了二十二个世纪之久。又过了两年，这名来自古代的沉睡者召集众人，取出一根长绳子，将一端高高地抛向天空，然后沿着像竹竿般直立的绳索爬上天际，就这样消失无踪了。此外神秘学大家伊利·史达的著作《实存的神秘》中也举了许多有趣的实例，这里无暇一一列举。

侦探小说在某种意义上是一种魔术文学，因此与这三种领域的魔术都有关联。侦探小说的趣味由神秘与合理主义两种元素组合而成。侦探小说的犯罪始于极端的不可思议、神秘、超自然，结束于无懈可击的合理分析，这是它的定律与理想。民俗学和神秘学与这两种元素中的神秘面、而魔术则与合理主义的一面息息相关。

这里暂且把民俗学搁到一边，我对魔术与侦探小说的关系也有许多想法，但由于篇幅的限制，只能留待他日再提，在此稍微谈论一下神秘学与侦探小说之间紧密的关系。

神秘学目前在西方非常兴盛。神秘学中有各种流派，从高水平的严肃研究，到媚俗的算命，也有很多书籍。通俗杂志就刊登了许多神秘学传授书的广告，宛如老邮票搜集目录般琳琅满目。西方合理主义的背后竟有如此根深蒂固的传统，非常有意思。一九一二年，精于此道的学者阿尔贝·凯耶出版了大作《神秘学书目》，共三卷各六百页，里面收录了一万两千条神秘学的书目以及相关简单解说。当然，不包括低俗的单行本与杂志。

凯耶将神秘学涵盖的主要项目一一列出，除了占星术这类与占卜相关的项目以外，还有低级魔术（low magic），包括巫术、恶魔学、吸血鬼、死者再现、黑魔术、所有的咒符、所有的护符、魔杖（rhabdomancy）、魔书、魔镜等。高级魔术（high magic）有炼金术、神秘哲学、神秘数学、神秘语学、塔罗牌等。此外还包括所有的心灵学，即降灵术、奇迹研究、心灵磁场力、催眠术、巫医（神秘医术）、心电感应、千里眼、双重人格（分身现象）、梦游、附身等。

如同前述，侦探小说为了营造神秘气氛，有时候会利用神秘学的各种元素做素材，这类神秘学作家中最为知名的，日本应是小栗虫太郎，西方就数狄克森·卡尔了。可是两人的作品风格有着根本上的不同。虫太郎过度沉溺神秘学，动辄跳脱合理主义，陷入超逻辑；而卡尔只是单纯利用神秘学元素，完全依循常人的、形式的逻辑来解决谜团。单是比较推理小说，卡尔更胜一筹，但要论在神秘学方面的天赋，可以说虫太郎更要天才许多。

读者应该都知道，虫太郎的作品充斥着多少神秘学元素，因此我在此就举两三个卡尔作品的例子吧。

一九三四年的《宝剑八》（The Eight of Swords）中，掉落在被害者身边的是一张画着宝剑八图案的塔罗牌，这一点赋予了全篇情节异常的神秘性。卡尔并未在这篇作品中详细解释塔罗牌，若根据其他神秘学书籍的初步介绍，塔罗牌有埃及塔罗牌、印度塔罗牌、意大利塔罗牌、马赛塔罗牌、吉卜赛塔罗牌等许多种类，卡尔使用的是最广为流传的、起源于埃及的艾特拉（Etteilla）塔罗牌中的小塔罗牌，宝剑八的图案是排列成风车状的八把剑，中央有一条横线，表示水面。这张卡片的意义是财产的公平分配、遗产、少女、矿物等。

塔罗牌可以像普通的扑克牌一样拿来玩游戏，虽然也用于算命，但它原本的意义非常深奥，已经有许多学者加以考证并发表研究成果。简而言之，它具有类似周易中算木的意义，象征观念与法则，全宇宙就凝缩在这七十八张卡片中。每一张纸牌都有古怪的象征图画（例如艾特拉大塔罗有一张画着一个人单脚被绳子倒吊在树上，很像宗教审判的拷问图）、文字及数字，这些与神秘哲学、神秘语学、神秘数字互相关联，象征宇宙真理，具有暗示其变化、预言命运的作用。

一九三四年发表的《瘟疫庄谋杀案》（The Plague Court Murders）中，通灵者与灵媒少年成为重要的登场人物，整部作品绝大部分都是通灵实验的场面。此外该作品中的密室杀人场所还是一栋鬼屋。在卡尔的作品中，也是最富神秘学色彩的一部。

一九三七年的《孔雀羽谋杀案》（The Peacock Feather Murders）中，神秘宗教被描写为罪犯的诡计手法之一，是使用十只咖啡杯和孔雀羽毛花纹的桌布进行的神秘仪式。

一九三九年的《警告读者》(The Reader is Warned)中，重要角色里有一名非洲原始种族巫医血统的混血儿，精通通灵读心术。该人物说他可以利用超自然意念进行远距离杀人，而且真如他的预言，接连发生了古怪的杀人命案，全书被异样的神秘色彩笼罩着。可是它的谜底绝不神秘，是以极为合理的物理诡计达成的。就如同标题所示，作者将其写成一篇挑战读者的侦探小说。

此外《庞奇茱蒂谋杀案》(The Punch and Judy Murders)中有利用凝视光点的手段进行自我催眠的心电感应；《青铜神灯的诅咒》(The Curse of The Bronze Lamp)中，挖掘埃及古墓而受到诅咒的人类奇迹般人间蒸发；《三口棺材》(The Three Coffins)中有研究魔术的吸血鬼传说和黑魔术；《夜行》(It Walks by Night)中有最为古怪的附身术、狼人；《弓弦谋杀案》(The Bowstring Murders)中有古代铠甲护腕的神秘飞行；《唤醒死者》(To Wake the Dead)中则描述了死者复活重现人间的神秘。

可是这并不只限于卡尔或虫太郎。继爱伦·坡的《金甲虫》、柯南·道尔的《魔鬼之足》(The Devil's Foot)、柯林斯的《月亮宝石》之后，大多数的侦探小说或多或少都含有神秘学元素。只要侦探小说无法抛开神秘的趣味，二者就必然会有非常密切的关系。

谈到侦探小说与神秘学的关系时，有个话题绝不能遗漏，就是柯南·道尔与灵学。

十余年前，我曾经涉猎奥利弗·洛奇[1]与弗拉马里翁[2]等其他知

---

[1] 奥利弗·洛奇（Oliver Joseph Lodge，1851—1940），英国物理学家、心灵学家。
[2] 弗拉马里翁（Nicolas Camille Flammarion，1842—1925），法国天文学家、科普作家。

名人士的灵学研究书籍。当时也读了和道尔的灵异照片有关的书籍,对于其中提到的死后生命与另一个世界的交流等话题非常感兴趣。但对于道尔的实验方法,比如在黑暗中聆听死者的声音、死者现身、桌子飘浮在空中、照片上出现亡灵头像等这类所谓的灵异现象,实在无法相信。

比起这些,后来读到的描述美国魔术大师胡迪尼揭露灵媒手法的书籍则有趣太多了(卡涅尔〈J. C. Cannell〉著《胡迪尼的秘密》〈*The Secrets of Houdini*〉)。

有一次胡迪尼宣布他要以魔术手法表演真灵媒做的事,实验就在众灵学家面前举行,当时柯南·道尔也在场。事后道尔发表了一篇论文,表示胡迪尼是个不折不扣的真灵媒(收录于道尔最后的著作《未知世界的一端》)。这让我轻蔑起道尔的灵学信仰来,但对胡迪尼的合理主义抱持好感,最近读了道尔晚年的好友神学博士约翰·拉蒙德(John Lamond)所著的《柯南·道尔的回忆》(*Arthur Conan Doyle: A Memory*),觉得似乎能理解道尔真正的想法了,于是,对他奇特的信仰便也不再嘲笑了。

道尔的灵学研究绝非生活闲适老人的消遣游戏。他对于另一个世界存在的信仰,也并非到了晚年才突然冒出来的,他从三十年前就对这个问题抱持着疑问。他以十足怀疑的态度,在执笔侦探小说之余,悄悄涉猎古来的文献,研究不辍。到了晚年,总算摆脱了怀疑,确信另一个世界的存在。而一旦相信之后,他便怀着极大的热情,致力于宣扬新思想。他可以说是新宗教、新哲学的信徒,是运动的指导者。

道尔为了宣扬他的理念,写下了十二册著作,更有无数投稿文章,不仅是欧洲各国,甚至远赴美洲和非洲进行演讲,展开热烈的辩论。并以广播的方式,将演讲录制成磁带,还仿效《圣经》书店,经营起灵学书店,他站在店头亲自推销,甚至只着一件衬衫帮忙寄送。最后,道尔也是由于在这场运动中身先士卒,过度劳累终至病死。

我看到的不是老糊涂道尔,而是一位肩负着救济人类的使命而奋斗的热血汉子。

追记

与魔术密切相关的侦探小说作家,除了卡尔,还有我在《密室派》的追记中提到的克莱顿·劳森,他的主角侦探是魔术大师马里尼(The Great Merlini)。此外尚有一位不能不提的老魔术作家,同样是美国作家的吉勒特·伯吉斯[①],他的短篇集《神秘大师》(The Master of Mysteries)的主角亚斯卓侦探是位神秘学大家,他以看手相、占卜为业,穿着古怪的东洋服装,拿着水晶球。他宣称能通过占卜找到罪犯,其实是靠着奇智与合理的推理来揭开犯罪秘密的。

伯吉斯的这部短篇集在一九一二年匿名出版,但"魔术师"伯吉斯利用离合诗(acrostic)将自己的名字藏在目录中。如果依序挑出收录于此书的二十四篇短篇的标题首字母,就变成 THE AUTHOR IS GELETT BURGESS。此外,依序挑出标题最后的字母,就成了 FALSE TO LIFE AND FALSE TO ART。可谓魔术师奎因的先人。

(收录于清流社《随笔侦探小说》、《侦探小说之谜》)

[①] 吉勒特·伯吉斯(Gelett Burgess, 1866—1951),美国作家、艺术家、诗人。

侦探小说与童心

儿童拥有足以让成年人意外的艺术心。这一点在绘画方面的表现尤为突出，纯真的儿童有时候会画出一些直指事物本质的画作，令成年人大为吃惊。千里眼、透视这类超自然现象也容易发生在儿童身上。

成年人由儿童成长而来，却因为忙于养家糊口而失去了这与生俱来的能力。如果生活不虞匮乏，就会汲汲于追求金钱和名声上的成就，忙于相关的专业修为。

赚钱、出人头地、成为政治家，在儿童看来实在毫无价值。他们轻蔑成年人为了这些无聊的事处心积虑，成年人却认定这样才是真实的人生，反过来认定孩童无知。可是到底谁才是正确的，不仔细琢磨，还真无法妄下判断。

我小时候很怕鬼，长大成人忙于养家糊口后，不管经过多么阴森黑暗的墓地，都不会害怕了。失去这种浪漫的情怀，真叫我无比悲伤。我认为从事艺术活动的成年人必须时刻持有童心，我明明是个小说家，却不害怕墓地，实在叫人遗憾至极。

*

如果自己的孩子立志要成为画家、音乐家、文人、演员、发明家，大部分成年人都免不了忧心，他们认为那种不正儿八经的职业没办法养家糊口。他们以自己汲汲营营的生活态度作为评断一切的标准。把这种细枝节末的小事当成成年人的头等大事，而整个环境也逼人不得不变得如此。

因此失去童心的成年人,再也无法深刻理解小说这玩意儿了。有时候出于某些巧合他们会随手拿本书翻看一下,尽管觉得书中世界十分特别而有趣,却无法长久保持这种观点。他们很快便故态复萌,固执地认定书中所写的都是幻想,对现实生活毫无助益。

德川时代,有个裱装工人背着个纸糊的翅膀从屋顶跳下来,成了邻近的笑柄。他得到来自所有孩子的崇拜,同时也不得不忍受成年人刻薄的嘲笑。成年人轻蔑那渴望在空中飞行的梦想,断定那种荒唐的事不可能成真。就连目不转睛地凝视着煮沸的铁瓶盖子被蒸汽顶开的人,也被旁人当成傻瓜或疯子看待。

大部分的成年人都丢失了儿童才有的浪漫情怀——尽管对酒和女人意外地保有童心——专心致志地消灭未来的发明家和艺术家。只有能承受成年人世界的种种迫害、坚持梦想的人,才能成为大发明家、小发明家、大艺术家、小艺术家,或是乞丐。

*

小说这玩意儿似乎也长大成人了。小说家们越来越乐意将童心轻蔑的生活中的汲汲营营当成绝佳的题材,以为不写些儿童不感兴趣的世界,就不符合现实主义。这让儿童们大感困扰。

对这些成年人而言,歌舞伎戏剧中的浪漫是愚蠢的。马琴[①] 荒唐无稽,红叶也是荒唐无稽的。可是他们就不会说莎士比亚和歌德荒唐无稽,也不会说《源氏物语》和西鹤荒唐无稽。在这方面,他们似乎与儿童的嗜好不可思议地殊途同归。儿童非常了解那些古来的

[①] 曲亭马琴(1767—1848),江户末期的通俗作家,代表作是《南总里见八犬传》。

大作家具有的童心，深有共鸣，然而成年人究竟是怎么看待它们？是对那童心的部分睁只眼闭只眼，照单全收吗？

可是人上有人，天外有天，就连现实主义的小说，都有成年人认为的空想、没有实际意义的作品。想来这就是现实主义的作品中也都还保有一些童心的证据吧。这类成年人最爱读报纸的社会版，真人真事与照片最对他们的胃口。

*

接下来，要开始讨论侦探小说了，侦探小说是一种极富童心的小说。侦探小说中的诡计是最有童心的玩意儿，对成年人来说，却是毫无意义的存在。

儿童非常了解古来的知名帝王和大发明家的想法，因为他们毫无例外地都拥有丰富的童心。埃及、希腊的君王，自古以来就热爱迷宫。直到两三个世纪以前，爱好迷宫的国王还都较为常见。广为人知的英国汉普敦宫的迷宫，也是当时的国王建造的，而远古埃及和克里特岛的迷宫，庞大的规模令人战栗。儿童光是看到刊登在少年杂志角落的小迷宫图案就狂喜不已，而君王却实际建造了比那更要广大无边的实物。

除了君王与儿童之外，侦探作家与心理学家也非常喜爱迷宫。侦探小说本身就是一种迷宫趣味，还有直接以迷宫为题材的侦探小说。英国康宁顿[①]的《迷宫谋杀案》，日本江户川乱步的《孤岛之鬼》

[①] 康宁顿（J.J.Connington，1880—1947），英国推理小说家，代表作有一九二七年的《迷宫谋杀案》（*Murder in the Maze*）等。

等。后者描写的迷宫还算有意思，但情节设计不太完美；前者虽然整体写得不错，但两部作品都还不能说充分活用迷宫这个题材。迷宫还有许多用途。

心理学家喜欢制作小型迷宫，把老鼠丢进去让它们自己走出来。不过这并非为了享受迷宫，而是另有目的，实际上高兴（或悲伤）的是老鼠。可是制作迷宫用在学问研究上，仍然是一种童心的表现，对科学来说，童心是相当重要的。

*

达·芬奇的筑城模型及古怪的大炮，可说充满了童心，趣味非凡。童心无疑是发明之母。像是达·芬奇的人体解剖图，其根本之处也与童心联系紧密。这是与汲汲营营于生活的成年人相隔千里的嗜好。如果威廉·布莱克① 的灵界信仰和灵界图画是形而上的童心，那么达·芬奇的筑城模型就是形而下的童心吧。

我看到达·芬奇的各种模型，便会想起玩具"套达磨"②、箱根的工艺品秘密盒。其实我并不知道"连环套达磨"的正式名称，这是我擅自取的。它是一种木制中空的不倒翁或福禄寿人偶，打开一看，里面装着小一号的不倒翁或福禄寿，再打开看，里面又是一样的，再打开，还一样，体型越来越小，最多可以装十个以上。就像剥洋葱皮一样，对孩子来说，剥洋葱也很好玩，但不倒翁更为有趣。

---

① 威廉·布莱克（William Blake，1757—1827），英国画家、诗人。
② 这里指的应是所谓的"入水子人形"，类似俄罗斯娃娃的日本工艺品。

箱根工艺品的秘密盒就用不着说明了。二者都深得儿童喜爱，里头包含了学问及艺术的思维。这些玩具让人想起古代君王的筑城艺术、达·芬奇的模型，还有卡尔的侦探小说。

卡尔的作品以某些意义来说，正是"连环套达磨"、秘密盒式的侦探小说。这么一说，会让人以为是二重三重四重的密室杀人命案，但并不一定就是如此。总之这两种玩具，实在是寓意深远。

*

拼图的童心是逻辑学的起源，而侦探小说也常有拼图出现。英国小说家菲尔伯茨年过六十才开始写侦探小说，是位罕见的童心未泯的成年人，他有一部叫《拼图》（美国标题 *Jig-Saw*，英国标题 *The Marylebone Miser*）的作品，便隐含了这一层寓意。

不光是寓意而已，那篇小说描写一桩复杂万分的密室杀人命案，侦探也是受到儿童绘本的启发才破了案。如果侦探没有读绘本的童心，命案或许会成为一宗悬案。拼图、寻找图案、智慧之环……各种童心之中，侦探小说的元素俯拾皆是。

范达因的《主教谋杀案》中，天文学、数学、物理学的大科学家利用摇篮曲童谣杀人。这名老科学家认为人类是群聚于大宇宙中一介微粒子的地球上的细小生物，渺小如蝼蚁，轻视万分，却也深受童谣的吸引，他被深深嵌入童谣中的恐怖吸引了。此外还有海克斯特[①]的《是谁杀了知更鸟》、克里斯蒂的《无人生还》。儿童不知将摇篮曲与杀人结合在一起的魅力，看来还是只有成年侦探作家

[①] 海克斯特（Harrington Hext，1862—1960），菲尔波登的笔名。

才会从这二者的结合中感受到无比的魅力,童谣正是无限扩大杀人之恐怖的放大镜。

*

侦探作家最喜欢捉迷藏了。以此为作品标题的作家也不少。除了"Hide-And-Seek"、"Hide in the Dark",近来西方社交圈还流行(虽然应该也不到流行的地步)的"Murder Game"(直译就是谋杀游戏,但其实是侦探游戏),就是成年人玩的捉迷藏。儿童喜欢玩怪盗游戏,也会玩侦探捉坏蛋的游戏。成年人要是没有酒和女人,就没兴致玩这种游戏,儿童玩的与侦探小说中的游戏却是在神志清醒的状况下沉迷其中的。

爱伦·坡在儿童的猜拳游戏中领悟到深远的哲理。在猜拳高手的孩子指点下,他茅塞顿开,大受感动之余认为这个孩子的想法中,有比马基维利(Niccol Machiavelli)或康帕内拉(Tommaso Campanella)的哲学更要深奥的思想,惊叹不已(《失窃的信》)。如果爱伦·坡没有童心,就不可能有这样大的发现吧。

儿童喜欢魔术,侦探小说也对魔术无法招架。魔术不是陌生人,而是好友。就如同爱伦·坡无法抗拒梅泽尔的下棋人偶(Maelzel's Chess-Player),每一位侦探作家都是魔术痴。讨厌魔术的作家缺乏童心,对儿童来说难以亲近。不必举劳森的丝绸高帽为例,侦探作家也绞尽脑汁要将鸽子、兔子、罪犯藏进帽子里。成年人会嘲笑为了无聊目的劳心费神的人,儿童却会为此鼓掌喝彩。

*

侦探小说碰到犯罪的部分，就会散发出成年人的体味。犯罪这古怪的玩意儿原本就非自然存在，而是成年人为了让自己的生活更加便利的权宜之计而已。擅自拿走想要的东西、殴打讨厌的家伙、亲吻喜欢的人，在儿童的认知里这并非邪恶之事。是成年人让儿童认识到邪恶，所以堕落的犯罪与儿童无关。不意识到罪恶，依着本能行成年人所谓的恶，是儿童的天性。从这个层面来说，二者之间当然有脱不了的关系。

古希腊人就是童心尚存，才会将众神当成朋友的。希腊诸神的外貌全都是俗世人类的形象，是俊男美女。后来，神明渐渐变成了难以理解的可怕事物，因为成年人将无数的行为贴上了罪恶的标签。

犯罪小说中，儿童能分辨出抱持着童心及怀疑而创作的作品，比如陀思妥耶夫斯基，还有其他许多作品。然而成年人很难理解这种怀疑，在他们看来仍然是构思奇妙的幻想故事。古怪的是，越是童心丰富的作品，在艺术上越能到达高峰。

侦探小说是解谜与悬疑的混合体，侦探小说解谜的巅峰是逻辑学，悬疑的巅峰是希腊悲剧以来的文学，说它是科学与艺术也行，就是这二者的混合体。我认为二者能保持平衡是最理想的，但它们不一定总能维持平衡的状态。

在西方，以一九三五年为分水岭，之前占优势的都是解谜，战后悬疑占了上风。新流行的侦探小说丢开解谜，专心于悬疑。孩子怀念"连环套达磨"，但成年人的侦探小说却认为"那玩意儿太幼稚了"。我说侦探小说成了成年人的玩物，证据就是近来的侦探小说都自称是现实主义。

*

可是,大家都说在现实主义悬疑小说的领域中,最棒的作家是英国的格雷厄姆·格林,然而格林的小说根本就是童话。儿童读着格林的作品,心里松了一口气,得意于自己能够理解童话式的现实主义。

在百年来的侦探小说作家中,儿童最能理解的应该是切斯特顿与格林吧。因为这两位作家最富童心,日本的小栗虫太郎也有相似之处。什么?你说那复杂难解得要命的小说富有童心?一般成年人或许会感到吃惊。可是那张复杂难解的臭脸就是虫太郎的魔术手法。儿童看出来了,看出装模作样的面孔下其实是一颗最为真实的童心,它才是指挥一切的主导,所以他们才会主动和那张臭脸亲近。

(收录于讲谈社《幻影城通信》)

研究

侦探小说的诡计

范达因曾在那本知名的感想录中说过大意如下的一段话：

"我在写侦探小说以前，因病疗养了两年左右，这段期间读破了国内外两千本侦探小说。"

这段话透露出一个信息，光是范达因读过的侦探小说，就多达两千种。不，他看过的两千本中一定包括了许多短篇集，这么一想，现今存在于世上的侦探小说，数量实在是惊人。

不必说，侦探小说以外的小说，数量当然也差不多——不，一定还要多上几倍、几十倍。可侦探作家与这类小说的作家立场不同（而这同时也是侦探作家痛苦的根源），每一篇新的侦探小说都必须加入新奇的诡计。诡计的难点，在于比起无形的意义，更必须在有形的意义上引起读者的注意。其他类型小说的作家即便采用了与前人所写的小说几乎相同的情节与共鸣，也会因为作者个性的不同、时代精神的推移、作中人物境遇的差异，依旧是一篇十足值得赞赏的小说。

然而侦探小说却无法如此。一个诡计一旦被用过，就会像物理学的定理那般，哪怕世事变迁，依旧屹立不摇。后来的作家即使是在不知情的情况下写出与过去的作家雷同的诡计，无论该小说的其他部分多么出色也会被读者指责："哎呀！那家伙竟然抄袭ＸＸ的诡计！"就算因此遭受冷遇，也是无可奈何之事。

另外，侦探小说既然也是小说的一种，创作它的作家们，还是得进行与其他作家相同的写作训练。同时他们还必须是随时能发现新定理的物理学家。

请回想一下我在这篇文章开头提到的范达因的话。世上已经有了至少超过数万篇的侦探小说。如果这些侦探小说中都有着互异的诡计，而且绝对不能重复使用——我想各位已经可以理解成为一个侦探作家有多么困难了。

再次引用范达因的话，他还说过："一名作家不该写出超过六篇以上的侦探小说。"换句话说，就是一个人不可能想得出超过六种的奇特诡计。"所以如果我写了六篇侦探小说，就会停笔，再也不碰侦探小说了。"这也是范达因氏说过的话。现在他发表的侦探小说已经达到他宣称的数目了。况且，就连这少数六篇小说里，越到后来，作品中被杀的人就越多，这究竟意味着什么？也就是说，这能看成是一个作家对诡计的奇特日渐失去信心，只好把药越下越重。当然，即使如此作品仍旧十足精彩，就连聪明如范达因都如此了，寻找新诡计的困难——实际创作侦探小说的痛苦，实在叫人刻骨铭心。

接下来说说我自己，刚开始写侦探小说的时候，我曾经有过这样的想法，我在其他的随笔文章中也提过，也就是侦探小说的诡计几乎已经被用光了，就算寻找新诡计也是枉然，所以我要再次使用最具代表性的诡计。这个想法颇为取巧，但在初期的作品中，这种手法我用了两三次，可以说还是相当成功的。

那么侦探小说中最具代表性的诡计是什么？其实我写这篇短文，主要想谈的就是这件事。前面说的都是埋怨的话，实在惶恐，那么接下来就赶快进入正题吧。

*

侦探小说中最具代表性的诡计，怎么说都非一人两角莫属，作品中的某个人物，一个人扮演两种身份。不必说，其中一个身份是坏人，另一个身份则必须是尽可能远离读者怀疑对象范围的人物。因此如果是侦探，那是再理想不过了，然而如今侦探就是罪犯的诡计已经成了老掉牙的手法，聪明的读者一眼就可以识破。话说回来，这个诡计在出现之初，一定是叫人拍案叫绝的。

这类型的作品，许久以前就有鲍福的《死美人》（也译作《鲁寇克氏的晚年》），接着有勒布朗的《813》、勒鲁的《黄屋奇案》，仔细寻找的话，不知道还有多少使用了该手法的作品。将这一人两角的诡计颠倒过来就成了两人一角的诡计，也就是由两个人扮演同一个人。但这个诡计需要两个容貌与身材酷似的人物，因此便衍生出了双胞胎的诡计。

双胞胎实在诡异之至，对侦探小说而言，却是最上乘的元素。即使不是双胞胎，容貌酷似的两个人，也的确会引发奇妙的错觉。把这个诡计用得最出神入化的，是麦考利的《双胞胎的复仇》，还有柯南·道尔、毕尔斯，另外，安东尼·霍普①的《曾达的囚徒》虽然不是侦探小说，也是优秀的作品。

《黄屋奇案》让我想起"发生在密闭房间内的命案"这种诡计，也是侦探小说中最常被使用的元素。有人在密闭的房间里遇害了，窗户和门扉全都从里面上了锁，罪犯没有可供逃走的出口。然而房里却只有被害者的尸体，罪犯不见踪影——如果能合理解释这种现象，对想出诡计的作家来说，一定非常痛快。因此大部分的侦探小说家都会为这个诡计绞尽脑汁。

这类诡计，早在爱伦·坡的《莫格街谋杀案》中就有了，截至目前，用过它的作品实在是不胜枚举。光是我当下想到的，就有勒鲁的《黄屋奇案》、道尔的《金边夹鼻眼镜》、威廉·鲁鸠的《红色房间》、卡罗琳·韦尔斯女士的《愚笨的福克纳》、米尔恩的《红屋之谜》等，若还需举出更多的例子，应该也是要多少都找得到吧。最近的作品中，像范达因的《金丝雀杀人案件》也属此例。

运用这类诡计的作品中，最为出色的是勒鲁的《黄屋奇案》。我经常想，作者应该就是因为想到了这么精彩的"密室犯罪"诡计，认为只用这个诡计发表作品太可惜，又花了数个月或数年细心推敲，逐渐想到了其他的诡计，才成就了这样一篇杰出的侦探小说吧。

暗号也是侦探小说中的明星元素。爱伦·坡的《金甲虫》中有最杰出的例子，而道尔在《跳舞的人》中巧妙地加以模仿，这件事实在太出名了。但我认为作中罗列的暗号，必须不待作者说明，就能让最聪明的读者解读出来。也就是说，暗号不能只有作中人物知道——亦即只有作者自己知道。

---

① 安东尼·霍普（Anthony Hope, 1863—1933），英国小说家、剧作家。

在这方面，爱伦·坡在《金甲虫》中罗列的暗号以及暗号解读法，永远都是最出色的例子。因为他提出的解读法，适用于英语的任何状况。

侦探小说中也有不少以梦游者为主题的诡计。现实中的梦游者，给人的感觉肯定很怪异。因为没有人知道他们忽然爬起来要做些什么，而且他们自己也完全不记得自己做过什么，对侦探小说家来说，是十分适合的题材。自莎士比亚的《麦克白》以后，侦探小说中就屡次出现梦游者，最有代表性的应数柯林斯的《月亮宝石》。我忘了书名，不过我记得弗里曼也有梦游者登场的作品。

有一段时期，日本的原创侦探小说界流行一种诡计，就是在最后来个大逆转，说前面写的全是谎言，但最近似乎不太常看到了。这表示读者不喜欢被作者这样恶狠狠地捉弄，情节越是诡奇，读者就越会要求作者做出合理的解释。

还有在小道具里安装机关的诡计。这是最为耗费每一个侦探小说家心血的诡计，若一一举例，会是一件浩大的工程。

信手写了许多无聊闲话，但我总有一种想法。如果将各种侦探小说的诡计进行系统性的分类，一定相当有趣。若有余暇，我想挑战一下"江户川乱步式诡计分类表"。

如果能总结出这样的东西，到时候一定能在相同的标题下，写出更丰富有趣的内容，希望届时能弥补该文的不足。

（昭和六年九月号《侦探小说》）

超越诡计

我大概已经有两年以上没有在这本杂志上写小说了，但编辑却要求我写一篇呼吁"我的读者"的文章，实在有些滑稽。因为这本杂志应该已经没有什么"我的读者"了。

我对侦探小说失去了自信，已经拿不出任何可以让严格的侦探小说读者过目的成果。从我这极端羞怯的性格来看，今后大概也永远没有恢复自信的一天吧，可是最近我稍稍改变了对侦探小说的看法。

过去我一直期待旧侦探小说会宛如黎明时分的幽灵般消失，取而代之的是更适合新时代、形式更不同的侦探小说。放眼文艺界，我觉得侦探小说应该也接近改头换面的临界点了。

但我或许错了。《新青年》上的每篇文章的确与时俱进，益发洗练，然而身为其中一分子的侦探小说与旧有的作品相比，却看不出有何变化。近来的侦探小说专栏确实素质齐整出色，我却看不出称得上"新"侦探小说的要素。

去年出道的新人海野十三发表了一系列连续短篇，科学性的题材，热情的风格令人陶醉，实为近年来的壮举。此外谷崎润一郎氏的长篇大作采用了前所未有的题材，出色的美丽文字，一个月一次的杂志发行等得人心焦。二者都大大刺激了我的创作欲望，然而就连这样的作品，也非"新"侦探小说。

另一方面，放眼欧美的侦探小说，无论是美国的范达因、英国的韦尔斯·克劳夫兹，近年出色的作品之所以会受到世人赞颂，都因为作中反映了作者丰富的阅历、对侦探小说趣味的倾慕、建构手法的独特以及文风的绝妙，绝对不是因为它们是"新"侦探小说。

在侦探小说界出现詹姆斯·乔伊斯之前,或许我们应该暂时继续在旧侦探小说的范畴内,倾全力创作出更加优秀的作品。

构成侦探小说诡计的元素有限,在过去数十年之间,这些元素的各种组合几乎已经被作者们使用殆尽了,再也没有可以创造出新诡计的余地了。欧美的作家和评论家经常提到这一点,我自己也有相同感受,并且在异于前述的意义上,诡计的匮乏也让我感叹侦探小说遭遇了瓶颈,但这感叹或许只是我的少不更事而已。

在过去数年间出现的侦探小说中,最叫人受冲击的是范达因的各篇作品,我想应该不会有人反对这一点吧。约莫三年前,我有机会连续读到范氏的三部长篇,那是我第一次接触到他的作品,当时我认为在侦探小说根本趣味的解谜手法上,几乎不出道尔的范围。不仅如此,范氏所使用的诡计,多是过去已经有其他作家用过的老手法了。

尽管如此,他的小说却完全掳获了我的心。我读得欲罢不能,读完之后,好一阵子兴奋得无法自已。后来我还读了他的其他作品,体会越来越深刻。

因此我想,如果暂时无法指望我所谓的"新"侦探小说出现,所有的诡计又几乎被使用殆尽,无一幸存,只要继续倾心侦探小说的热情没有减退,即便是"旧"侦探小说、是已经出现过的诡计,只要改变观点、结构、精进技巧,应该还能够为所爱的侦探小说再继续奋斗一阵子。

我们一方面轻蔑诡计,一方面却又太过拘泥于诡计了。既然是侦探小说,就不可能完全无视诡计,可是只靠灵感创作侦探小说的时代又已经过去了。我们是否应该将重点放在诡计以外的元素上?我们是否应该创造出即使诡计老套,仍旧引人入胜的侦探小说?换言之，我们必须超越诡计才行。

这是我现在的想法，我鞭策着自己缺少定性的软弱性格。我必须提笔来写侦探小说，必须再一次亲近这本令人怀念的杂志的读者。

（收录于《乱步随想》）

诡计的重要性

距今十四五年以前，我写过《超越诡计》、《超越谜团》等评论。一方面提出应该朝尚未开拓的心理性谜团、心理性诡计的方向前进，另一方面提倡依作家的个性再次使用前人已经使用过的物理性诡计，并披上文学性的外衣，以拓展侦探小说的未来之路。关于后者，也就是重视文学性这一点，我的想法丝毫不变，但我现在想强调诡计的重要性。以下是它的理由。

反观后来十几年的经验，我发现"诡计陷入瓶颈"这个说法并非完全正确。当时我所读到的外国侦探小说评论均大力主张"诡计陷入瓶颈"，认为诡计几乎已经被用尽了，再也没有任何新诡计可堪使用。我在构思侦探小说的情节时，也深刻感受到这一点，而当时最受重视的范达因的作品中重要诡计也几乎都是前人使用过的。我认为他的作品魅力比起诡计，更在于内涵与文体。这些因素使我认为与其徒劳无功地痛苦思索新诡计，不如退而求其次，使用旧有的诡计，致力于在处理方式及整体的文学性上找出新意。然而我渐渐领悟到，要放弃诡计，是言之过早了。

在范达因之后介绍到日本的杰作，与其说在文学方面表现出色，仍然是在诡计或构架上有独创之处。菲尔伯茨如此，克劳夫兹如此，巴纳比·罗斯亦是如此。此外如克里斯托弗·布什、斯加雷德①（不是已有日译版的《后湾谋杀案》〈*The Back Bay Murders*〉，而是未译的《安吉儿家杀人事件》〈*Murder Among the Angells*〉）、G.D.H. 科尔②《百万富翁之死》等作家让人印象深刻的作品，或多或少都在诡计方面有所创新。最近我读到的作品中，卡尔的作品也是如此，艾利希的《幻之女》在某种意义上也一样，老作家克里斯蒂的新作《无人生还》姑且不论是否为杰作，却是一部她努力在诡计上找出新意的绝佳例证（据说这部作品已由勒内·克莱尔③导演拍成电影）。换言之，透过这些实例，我发现看似走入死胡同的诡计，似乎枯木逢春，还有独创的可能性。这是第一个理由。

第二个理由也是来自于多年的读书经验，我强烈地感觉在着眼于谜团设置和符合逻辑性解谜过程的旧式侦探小说中，比起其他任何文学方面的条件（不过文章不成熟、不像样的小说作品不值一提。这里讨论的并非那种初级教科书的层次），它的价值更要看诡计是否具备出色的独创性以及整体情节的安排是否巧妙。这在刚读完的那一刻体会并不深，因为会被其他要素迷惑其中，有时候即使是诡计幼稚、情节安排粗糙的作品，读完的时候也会觉得佩服；但随着时间流逝，这些附加物的记忆会逐渐淡去，只剩下最关键的诡计留在脑海中。每每想起那部作品，立刻浮现脑海的是独创的诡计和情节。

---

① 斯加雷德（Roger Scarlett），是两名美国推理作家 Dorothy Blair（1903—1976）和 Evelyn Page（1902—1977）的合作笔名，只发表了五部长篇后就离开了推理文坛。发表于一九三二年的 *Murder Among the Angells* 是乱步非常喜爱的作品，后来乱步将其改编为《恐怖的三角馆》（1952）。
② 乔治·D.H. 科尔（G.D.H.Cole, 1889—1959），英国经济学家、作家，《百万富翁之死》（*The Death of a Millionaire*, 1925）是和其妻合作发表的作品。
③ 勒内·克莱尔（René Clair, 1898—1981），法国导演，于一九四五年拍摄了《无人生还》。

在挑选世界十大杰作时，还是会先想到这类印象深刻的作品（据我所知，只有一个例外，那就是西姆农的两三部作品。这一点我会在后面说明）。

目前我心目中十大杰出长篇侦探小说大致如下：菲尔伯茨《红发的雷德梅因家族》、勒鲁《黄屋奇案》、范达因《主教谋杀案》、埃勒里·奎因《Y的悲剧》、本特利《特伦特最后一案》、克里斯蒂《罗杰疑案》、卡尔《疯狂帽商之谜》、米尔恩《红屋之谜》、克劳夫兹《桶子》、科尔《百万富翁之死》。每一部都堪称文学作品，能与纯文学匹敌，但在情节与诡计的独创上，其他领域都找不到类似的例子，是侦探小说中出类拔萃的作品。而我的这十大杰作绝非什么特异的选择，和往年《新青年》的十大投票结果或奎因的杂志 *Mystery League* 的读者投票结果差异不大，是众所公认的杰作。榜中的卡尔与科尔的作品是以往的十大排行榜中所没有的，是最近才被我加进来的，遴选标准与其他作品没有任何不同。

〔注〕这十大杰作中没有爱伦·坡、柯南·道尔等古典作品。因为近代的长篇与古典作品的性质略有不同。此外，也没有道尔、切斯特顿、贝利等短篇作家的作品。因为长篇与短篇很难相提并论，而现代侦探小说的主流是长篇。那么西姆农呢，我想也有人认为比起上述十作，西姆农的《超完美斗智》（*La Tête d'un Homme*）更要优秀许多。可严格说起来，《超完美斗智》的风格无法和前面的十部相提并论。就简单说一点，首先《超完美斗智》在谜团设置与解决方面，与侦探小说原本的趣味有些偏离，它的着力点不在这里。此外，如果要享受这类趣味，不必刻意在侦探小说类别中寻找，其他文学类别中，有

太多《超完美斗智》望尘莫及的优秀作品（如陀思妥耶夫斯基的《罪与罚》），相较之下，像前述十部那样将重点置于谜团设置与解决的作品，在其他文学类别中找不到类似的例子。至于我，以一般小说的角度，则欣赏《超完美斗智》更甚于上述十部，但在选择十大侦探小说时，我不想对它破格以待，因此将其置于榜单之外。勒布朗的《813》也是，我在另一个不同的角度和层面上将之视为最高杰作——是最佳的侦探味浓厚的通俗冒险小说，所以同样将它置于榜外（不过这只限于严格选择十大杰作的条件下，在笼统地谈论对侦探式文学的好恶时，我并不会特别将西姆农与勒布朗区分在外）。

美国近年来的主流是以哈米特、钱德勒（我非常欣赏这位作家的文风）为代表的所谓冷硬派。在某些情况下，作品本身会跳出原本侦探小说的范畴，往奇特的方向发展。我认为侦探小说的主流如此发展实在不可取，但在稍微不同的意义上，我对于日本侦探小说界过往的倾向——我为迎合大众而写的羞耻愚作就不提了——有一种不满。谜团、诡计和情节的独创、十大杰作级的独创，在一位作家一生之中可能只有一两次，但即使稍微降低些对独创作品评定的要求，身为一个职业作家，也实在不可能永远只写那类精心构思之作，所以诡计和情节姑且不论，以在其他文学要素上精益求精为目标，绝非一件坏事。有些作家从性格来看，反而该致力于朝这个方向迈进，但大力呼吁发起议论，并引导大众接受这就是理想的侦探小说，就值得商榷了。侦探小说的根本趣味无关紧要，只要其他部分出色就行了——这样的想法在逻辑上是不通的。

在美国，即使冷硬派占了上风，正统侦探小说仍然屹立不摇；

相反，日本只有短篇作品才有过一些堪称纯粹的侦探小说，长篇可说是付之阙如。而且全世界的侦探小说界从前一场大战之后便进入了长篇时代，短篇只屈于从属地位。实际上除了一两个例外，目前几乎找不到可凌驾道尔、切斯特顿的短篇侦探小说。站在原本的侦探小说的立场来看，说日本侦探小说界目前被抛在一战前期，而且还逐渐往旁门左道偏离的看法还算公正吧。

〔注〕不过关于这一点，必须考虑到日本与欧美的出版界情况不同。在欧美，光靠出版全新长篇作品的单行本，就足以保障作家的生活；相较之下，在日本，作者若不在报章杂志上写稿，就难以维持生活。单行本也是，若非曾经在报章杂志上连载过，否则难以出版成书。因此长篇几乎只限于连载作品，而连载形式会拖累作品本身，使作者原来的预想发生扭曲，导致很多作品成书之后前后不连贯。此外，作者获得报章杂志长篇连载的机会十分有限，能获得该类机会的作者人数也有限，大部分人都只能靠着粗制滥造的短篇维持生活，没机会撰写经精心推敲的长篇。这可以说是阻碍日本侦探小说界，甚至于说广大普通文学界创作出质、量兼备的杰作的最大难关。可看看战后的出版界状况，即使这现象也许只是一时的，但作者仅依靠出版单行本维持生活变得可能了。此外，也渐渐有一些出版社效法欧美，对半年、一年后出产的长篇作品事先支付预付金（保障作家生活）。为了让这种一时的现象变成常态，我想作家和出版社都必须趁此机会大加努力。

柴米油盐的问题暂时放一旁，重要的是我们也必须与世界的长篇侦探小说接轨，创造出属于我们自己的长篇侦探小说。各作家根据自己的性格，当然能以文学第一、现实主义第一、幽默第一为目标，这样丰富的特色非常值得支持，但创作的必须是侦探小说，这一点无疑是重中之重。如果漠视"正统"（上述被选为十大杰作的作品风格），一开始就往旁门左道发展，那无异于亲手扼杀侦探小说这个类别。既然身为侦探作家，就必须在正统侦探小说的领域里努力，力求创作出杰作。即使力有未逮，至少也该承认侦探小说的本质就是如此。

　　日本的侦探作家中，有些作者甚至连一篇纯粹的侦探小说都没写过，不过大多数在初期都算写过侦探小说。只是包括我在内，有非常多作家虽然是写了，但不满足于自己的心血结晶，于是偏离了主道飘到其他方向去了，这是不是太操之过急了？是不是该稍微再研究一下英美的，尤其是一战以后的长篇侦探小说？英美的作家中，有不少作者一直到老年都只写侦探小说的，这样的实例不值得我们借鉴吗？战后横沟正史专心致力于正统侦探小说，成果惊人，我希望这样的趋势能越来越明显。希望侦探作家能各自以独特的风格拿出足和英美十大杰作较劲的作品。这是站在世界性的立场创作侦探小说，因为再也没有比侦探小说更国际化的文学了。我也想重新投入战线，老骥伏枥，志在千里。

（收录于《随笔侦探小说》）

论诡计

　　过去我曾经如此定义推理小说：侦探小说是着眼于犯罪的难解秘密被逻辑推理逐渐解明的过程之乐趣的文学。即使在今天，针对纯粹推理小说，我仍然认为这个定义是正确的。

但在英美国家，直到距今约三十年前，才进入这类谜团与逻辑为主的推理小说的全盛期，后来风格各异的推理小说逐渐增多，并陆续出现更优秀的作品，只具备谜团与逻辑的纯粹推理小说这才不占据主流。即使如此，英国仍有许多创作纯粹推理小说的作家，美国的评论家称之为传统英式风格，不屑一顾（貌似贬低，其实也有怀念的成分在里面）。

至于日本，打一开始逻辑为主的纯粹推理小说就不太兴盛。像我也是，比起纯粹推理小说，怪奇风格的作品更多，其他作家也更精于创作非纯粹推理小说的作品，有许多作家被称为所谓的变格派。战前执著于纯粹推理小说的大概只有甲贺三郎与滨尾四郎两人。

战后横沟正史、角田喜久雄、高木彬光等人创作纯粹推理小说长篇，开创出近似英美黄金时期的时代，但现在注重谜团与逻辑的创作思路又逐渐消失了，其他风格的推理作品成了主流。

不管是英美还是在日本，不期然地都走向了这样的新方向，理由形形色色，但最大的原因还在于诡计的瓶颈。

本文开头，我明确定义了纯粹推理小说，其中最重要的条件是全新的诡计。纯粹推理小说的中心是诡计，各种形式的诡计已被各国作家使用殆尽，今日要构思出新的诡计，已是极困难的事了。与其劳心费神，倒不如导入其他要素来弥补，这样的观点得到越来越多作者的认同，于是当今的英美和日本推理界，尽管推理小说依旧包含推理趣味，但纳入更多一般文学的要素，使得推理小说这个特殊类别走向了暧昧不明的方向。

还有一个理由，诡计其实就是一种魔术手法。一旦揭穿，真相是非常简单、稚气的，有些作者不满足于这样的诡计，他们采用的诡计除非是相当自然的，否则宁愿不用，而以其他的文学要素来弥补。

我对有诡计元素的纯粹推理小说情有独钟，也是因为这种特殊性，才会深爱着纯粹推理小说。可是无论是否愿意，世界推理小说已渐渐变为在普通小说加上一点"谜团与逻辑"元素的形态了。推理小说的文学性得以增强，在英美，具备这类特征的作品被称为冒险小说。

出于上述原因，从新时代的角度来看，谈论诡计，无疑只是缅怀过去，但光是想到切斯特顿，我便无法抛弃对诡计的热爱。从不同的观点来看诡计，也是一种悖论，可以说切斯特顿的作品就是悖论诡计小说。如果能有一个具备切斯特顿实力的新人，旧诡计也有可能被开发出全然不同的使用方法。

我在六七年前的《宝石》上写过一篇《类别诡计集成》的文章，也收录在早川书房出版的《续·幻影城》中，内容主要是从英美的推理小说中找出约八百二十种诡计实例，依我的方式分类而成。根据那篇文章的分析，自推理小说出现以来的一百二十年间，最常被使用的诡计有"一人两角"（八百二十例中有一百三十例）及"密室杀人"（占八十三例）两种。

未曾体会过诡计乐趣的人，会认为无论是"一人两角"还是"密室"，只要读过一次就足够了。他们会笼统地认为其他作者对这两种诡计的运用全都只是模仿，然而并非如此。像"一人两角"，可分为八大类，而每一部作品中的使用方式都不同，因此有非常多的新点子。我的小说无论是否为纯粹推理小说，大部分都使用了"一人两角"的诡计。甚至有人批评过"那家伙的诡计全是'一人两角'的变形。"这与我对"隐身衣"变身愿望的执著有关，但"一人两角"本身便具备了即使都只使用这个诡计也不让人厌倦的异样魅力。

它会在英美作品的分类中占了最高的比例,也绝非偶然。

"密室"也是如此,我将其分成十二大类,底下还有较细的分类,而且也有分类以外的特例,因此具有无数的可能性。像被称为纯粹推理小说黄金时期先锋作家之一的约翰·狄克森·卡尔,就毕生倾力构思"密室"诡计不辍。

那么除了这两大类的诡计,其他还有些什么样的诡计呢?仅将我分类表的大项列出如下。

〔1〕与罪犯或被害者有关的诡计:

(A)一人两角(一百三十例);(B)一人两角以外的意外罪犯(十项,七十三例);(C)罪犯的自我抹杀(四项,十四例);(D)异常的被害者。

〔2〕与罪犯出入现场留下线索有关的诡计:

(A)密室诡计(八十三例);(B)脚印诡计(十八例);(C)指纹诡计(五例)。

〔3〕与犯罪时间有关的诡计:

(A)利用交通工具的时间诡计(九例);(B)利用时钟的时间诡计(八例);(C)利用声音的时间诡计(十九例);(D)利用天气、季节等其他自然现象的诡计。

〔4〕与凶器和毒物有关的诡计:

(A)凶器诡计(十项,五十八例);(B)毒药诡计(三项,三十八例)。

〔5〕隐藏方法的诡计:

(A)尸体的隐藏方法(四项,八十三例);(B)活人的隐藏方法(十二例);(C)物品的隐藏方法(四项,三十五例);(D)尸体及物品的掉换(十一例)。

〔6〕其他各种诡计（二十二项，九十三例）。

〔7〕暗号的诡计（六项，三十七例）。

〔8〕动机的诡计（四项，三十九例）。

再加上只有圈内人才看得懂的简略说明，也花了一百十几页。如果详细解说，估计会写成一部大书，这里没有足够的篇幅可以展开，但读者对照这些项目，思考自己知道的诡计属于哪一类，应该也颇有意思。

有关〔6〕的"其他各种诡计"需要做一些说明。在这一项中，我把无数归入其他类别的诡计全部归入该项，我搜集到了二十二种，主要是以下这些：

★镜子诡计★错觉诡计★迅速杀人★人群中的杀人★《红发联盟》诡计★《两个房间》诡计★或然率犯罪★利用职业便利的犯罪★正当防卫诡计★一事不再理诡计★罪犯从远方目击自己犯罪的诡计★交换杀人（以下略）。

以上的同样没有篇幅一一说明，但我打算解释其中两三例容易让人误解的。"迅速杀人"的诡计可以用在下述案例中，凶手使计让目标服下强效安眠药，使其从卧房里锁上房门，隔天早上众人使劲敲门也不见人开门，慌张之际破门而入，此时，凶手以最快的速度接近床铺，持刀割断目标喉咙，装作命案是发生在破门而入之前。

《红发联盟》是歇洛克·福尔摩斯的一则短篇。故事中，凶犯出高薪雇用红发人士，使其每天前来事务所上班，利用他不在家期间挖了一条地下道通往屋后的银行金库，盗取巨款。有不少运用了该诡计的作品。红发联盟其实也就是所谓的 red herring（熏红鱼，另有"转移注意力"之意）的谐音。顺带一提，英国犯罪小说家协会的标志由两条青鱼图案组成，会报的名称就叫 *Red Herring*。

《两个房间》是某位作家的短篇。这两个房间（房子）一模一样，只位置不同，目标睡着之后，罪犯把目标搬到另一处屋子里，让醒来的目标以为自己还在原来的地方，以达到犯罪目的的诡计。

"或然率犯罪"，比如凶犯利用弹珠犯罪，该诡计无疑得在有孩子的家庭才能实现。将弹珠放在楼梯上，半夜从楼上下来的人就有可能踩到弹珠而摔落楼梯，导致重伤或死亡。凶犯可摆脱嫌疑，万一失败，只要换个方法继续尝试就行了，是一种非常狡诈的犯罪（日本的例子有谷崎润一郎的《途上》，我的《红色房间》）。

一旦开始说明，也得提及前面列举的各个项目，没完没了，因此请读者参考我的著作自行体会，接下来直接进入结论。

平野谦、荒正人等《近代文学》的成员中有许多推理小说爱好者，坂口安吾、大井广介诸氏也曾在战时沉溺于寻找推理小说罪犯的游戏中，一玩玩上了瘾，成了纯粹推理小说派中的一员，因此他们不会轻视诡计。平野、荒两位最近的想法或许有些改变，但积习难改，我想他们还是无法抛弃对纯粹推理小说的倾慕吧。

相对于此，后来兴起的文坛作家创作推理小说，除了热衷于谜团与逻辑的加田伶太郎、三浦朱门以外，大多数作家沿袭冒险派的风格，是一般小说再烹入一些逻辑趣味的作品。因此他们的创作不沉溺于逻辑游戏，也不怎么重视诡计。

那么读者的喜好又是如何的呢？这方面也无法摆脱战后美国带来的影响，大多数人都爱好冷硬派及冒险小说（推理小说的读者层丰富了许多）。然而另一方面，热爱英国纯粹推理小说风格的读者相较之下增加了更多。因此，日本的读者既欢迎畅销作家松本清张的长篇代表作——有谜团与逻辑要素又不乏诡计，也喜欢仁木悦子以诡计为主要支撑的纯粹推理小说。

尽管说诡计的发展已遭遇瓶颈，但无论英国还是日本，都依然有作家创作着诡计小说。不过不必说，虽然骨架同样是诡计，但丰满其上的血肉却日新月异地进步着。如果能更上一层楼，就像我先前提到切斯特顿时说的，利用相同诡计的不同角度创作全新的谜团与逻辑小说，如果有那样一位新星出现的话……执著于纯粹推理小说特殊性的我，现在仍然强烈地期待着这样的可能性。

（收录于讲谈社《子不语随笔》）

附录　诡计类别集成　目录

各项目底下的数字为作品的数目。作品共有八百二十一项，除以这个数字，就可以了解该项目所包含的作品数量。

〔第一〕与罪犯（或被害者）有关的诡计（二百二十五例）

（A）一人两角（一百三十）

罪犯伪装成被害者（四十七）；共犯伪装成被害者（四）；罪犯伪装成被害者之一（六）；罪犯与被害者是同一人（九）；罪犯伪装成想嫁祸的第三者（二十）；罪犯伪装成虚构人物（十八）；替身——两人一角、双胞胎诡计（十九）；一人三角、三人一角、两人四角（七）。

（B）一人两角以外的意外罪犯（七十五）

侦探是罪犯（十三）；法官、警官、狱长是罪犯（十六）；案件发现者是罪犯（三）；案件记述者是罪犯（七）；幼儿或老人是罪犯（十二）；残疾人、病人是罪犯（七）；尸体是罪犯（一）；人偶是罪犯（一）；意外的多数罪犯（二）；动物是罪犯（十三）。

（C）罪犯的自我抹杀（除了一人两角以外）（十四）

伪装被烧死（四）；其他假死（三）；毁容或易容（三）；人间蒸发（四）。

（D）异常的被害者（六）。

〔第二〕与罪犯出入现场线索有关的诡计（一百六十）

（A）密室诡计（八十三）

犯罪时罪犯不在室内（三十九）。

（a）室内的机械式机关（十二）；（b）透过窗户或隙缝从室外杀人（十三）；（c）被害者在密室内自行死亡（三）；（d）密室内伪装成他杀的自杀（三）；（e）密室内伪装成自杀的他杀（二）；（f）密室内人类以外的罪犯（六）。

犯罪时罪犯在室内（三十七）。

（a）门上的机关（十七）；（b）伪装成犯罪发生在实际时间之后（十五）；（c）伪装成犯罪发生在实际时间之前——密室中的迅速杀人（二）；（d）躲在门后（一）；（e）火车密室（二）。

犯罪时被害者不在室内（四）。

密室逃脱诡计（三）

（B）脚印诡计（十八）

（C）指纹诡计（五）

〔第三〕与犯罪时间有关的诡计（三十九）

（A）利用交通工具的时间诡计（九）

（B）利用时钟的时间诡计（八）

（C）利用声音的时间诡计（十九）

（D）利用天候、季节等其他自然现象的诡计（三）

〔第四〕与凶器和毒物有关的诡计（九十六）

（A）凶器诡计（五十八）

神秘的刀刃（十）；神秘的子弹（十二）；电流杀人（六）；殴打杀人（十）；压死（三）；勒毙（三）；摔死（五）；溺死（二）；利用动物的杀人（五）；其他奇特的凶器（二）。

（B）毒物诡计（三十八）

经口服（十五）；注射（十六）；吸入（七）。

〔第五〕人与物的隐藏诡计（一百四十一）

（A）尸体的隐藏方法（八十三）

暂时隐藏（十九）；永久隐藏（三十）；移动尸体以隐藏线索（二十）；无脸尸体（十四）。

（B）活人的隐藏方法（十二）

（C）物品的隐藏方法（三十五）

宝石（十一）；金币、金块、纸币（五）；文件（十）；其他（九）。

（D）尸体及物品的掉包（十一）

〔第六〕其他各种诡计（九十三）

镜子诡计（十）；错视（九）；距离错觉（一）；追逐者与被追逐者的错觉（一）；迅速杀人（六）；人群中的杀人（三）；《红发联盟》诡计（六）；《两个房间》诡计（五）；或然率犯罪（六）；利用职业

的犯罪（一）；正当防卫诡计（一）；一事不再理诡计（五）；罪犯从远方目击自己犯罪的诡计（二）；童谣杀人（六）；剧本杀人（六）；来自死者的信（三）；迷宫（四）；催眠术（五）；梦游病（四）；丧失记忆（六）；奇特的赃物（二）；交换杀人（一）。

〔第七〕暗号的种类（小说三十七例）

（A）符契法

（B）象形法（四）

（C）寓意法（十一）

（D）换位法（三）

普通换位法（一）；混合换位法；插入法（二）；窗板法。

（E）代用法（十）

单纯代用法（七）；复杂代用法（三）。

（a）平方式暗号法（一）；（b）计算尺暗号法（一）；（c）圆盘暗号法（一）；（d）自动计算机械暗号。

（F）媒介法（九）

〔第八〕异常的动机（三十九）

（A）感性的犯罪（二十）

恋爱（一）；复仇（三）；优越感（三）；自卑感（四）；逃避（五）；其他犯罪（四）。

（B）利益的犯罪（七）

遗产继承（一）；逃税（一）；保身防卫（三）；保密（二）。

（C）异常心理犯罪（五）

杀人狂（二）；作为艺术的杀人（二）；恋父情结（一）。

（D）出于信念的犯罪（七）

宗教上的信念（一）；思想上的信念（二）；政治上的信念（一）；迷信（三）。

〔第九〕巧妙犯罪曝光的线索（四十五）

（A）物质线索的机智（十七）

（B）心理线索的机智（二十八）

密室诡计

一个完全密闭的西式房间，所有的窗户和门都从内侧上了锁，但这样的房间里却有人遇害了。门外的众人没有备份钥匙，担心之余只好破门而入，却看到了陈尸在地上的主人。不可思议的是，房里丝毫找不到凶手的踪迹。房间从内侧上锁，凶手无处可逃。经仔细调查，无论是天花板、墙壁、地板都没有暗门。壁炉的烟囱太过狭窄，连幼儿都无法通过，气窗也一样狭小。莫非凶手可以化成烟雾，在空气中飘散无踪，或者身体像水蛭一样可以自由伸缩，从门底下的隙缝中挤出去了？

这真是诡异而不可思议的谜团。如果这个看起来完全不可能的谜团能获得合理的解释，那么解释之人该有多么志得意满，这就是小说中密室诡计产生的心理基础。侦探小说是将乍看之下不可能理清的异常谜团，透过机智与逻辑条理明晰地自圆其说，在解开所有的"不可能"中最能获得趣味以及满足感的典型，就是密室案件。以故事描述的不可能状况，读者总会觉得哪里必留着漏洞，但密室的特征是可以像几何学的图像一般，具体而毫无暧昧，明确地将不可能的感觉传达给读者。因此过往的侦探小说作家，可以说从来没有不曾写过密室事件的，有些作家甚至穷其一生只撰写密室事件。

侦探小说史上，最早以密室的"不可能"为主题的作品，是爱伦·坡的《莫格街谋杀案》。这部小说给了勒鲁创作《黄屋奇案》的灵感，当然光有这一部作品还不够，《黄屋奇案》的诞生离不开一宗真实事件。我在一九一三年十二月号的《海滨杂志》上读到乔治·西姆斯①写的这件事，我做了剪报，至今那则新闻都还贴在笔记本上。距今百年前，所以应是十九世纪初的事，在巴黎蒙马特一栋公寓的最顶层，离地面约六十呎②高的一个房间，住着一位名叫Rose Delacourt的女孩。她到了中午仍然没有起床，警察破门进入查看，发现女孩躺在床上，已经死了，胸口插着一把刀。凶手下手极重，刀尖都刺出后背了。窗户从内侧上锁，入口的唯一一道门也从里面上锁了，钥匙插在锁孔上，而且还上了门闩。唯一的进出通道是壁炉烟囱，经调查后发现，再瘦小的人都不可能从烟囱出入。房中没有任何物品失窃，调查后也没发现死者与人结怨。这宗命案后来一直被犯罪研究家讨论，然而直到百年后的今天（一九一三），仍然是一宗悬案。

不过以密室之谜为主题的故事，可以追溯到更早以前的古代。公元前五世纪，希罗多德的《历史》中就提到公元前一二〇〇年左右埃及国王拉姆普西尼托司的故事，其中可以看到密室之谜的原始雏形。奉命建造国王宝库的工匠，为自己的孩子留下一条密道，并在遗言里说明开启密道的方法，以便儿子们从密道溜进宝库窃取宝

---

① 乔治·西姆斯（George R Sims，1847—1922），英国作家，代表作有以女演员Dorcas Dean为主角的短篇集，*Dorcas Dean*，*Detective*（1897）。
② 一呎约零点三米。

物。同样是希腊二世纪的作家保萨尼亚斯①也记录了建筑师阿嘉梅迪斯与托罗波尼欧斯的故事，其中也有带密道的密室。

还有一个古老的例子，被记录在《旧约·圣经》的经外书中。巴比伦国王崇拜一名叫贝勒的偶像，他献上羊、谷物等众多供品，关上神殿的大门并上锁，任何人都无法出入，然而供品却在一夜之间消失无踪。这是密室中的异象。国王认为供品是贝勒神吃掉了，但一个叫达尼尔的青年揭开了秘密。原来神殿的祭坛底下有一条秘密通道，僧侣们趁夜深人静的时候从那里溜进神殿，拿走了供品。

无论是希罗多德还是《圣经》经外书的密室都有密道，从现在的角度来看，是不公平的密室之谜。这么说来，爱伦·坡的《莫格街谋杀案》中，窗户上的弯钉子也是不公平的。那么，没有这些漏洞的第一部"密室"小说是什么？道尔的《斑点带子案》以及伊斯瑞尔·冉威尔②的长篇《弓区之谜》，二者成书年代相差无几，不过与《斑点带子案》的纯粹相比，以密室来说，后者的长篇读起来还是比较过瘾。这部作品在西方也没引起太大的反响，但它使用了当时最前卫的密室诡计，从发明了一个全新诡计的层面上来看，更应该予以重视。

我将各种诡计分成了三大类：犯罪时，罪犯不在室内；犯罪时，罪犯在室内；犯罪时，罪犯与被害者皆不在室内。如果加以细分，可以再分出细项。

西方作家挑战密室分类的例子，我知道两个。一个是卡尔在

---

① 保萨尼亚斯（Pausanias，约115—180），希腊的旅行家、地理学家，最知名的作品是《希腊志》。
② 伊斯瑞尔·冉威尔（Zangwill Isreal，1864—1926）英国推理作家，其作品《弓区之谜》（*The Big Bow Mystery*）是最早的密室杀人的作品。

《三口棺材》中的"密室课"一章，另一个是克莱顿·劳森的《死亡飞出大礼帽》的"勿发问"一章。后者是魔术师侦探马里尼利用卡尔的主角菲尔博士（Dr. Gideon Fell）的"密室课"，总结出了异于卡尔的密室分类。不过双方大致都分为（A）真密室，罪犯出不去，因此犯罪时罪犯不在室内；（B）假密室，罪犯实施犯罪并离开后，再布置成密室。而卡尔的菲尔博士将（A）分成七项，（B）分成五项；马里尼则将（A）分成九项，（B）分成五项，并新增（C）一项。

下面的分类，我根据自己的分类原理，再参考了二者的分法，并添加了一些两位大师没有的部分；为了便于对照，我在各项目底下加上像（F·A·1）、（M·B·2）这样的提示。F代表菲尔博士的分类，M代表马里尼的分类，A·B是各自的大分类、1·2是各自的小分类。

（A）犯罪时，罪犯不在室内的诡计
（1）借助室内的机械式装置形成密室（F·A·3）(M·A·4)
★一拿起电话话筒，话筒就发射出子弹。
★话筒通了强力电流，一拿起话筒人就被电死了。
★在墙洞里装上手枪，一掀开洞穴的盖子，手枪就发射。
★一卷动时钟或壁钟的指针，钟的内部就自动发射出子弹。
★用丝线将沉重的短剑悬在高高的天花板上，吊线沿着墙壁铺在地板上。被害者进入室内，锁门，前进两三步就会被地上的丝线绊倒，继而扯断连着天花板上的线，使短剑落到目标身上。
★将沉重的盆栽悬在房间的天花板上，使之固定的绳索拉到被害者能摸到的位置，一旦绳子遭到碰触，盆栽就会像钟摆一样晃回来砸中头部。

★暗中在床铺装上喷射毒气的装置，在目标熟睡后予以杀害。

★利用冰块融化成水或冰块的重量，让装设在墙上的手枪发射。

★利用化学药品在设定好的时间里自燃，以引发火灾。

★利用以时钟与电流制成的定时炸弹引发火灾。

以上每一项都有知名作家用过，不过机关太过机械，摆脱不了幼稚诡计的印象。

（2）在室外遥控杀人（打开窗户，不过必须是三层以上的，人无法通过窗户进出，或者密室有不为人知的缝隙形成进出通道。）（F·A·6）（M·A·6）

★站在对面大楼的窗户边上，将没有手柄的短剑填在枪膛里发射。

★从窗户射进以岩盐制成的子弹，岩盐会在被害者体内融化。

★趁着被害者从窗户探出头时，从楼上的窗户垂下绳圈套住对方的脖子，吊起来勒死后再将尸体从后面的窗户垂吊到地上，由共犯将其挂到树枝上，伪装成上吊缢死。

★从窗外开枪后，将手枪丢进室内，并事先使被害者的衣服沾上硝烟味儿，伪装成凶手在室内开枪。

（以下是位于一层的不完全密室的情况）借着夜色，用惰钳（lazy tongs，XXXX型可延伸的玩具）经大开的窗户抓走室内桌上的凶器，换成其他凶器，湮灭证据。

★经隙缝把毒箭射进房间，箭尾绑上丝线，目标死后再拉回毒箭。

此外还有无法以寥寥数语说明的该类不同的诡计，举一个非常有名的例子。被害者死在一个密室里，胸口插着一把小毒箭。房间没有任何隙缝，通风孔也贴着孔目细密的铁丝网，窗玻璃与门板没有被拆下的痕迹。尽管如此，名侦探却断定"这个房间有个四方形的窗户"。调查的警官绞尽脑汁都想不到四方形的窗户在哪儿。侦探强调纯西式的房间一定有一个四方形窗户，窗户究竟在哪儿？谜底揭晓时才知道其实是门的把手。圆形门把的金属轴棒是四方形的长条棒。棒子穿过的孔穴也是方形的，圆的握把包裹着方形轴棒，可以自由旋转，以螺丝固定。首先用起子卸下门外的握把螺丝，只留下轴棒，再以细铁丝绑住轴棒，轻轻往里推让它垂入室内。因为绑着铁丝，门把悬在半空中。接着就露出了小小的四方形洞孔，这就是"方形窗户"。凶手瞄准目标从房里靠近房门的时机，以弓箭将细毒针经洞孔射进目标体内。达成目的后，凶手灵巧地拉起铁丝，将轴棒照原样固定好，拧好螺丝，擦掉指纹后离去。

后来，美国有一名少年作家挑战了这个诡计。他认为方形窗户虽然有意思，但门上还有更简单的盲点。他的故事里设计了两个房间，坐在房间里的男子是凶手的目标。连接两个房间的门开着，与墙壁形成直角。里面的房间除了那道门以外，再无出口，形同密室。外面房间面对走廊的窗户开着，门也开着，外面房间面对窗户的椅子上坐着一名女子。作者预设了这样的场景，女子听到里面房间的男子被击毙的枪声。根据作者设定的条件，开枪的人只能是外面房间的女子，因此女子受到怀疑，但她并非凶手，凶器手枪也没有找到——这个谜团的谜底是，当有着新型大铰链的门扉和墙壁呈直角打开时，铰链会出现宽约一寸的纵长型隙缝。真凶就是从外面房间的窗外，把子弹射进这条隙缝并射进了目标的体内。女子因为背对窗户坐着，所以没有看见。

（3）并非自杀，但被害者亲手杀了自己的诡计（F·A·2）（M·A·3）

★治疗蛀牙的时候，利用填充蛀牙的橡皮有缺口而牙龈还在出血这一点，将直接掺进血中才会发挥效果的箭毒（curare）毒药混进止痛药的小瓶中，嘱咐被害者在半夜服用。被害者在密室中服下止痛药，箭毒经牙齿的出血部位循环至血管，导致目标毒发身亡。凶手混在发现者当中，抢先进入室内，藏起关键药瓶。

★事先不着痕迹地给目标灌输某种心理恐惧，或是经窗户注入毒气，让目标神经错乱，狂乱中自己的头部撞到家具，或在无意识中用所持的凶器自杀（菲尔博士讲义中的例子）。

（4）在密室里面伪装成他杀的自杀（F·A·4）(M·A·2)

★参考后文的"冰制凶器"、"冰制短剑"。密室中采用的就是这种诡计。

★横沟正史的《本阵杀人事件》也可归入此例。

（5）伪装成自杀的他杀（F·M皆无）

一名修行者独自进入空旷的训练场里，开始断食的苦行，过了好几天都没有出来。众人强行破开从内侧上锁的门，进去一看，发现修行者躺在床上饿死了。床铺旁边的架子上摆着丰盛的食物，却没有动过，众人感叹断食修行者的意志力惊人，不曾想这其实是一场谋杀。修行者投保了巨额保险，受益人是四名印度弟子。四名弟子为了得到保险金，以奇特的方法杀害了修行者。他们设计让修行者在室内服下安眠药，趁他熟睡之后，准备了四条前端附有钩子的长绳，四个人爬到训练场高耸的屋顶上。屋顶上有采光窗，虽然人无法从那里进出，但透气用的横木缝隙可以容下一双手。四个人一人抓着一根附钩子的绳索，将它从缝里垂进室内，用钩子钩住修行者的床铺四角，合力把床拉到天花板附近。然后他们将绳索绑在采光窗的框上，让床铺悬在半空中，再从屋顶离开。训练场的天花板非常高，患有恐高症的修行者始终不敢跳下床铺，只能干瞪着摆在底下架子上的食物，活活饿死了。几天后，四名恶汉再次爬上屋顶，确定修行者已经饿死之后，解开绳索，将床铺放回原位，再假装担心破门而入。虽然诡计过于奇特，颇为荒唐无稽，但《陆桥谋杀案》的作者，也是《侦探小说十诫》的作者诺克斯便写了这样一篇小说，还被选入三种杰作集。前文提到的一个诡计，罪犯经楼上的窗户放下绳圈勒住被害者的脖子再放回地上，再制造被害者在树上自缢的假象，换个角度来看也属此类。

（6）密室中非人类犯罪者（F·A·6）（M·A·5）

爱伦·坡《莫格街谋杀案》中的大猩猩、道尔《斑点带子案》中的毒蛇，还有鹦鹉宝石贼等（后两例也属于窗户半开或有隙缝的密室）。这一项最为巧妙的是下文"奇特的灵感"中提到的太阳与水瓶的杀人，分别由 M.D. 波斯特和江户川乱步率先构思出来。

（B）犯罪时，罪犯在室内

（1）在门、窗户或屋顶装设机关

在构成密室的诡计中，这类方法是初期最常见的。大正时代，钱金斯的短篇中常出现这样的诡计，罪犯离开房间后，利用镊子和丝线转动插在门内锁孔上的钥匙，让门看起来是从内侧上的锁。我读到这个诡计时，觉得非常有意思，但后来范达因等众多作家不断推陈出新，这类手法已经翻新不出花样了，也就无人使用了。

〔a〕在门上动手脚（窗户的机关只是延伸应用而已，后面再做简单说明。）

是罪犯杀害被害者，将尸体放置于室内，离开房间前制造出门由内侧锁上的假象。换言之，也就是从外侧转动内侧的钥匙来锁门

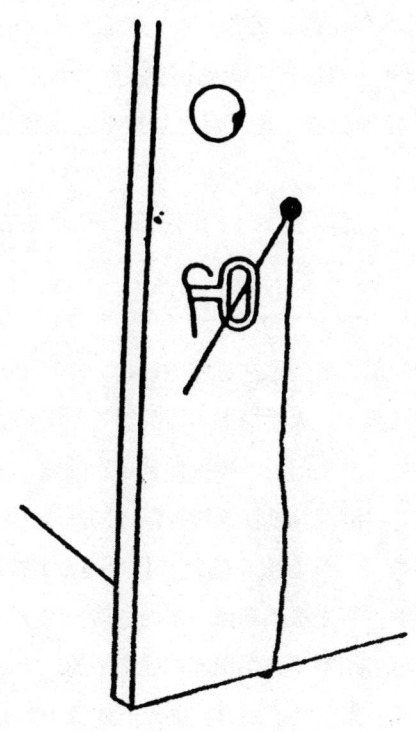

图二

的方法。这么一来，就可以制造出罪犯凭空从密室消失的不可思议的状况。

要给读者留下这样的印象，有三个先决条件。一是必须阐明钥匙只有一把，绝对不存在备份钥匙；另一点是西式门的两侧都有锁孔，可以从内侧和外侧两边插入钥匙；第三点是西式门的门扉下方与地板之间都有一定的隙缝。这三点也是接下来谈到的诡计成立的前提条件。

锁门的方式，有钥匙、插销、门闩三种，针对这三种作家想出了相应的诡计。

钥匙的情况（F·B·1）（M·B·1）（见图二）

★罪犯离开房间前，将钥匙插进内侧锁孔，并利用火钳之类的物品插进钥匙尾端的圆洞中，火钳绑上牢固的丝线，下垂的线从门与地板之间的隙缝往外拉。关上门后，拉扯伸到走廊的线，随着火钳的旋转门锁会自动锁上。再继续拉扯使火钳掉落，同丝线一起从隙缝间拉出门外，收进口袋离开。没有火钳的话，只要是金属棒状物品即可。竹棒或木棒重量不够，有无法顺利掉下来的危险。镊子也可以，钥匙尾端没有圆孔时，可以用镊子夹住钥匙尾端扁平的地方，就能发挥相同的作用。不过如此一来，需要用力拉扯才能使镊子落下来。

这种方法出现在小说中很有意思，实际操作起来也很简单，只要准备薄的钢铁制的镊子状道具就行了。前端不必削尖，呈薄平状，内侧弄成锉刀状以增加摩擦力。罪犯将钥匙插进内侧的锁孔后，从外面关上门，再从外侧的锁孔插入这种道具，摸索着夹住从内侧插入的钥匙前端，用力旋转上锁就行了。这方法用在小说上一点意思都没有，实际上却很实用。这种道具在美国等地的黑社会中颇为有名，甚至有个名字叫做"伍斯迪迪"。

插销的情况（F·B·3）(M·B·1)（见图三）

★镊子用力夹住插销的尾端，使其不轻易松脱，在镊子的尾端绑上长线。接着在插销移动方向的墙上深深地插入一根大头针作为支点。然后把镊子的线挂到大头针上，垂下来后从门下的隙缝拉出去（见图三）。这样一来，只要拉线，插销就自动入插销孔。再更用力地拉扯，镊子就会松脱，掉到地上。接着用力拉扯丝线将镊子从缝里拉出来。当然不能忘了大头针还留在墙上，事前须在针头上也拉一条线，任务结束后把针也从门缝底下拉出来，尽可能消灭所有的线索。此外也有其他方法，都是这种原理的延伸应用。

门闩的情况（F·B·2）(M·B·1)（见图四）

★门上有门闩，柱子上有承具。也有反过来的情形。门闩落到承具上的话，门就打不开。这种情况，要先稍微抬起门闩，使其不会卡在承具上，然后在门闩的尾端与门板的隙缝间，用木头或是纸张当楔子（图三的黑三角就是楔子的位置）卡住。楔子绑上丝线，一样从底下的门缝间拉出去，只要拉扯丝线，就可以将楔子拉出门外。楔子掉下来的话，门闩自然就会落下上锁。

★有时候会利用蜡烛或冰块作为楔子。冰块楔子，会在下文《冰制凶器》的"密室与冰块"中详述，这里就省略不提；蜡烛则是夹进承具与门闩之间后点火。蜡烛融尽的时候，门闩就会落下，但有蜡渣遗留，容易曝光。

★此外，有位知名作家想出在门外贴上强力磁铁移动门闩的方法，但磁铁略显笨重，不是个值得佩服的诡计。

以上是西式门的机关，不过日本的玻璃格子门、玻璃落地窗多使用螺丝转锁，所以日本的窃贼想出了从外面开启的诡计。也就是用细薄而多齿的锯弓木插进门与门之间的隙缝，将锯齿抵在转锁的

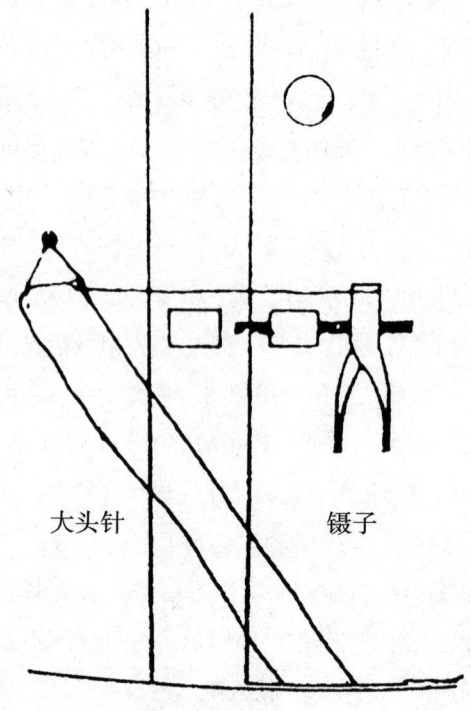

图三

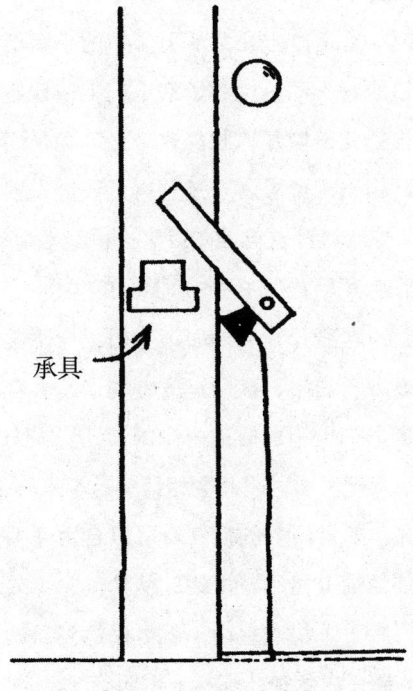

图四

叶片部位，耐心地将锯子往转锁打开的方向推动，这样就可以把锁打开。看到这样的内容，或许会有人批评我在传授犯罪手法，但这在黑社会里是人尽皆知的事。倒是被害者不太知道，写明这一点，等于是警告一般人要注意，反而更具意义。日本的小偷不会制造密室，不过把它应用在密室上，也是可以成为一种诡计的。

卸下门的铰链（F·B·2）(M·B·2)

★据卡尔说，这是西方儿童从上了锁的小橱柜里偷出点心时常用的手法。门锁原封不动，用起子卸下门上的铰链，便有了一个出入口，完事后再把铰链恢复原状。这个诡计无视门锁，而是另辟蹊径，机智十足，相当有意思。不过这得是铰链安置在门的外侧时才能实现的诡计。这个诡计自冉威尔以来，也经常为侦探作家使用。

利用错觉迅速杀人（F·B·5）(M·B·5)

★罪犯带着钥匙离开，从外面锁上门，把钥匙装进口袋。然后罪犯混在命案发现者之中，破门进入室内，趁着众人跑近尸体的时候，悄悄从口袋里掏出钥匙插进内侧的锁孔。人们通常都会确定人已死亡后才开始调查房间，因此会相信钥匙本来就是插在内侧的。

★这种情况，如果门上的换气窗可以自由开关，就不必如此大费周章了。从外面锁上门后，把钥匙从换气窗（或者如果门底下的缝够宽，就从门底下）扔进室内，就可以达到目的。可是这容易出偏差，不如钥匙插在内侧锁孔那样证据明确。

两把钥匙的诡计（F·M皆无）

★准备两把相同的钥匙，一把插在房离开门内侧后再关上门，第二把钥匙插进外侧锁孔，于是内侧的第一把钥匙会被推落掉在室内地面上。接着直接从外面上锁，即可制造出密室，可是这种情况也只能得到类似于从换气窗丢进钥匙的不确定或者意外的可能性。

〔b〕窗上的机关

★窗户的诡计，从爱伦·坡的《莫格街谋杀案》以来，出现了各种版本（爱伦·坡的作品中，最后发现窗上的钉子弯曲，其实每个人都可以开关，以密室诡计来说并不算公平）。日本的窗户多是螺丝转锁，而西式的上下滑动的玻璃窗户是使用类似闩锁的锁。只要能从外面开这种闩锁，就可以构成密室。这一样是利用丝线或铁丝，但窗户不像门那样刚好有隙缝，所以如果玻璃上有洞，就可以从洞里伸出丝线或铁丝，像操纵门的机关那样。

★在某部作品中，罪犯为了在玻璃上开洞，事先朝玻璃开枪，弄出一个洞来。这么一来，有人开枪的事会受到怀疑，但由于与行凶时间不吻合，使案情愈加复杂，小说也变得更有趣。这是为了达成制造密室的目的而开枪，有一种悖论式的趣味（以上，F·M皆无）。

★也有不需要线和铁丝的方法（M·B·3）（F无）。就是卸下窗玻璃，从那里伸手进去上锁，再把玻璃照原样嵌回去，抹上油灰。可是这样一来，新油灰引起他人注意的可能性也很大。

〔c〕掀起屋顶的诡计（F·M皆无）

★诡计用光之后，作家就开始想极端的点子。门和窗户太小儿科了，把屋顶整个掀起来不就行了？就是这种奇特的点子。三四年前在奎因推理杂志的奖项中获奖的《第五十一间密室》①（*The 51st Sealed Room*）正是如此。窗户与门是完全密闭的，但罪犯用千斤顶略为抬起屋顶的一部分，从缝里出入，事后再把屋顶照原状放回来。这个方法只适合某些结构的房屋，放回来后应该还是会留下某些痕迹，不过屋顶是调查上的盲点，不必担心警方会注意到这种地方。

---

① 美国推理小说家 Robert Arthur, Jr.（1909—1969）在一九五一年发表的短篇作品。

这是比卸下铰链更天马行空,将发想扩大至移动整个门,极出人意表的悖论式机智。

★然而有一名日本作家更进一步推进,不是掀起屋顶的一部分,而是利用固定在大树枝上的虎钳及绳索,将小木屋的屋顶整个抬起来,从那里出入。只是这样一来,就无法正儿八经地铺设情节了。若非以切斯特顿的幽默风格加以处理,只会一塌糊涂。

★可是人上有人,天外有天,这是我在两三年前听双叶十三郎说的,有个美国作家想出了更极端的点子。也就是先在空地上杀人,再迅速地为尸体盖座小屋,制造密室。如果是简单的小屋,一个晚上就可以盖好,绝非不可能的事。这样的诡计真是异想天开的绝妙点子。

(2)制造假象,推迟凶案发生的时间

〔a〕伪音诡计(F·M皆无)

★凶手杀了人,伪造密室后离开。有第三个人经过门前,听见门里已经遇害的人的说话声。这样一来,就有人证明那个时候被害者还活着。另一方面,凶手却在那段时间里和其他朋友在一起,得已制造不在场证明。如此一来,除了密室的不可能之外,还可以证明被害者活着的时候,凶手根本完全没有机会靠近现场。这个诡计的谜底是凶手诱骗被害者,录下被害者说话的声音,凶手杀人之后把录制好的磁带放在密室里,再设计让其在适当的时机播放。

★除了磁带以外,用手枪杀人也可以人为地混淆谋杀的时间,杀人时给手枪装上消音器。在暖炉里设置烟火,把导火线延长至自己需要的长度,算好时间,让烟火在凶手有第三者时爆炸,爆炸声会让人误以为命案发生的时间,而凶手拥有确实的不在场证明,便可免去嫌疑。

★以钝器杀人的情况,设机关让密室里的某些重物在凶案发生的一段时间后倒下或落下，巨响会让人误以为命案发生在那个时候。

★此外，凶手会腹语术的话，在制造密室之后，可以等待第三者经过门外时以腹语术模仿被害者的声音，让门外的人听见，让人误会被害者还活着。

〔b〕欺骗视觉（F·M皆无）

★前项讨论的是骗过耳朵的办法，这项将讨论如何骗过人的眼睛。夜色下的二楼窗户，窗帘上投映出趴在桌上遭枪击而死的尸体影子。凶手利用院子里正举行烟火大会，有许多人看到窗户这一点，在隐藏自己身影的前提下改变尸体的姿势。这是利用影子伪装成死人还活着的假象，不但可以隐藏命案发生的时间，而且还可以构成密室，所以能制造出完美的不在场证明。此外还有许多利用视觉掩饰行凶时间的诡计，但大多都无法用三言两语说明清楚，不过原理都是一样的。

〔c〕此外，也有一人两角与密室组合的诡计（F·A·5就是此种变形）（M·A·7）。还有凶手或共犯在杀人之后假扮被害者出现在人前，混淆死亡时间的同时以制造不在场证明。

〔d〕这类诡计最为出色的，应数勒鲁的《黄屋奇案》（F·A·1）。爱慕罪犯的女子在卧室遭到殴打，身上伤痕累累。女子为了包庇罪犯，隐瞒重伤的事实，把自己关在卧房里。不多久，女子在卧房里睡着了，做噩梦的她从床上摔下来，发出巨大的声响。门外的人大吃一惊，使劲敲门却没有应答，众人遂破门而入，发现女子昏倒在地上了。仔细一看，女子全身都是被殴打留下的伤痕，那伤痕绝对不是摔伤所致。可是女子坚决否认被罪犯殴打的事实，因此众人以为声音响起的时候罪犯就在室内，却在众人破门而入之际消失在这个密闭的房间里，构成了一宗不可思议的密室事件。这样看一点儿都不有趣，但《黄屋奇案》利用了人的心理盲点，在自古以来的各种密室诡计中，是最为突出的一个。

（3）伪造凶案发生比实际时间更早（M·A·8）（F无）

这是密室中的迅速杀人。关于这一点，下文"意外的罪犯"中的"案件发现者是罪犯"的部分已有详细解说，这里不再重复。

（4）最简单的密室诡计（M·C）

劳森的主角马里尼在密室课中提到卡尔的菲尔博士的讲解中没有这一项，于是在（A）、（B）以外另设（C）项，为此扬扬得意。但这其实是骗孩子的把戏，凶手在杀人之后没有离开而是等着房门打开。凶手藏在门后，在房门打开的瞬间，趁着众人争先恐后冲向被害者，溜出房间。乍看之下很可笑，但现实中或许可行。

（5）火车与船的密室

行驶的火车、船与外界隔绝，因此火车与船是天生的密室。尤其是西方火车的包厢，更是恰到好处的密室舞台，因此经常出现在小说里。飞机也是一样，不过或许是飞机上不容易施展诡计，我还没有看过利用客机进行密室诡计的作品。这些只是密室舞台较为特别，诡计的原理与建筑物的密室是一样的。

（C）犯罪时，被害者不在室内的诡计（F·A无编号）（M·A·9）

密室案件中，被害人也不在室内，这听来很不可思议，不过有以下的情形：

★把尸体搬到房间，制造出密室。

★被害者身负重伤，走进房间之后出于某些原因，从内侧上锁之后便断了气。不是为了包庇凶手，而是害怕伤害自己的歹徒追上来。以上的情况只要被害者断气便成为永久的秘密，乃至于演变成极为不可思议的事件。因为既然有密室出现，众人就会怀疑是凶手制造出来的，案情反而更加扑朔迷离。越是熟悉密室诡计的人越容易被这种情况迷惑。在密室小说中，这算是一种将计就计的招数。

★有运用此类诡计的例子，还是个知名作家的作品，凶手将死于另一处的尸体扔进有一扇高窗的美术室，房间是密室，伪装成人是在室内遇害的，是一种抛掷人类尸身的新奇诡计。

（D）密室逃脱诡计

这有两种情况。★一是位于高层的密室，窗户开着，凶手在杀人后走钢索或借助其他特技从高处的窗户逃脱的诡计（M·B·4）（F·M 无）。

★另一种是越狱的诡计（F·M 无），这是密室诡计的反间计，不过以诡计分类来看，还是适合归入此类。实际上，逃狱有许多巧妙的手法，比如利用怀表发条中的锯齿状零件耐心地把窗户铁条锯断，制作逃脱通道；或一点点存下狱中工厂的布或厚纸原料，织成长绳，从高窗垂吊下来。虽然有趣，但与密室被害者的诡计性质不同。美国的魔术大师胡迪尼曾经巡回世界，从各国监狱脱身，或请人把他关到金库里，再逃出来。这里面当然有可以让他达到目的的特殊手法，但很少能当成侦探小说的诡计使用。胡迪尼的传记里对各种逃脱诡计做了详细的解说，可说是非常有意思的魔术解说书。

★知名的小说涉及越狱诡计的有勒布朗的《亚森·罗宾越狱》（*L'évasion d'Arsène Lupin*）、福翠尔的《逃出十三号牢房》（*The Problem of Cell*）、劳森的《无头女郎》（*The Headless Lady*）等。亚森·罗宾是在独居房里装病，利用在床上装病的幌子改变自己的容貌，被传唤上法庭的时候，众人误以为他是完全不同的另一个人，也就是让别人以为他是罗宾的替身,获得释放。

★福翠尔的主角是一位学者名侦探,为了检验自己的实力,进入监狱。他从老鼠在牢房里出没这一点猜测地下有已经废弃的旧下水管道,便耐心地驯服老鼠。拆开衬衫,扯出丝线绑在老鼠脚上,把老鼠赶进地下洞穴里,与外界联系,最后成功地让人从外面送来一小瓶截断窗户铁条时要用的硝酸。这些诡计经过巧妙的描写,成为相当有趣的小说。《无头女郎》最近应该会被翻译成日文,它的诡计无法三言两语交代清楚,这里就不揭底了。

(昭和三十一年五月《侦探小说之谜》)

隐藏方式的诡计

在我小时候,名古屋一带有一种叫"藏垃圾"的游戏。孩子先在地上画地为牢——确定一个四方形区域,将某特定垃圾,比如火柴棒大小的一截树枝或稻草、小石头埋在"牢房"的泥土里,由其他孩子找出来,可说是缩小版的"捉迷藏"游戏。我小时候觉得有趣极了。

青年时代,在穷困潦倒又无聊得发慌的时候,我和朋友想出了将"藏垃圾"游戏改成适合成年人玩的游戏,乐在其中。我和朋友轮流负责藏东西,比如将一张名片藏在桌上某处。桌上杂乱地摆着书、砚台、香烟、烟灰缸等,五花八门。游戏就是在桌上的杂物丛林里藏进一张名片,我通常把当时受欢迎的朝日牌或敷岛牌附滤嘴的香烟盒,抽出里面用来支撑的厚纸,将藏匿目标的名片卷得细细的,再塞进去。我也想出把名片的一面涂黑,贴在黑盆子底部的隐藏手法。这个游戏可以消磨掉一整天。

侦探小说中经常融入这类"隐藏"的趣味。罪犯躲起来，而侦探将其找出来。最出色的例子应该就是爱伦·坡的《失窃的信》了。它反过来利用人类的心理，不是藏起来，而是正大光明地摆在眼前。切斯特顿稍作改动，用于藏人，写下了《隐形人》(The Invisible Man)。邮差这个职业成了盲点，明明人就在眼前，人们却对他视而不见。这又被奎因用到长篇《X的悲剧》中，乘务员及渡船的验票员身份就是隐身衣。明明就在眼前，人们却丝毫注意不到。

诡计通常都是为了隐瞒某些事情才会使用，但这里我想举几个自古以来就一直使用的藏东西或人的诡计。藏匿的物品中，以宝石、黄金、文件最多。参考我过去记下来的"诡计表"，首先关于藏宝石的地点，极端的例子有将宝石藏在身上的伤口中、让天鹅吞进肚子或窃贼自己吞下等；而普通的藏匿办法如肥皂里面、乳霜瓶的乳霜中、口香糖里，或者把项链挂在圣诞树上琳琅满目的装饰品里面等。

把宝石吞进肚子里的办法，事后还得再从排泄物里找出来，女性把东西藏在特殊的位置，这种办法在小说中反而普通。不过藏在伤口的手法，像是为了藏一点儿小东西而伤害自己的肉体，或把东西塞进既有的伤口中，这种必须承受莫大痛苦的做法，让人感到莫名的刺激。我的笔记中，使用这类诡计的作品有比斯顿的《麦纳斯的夜明珠》，但我想应该还有其他例子。《鲜血淋漓》[①]这部戏中，主人公身处土仓库的熊熊火焰中，为了抢救代代相传的挂轴，切腹后将之塞进自己的脏腑之中，这个构思虽然不是为"隐藏"，却是最为刺激的一种。

[①]《鲜血淋漓》是一部系列歌舞伎作品，内容讲述忠臣为了保护主公的挂轴，切腹藏进自己腹中的故事。

至于小说，构思的妙不可言让人难忘的有柯南·道尔的《六座拿破仑半身像》，有六座一模一样的石膏像，让人分不出宝石究竟藏在其中的哪一座；还有道尔作品的《蓝宝石奇案》，让天鹅吞下宝石，却猜不出是哪只天鹅。亚瑟·莫里森① 的长篇《绿色钻石》(*The Green Eye of Goona*)也使用同样的构思。

藏金币的诡计里，罗伯特·巴尔② 的短篇中有一个奇特的例子。一名老守财奴藏着数量庞大的金币，在他死后，这些金币下落不明，不管怎么找都找不到。翻遍了房子，甚至天花板和地板都掀开来，却还是找不到，也没有埋进地下的痕迹。实际上，金币一直都在人们眼前。去世之前，老人买了火炉、风箱、铁砧等道具，把所有的金币都溶解了，再加工成薄如纸片的金箔，贴在家里的墙壁上，并在上面贴上普通的壁纸掩盖。老人将金币打得极薄，贴满了所有房间的墙壁，这出人意表的隐藏方法很有意思。

卡尔有个短篇，文中藏匿凶器的方式十分有趣。有人在室内遭到锐利的短剑刺杀。房间是密室，而且凶器绝对带不出房间，尽管如此，众人找遍了整个室内却仍找不到短剑。不可能变成了可能。其实凶器是尖锐的玻璃碎片，罪犯将它丢进室内大如金鱼缸的玻璃容器里面了。当然，玻璃在丢进水里之前，血迹已经被擦拭干净了。

类似的诡计还有毁灭而非隐藏凶器。像是将锐利的冰块或冰柱当成短剑使用，凶器过不了多久就会融化消失。关于这类诡计，我写过一篇随笔《冰制凶器》，这里就不再重复了。

---

① 亚瑟·莫里森（Arthur Morrison，1863—1945），英国记者、作家，代表作为以名侦探休伊特为主角的一系列作品。
② 罗伯特·巴尔（Robert Barr，1849—1912），英国推理小说家，代表作有英国第一位外国人侦探 Eugene Valmont 为主角的一系列作品。

至于文件或纸张的隐藏地点，经常有人把它们藏在《圣经》之类的厚书籍的封面中或夹在书中，这一类手法平凡无奇。我曾写过将纸币埋在盆栽的泥土里面，这更加平庸了。不过西方作品中，克劳夫兹曾经在某个短篇中使用过盆栽的例子。藏匿纸张的手法，新奇的例子有勒布朗的《水晶瓶塞》(Le bouchon de Cristal)，这是藏在义眼里的手法。类似的有菲尔伯茨用了义眼作为自杀毒药的隐藏地点，而假牙也经常被用来藏毒药。

侦探小说中出现的人类藏身地点，也有许多稀奇古怪的点子。像是重罪犯故意犯下轻罪入狱，把监狱当成藏身处的方法，还有装病躲进医院的方法。刚才提到的罪犯乔装成邮差和乘务员，也是有趣的手法。切斯特顿是位想出离奇诡计的高手，在这种"藏人"的手法当中，他的构想最为出类拔萃。越狱犯在逃亡途中遇上正在举行化装舞会的豪宅，他便穿着一身条纹囚犯服装混进里面，混淆追兵的耳目。而邸内众人则为了他那身囚犯装的神来之笔拍手叫好。

福尔摩斯的短篇里有过这么一个诡计。被警察包围的屋子里，正好有人病死了，罪犯便吩咐制作一副尺寸大于一般的棺材，和死人一起躺进棺中，抬出屋外，躲过警察耳目。克里斯蒂的短篇里，罪犯钻进妇人的睡床床罩底下，高明地利用了人们不愿意冒犯女性闺房的心理。拉提默① 的《太平间的女人》也利用了同样的构想。

还有最简单的手法，比如有罪犯假装是稻草人逃过警察追捕（切斯特顿）、或是伪装成蜡像（卡尔《蜡像馆里的尸体》(The Corpse in the Waxworks)、江户川乱步的《吸血鬼》）等。

---

① 拉提默（Jonathan Latimer, 1906—1983），美国推理小说家。上述 The Lady in the Morgue 是他在一九三六年发表的作品。

以上是活人的藏匿办法，至于隐藏尸体的诡计，则有非常多的例子。我的"诡计表"中将其大致分为永久隐藏、暂时隐藏、移动尸体、无脸尸体这四种。

关于永久藏尸的方法，有埋进地里、沉进水里、利用火灾或放进火炉烧掉、以药物溶解（日本的例子有谷崎润一郎的《白昼鬼语》）、封进砖墙或水泥墙里（爱伦·坡的《一桶酒的故事》(The Cask of Amontillado)、江户川乱步的《帕诺拉马岛奇谈》）等，都是想得到的方法。不过也有像邓萨尼① 的《两瓶调味料》(The Two Bottles of Relish)那种吃掉尸体的出人意料的方法，或粉碎尸体做成香肠（德国的真实案例）、将尸体镀金做成铜像（卡尔）、做成尸蜡（江户川乱步的《白日梦》）、丢进水泥桶里搅成水泥（叶山嘉树②《水泥桶中的信》、混进木浆里做成纸（楠田匡介《人间诗集》）、绑在气球上飘到空中（水谷准《我的太阳》，岛田一男也用过同样的诡计）、将尸体结冻后打碎（北洋的作品）等，不胜枚举。

暂时藏尸的诡计中，有克劳夫兹的《桶子》、奈欧·马许的《羊毛堆》(Died in the Wool)、尼古拉斯·布莱克的《雪人》③（江户川乱步的《盲兽》，其他还有许多例子）、卡尔的蜡像、江户川乱步的活人偶及菊人偶；藏在大垃圾箱的手法，江户川乱步在《一寸法师》里用过，切斯特顿也在《孔雀之家》(The House of the Peacock)里使用过。大下宇陀儿的《红座的庖厨》则是藏尸在冰箱里。

---

① 邓萨尼勋爵（Lord Dunsany, 1878—1957），爱尔兰小说家、剧作家，二十世纪奇幻小说的开山鼻祖之一，作品有《精灵王国的女儿们》(The King of Elfland's Daughter)等。
② 叶山嘉树（1894—1945），日本作家。
③ 指发表于一九四一年的 The Case of the Abominable Snowman，也叫 The Corpse in the Snowman。

切斯特顿有一篇作品，诡计十分彻底。一名将军在战场上出于私怨杀害了部下。为了藏匿尸体，他发动一场必败无疑的战斗，导致自己这边死伤无数，他把部下的尸体丢进尸山，让人误以为那是战死的。为了一个人而让几十人陪葬，营造出残虐与滑稽的不可思议的气氛。

关于移动尸体，卡尔的长篇及切斯特顿的短篇都有例子，基本上是将尸体运到与杀人现场完全无关的其他场所，伪装成命案发生在后来的地点，以混淆搜查。再加上各种新奇的巧思，就产生了不同的类型。

例如在户外制造声响，诱使目标探头向窗外窥看，再从楼上的窗户放下结成环状的绳索，套住脖子后将其吊死。将尸体从建筑物后方的窗户放下去，交给在地面上等着的共犯，共犯把绳索缠在庭院的树枝上，伪装成自杀。这个奇特的诡计也是切斯特顿想出来的。

移动诡计中，利用火车车顶的诡计具有意想不到的妙趣，最有意思。较早的有道尔的《布鲁斯·帕廷顿计划》（The Adventure of Bruce-Partington Plans），而布莱安·弗林①的长篇《途中命案》中将火车改成双层公共汽车，使用的是相同的诡计。日本则有江户川乱步的《鬼》及横沟正史的《侦探小说》借用了这个构想。将尸体放在货物列车的车顶上，尸体便会在火车转弯时被抛到地上，使得命案看起来像是发生在那个地点。

还有一个不少作者都用过的构想，尸体离开案发现场并不在罪犯的计划内，而是因为被害者自己移动，而使得调查陷入困境。范达因在一部长篇里描写了一个被害者被锐利的刀刃刺中，却没有意

---

① 莱安·弗林（Brian Flynn, 1885—? ），英国作家，擅长通俗悬疑小说。

识到自己受了致命伤，走回房间后还从室内上了锁，在房里毙命的不可思议的命案。落语的《人头灯笼》①里也有类似的情节。卡尔更进一步在某部长篇里写了被害者在户外被手枪击中头部，自己走回家后才死去，结果演变成了一宗离奇命案的故事。为了避免读者指责其胡诌，他还引用了犯罪史上的实例，说明确实有被击中头部却没有立刻死亡的情形。

卡尔想出了许多移动尸体的方法作为长篇的中心诡计。这必须先安排出复杂万端的状况，在此简单一两句难以交代清楚，极端的有将尸体隔着走廊扔出去，装成是在落下的地点遭到杀害的诡计。而更极端的则有大坪砂男的《天狗》，这是用石弓将尸体投掷到远方。有一种表演是把人体当成炮弹从大炮发射出去，若把它应用在侦探小说上，也可以成为一种诡计。投掷尸体或发射尸体，无疑是切斯特顿才能发挥到极致的幽默诡计。

至于其他类似的诡计，我一时忘了作者名，是侦探杂志 LOCK 的征文得奖作品。内容是用除雪车将尸体撞飞，落到前方地点，制造出不可思议的状况，颇有意思。

利用海潮，把载着尸体的小船送到远方以阻碍调查进度，这类诡计也很常见。西方的合作小说《漂浮上将》②、日本苍井雄的《黑潮杀人事件》和飞鸟高的某部作品、岛田一男的某部作品都是

---

① 古典落语中的《人头灯笼》大意如下：一天，一名男子走在深夜的路上，碰到武士问路。由于男子醉酒，对武士十分无礼，武士一怒之下，冷不防拔刀一挥之后离去。男子诧异，仍对着武士的背影叫嚣，却感觉喉咙有异，头也有些摇晃，这才发现自己的头已经被砍下来了。此时，周围正好发生了火灾，男子被看热闹的人推挤着往前走，由于头老是晃来晃去的，遂把头取下，像提灯笼似的提走了。

②《漂浮上将》(The Floating Admiral) 是一九三一年出版的英国合作推理小说，共有十四位作家参与，包括克里斯蒂、塞耶斯、切斯特顿等人。

此例。

关于"无脸尸"诡计，我曾在其他随笔讨论过了，这里就不再重复。

（收录于《续·幻影城》、《侦探小说之谜》）

无脸尸

过去侦探小说使用过的、多如牛毛的诡计当中，有一类可命名为"无脸尸体"的诡计。

毁去被害者的容貌，使其身份不明，或是伪装成其他人的尸体，对凶手是非常有利的。实际案件中，有时候也会出现这种诡计，但小说中出现得更为频繁。尤其是在侦探小说尚不发达的时代更受作者喜爱。现在，只要出现无法辨认容貌的尸体，读者马上就会猜出"哈哈，一定是那种诡计吧"。所以已经不太能得到作者青睐了。但有些作者便将计就计，故布疑阵，误导读者认为容貌无法辨认的尸体就是另一个人，实际上仍然是一开始就推测的那个人物的尸体，这种诡计其实不太有意思。

要让被害者的脸无法辨认，有两种方法。一种是以钝器砸烂尸体的脸，或以烈药毁容，使其面目全非。还有一种方法是砍下脑袋，只留下没有首级的身躯。这种时候不必说，当然要脱下死者的衣物，换上别人的衣服。

可是即使这样做，人类身体应该还是有些可供亲人辨认的特征，像是妻子，即使没有头，也认得出丈夫的尸体。所以侦探小说使用这类诡计的时候，只能让没有任何亲人的被害者登场。

还有另一个难题。现在办案，用指纹辨认身份的技术发达，如果被害者有前科，或曾经自愿提供指纹给警方，立刻就能查出身份。此外，只要用遗留在被害者触摸过的东西上的指纹与尸体相比对，真假也能立现。所以凶手除了让尸体的脸无法辨认，还要将尸体双手的手指砸烂或切断。可是那样的话，马上就会被人看出伪装尸体的企图，这种"无脸尸体"的诡计从现实面来看，其实困难重重。

这种诡计有许多变形。例如美国作家劳森有一篇《无头女郎》，一名女士因为面部受了伤，头部缠满了绷带，而她真是那位女士吗？还是其他女人乔装的？我也在《地狱小丑》这部通俗长篇中使用了同样的点子。换句话说，"无脸尸体"的诡计也可以应用在活人身上，而这也不一定是整容，只要包裹起来，也可以得到同样的效果。戴着假面具死在狱中，终于没有公开真面目的"铁面具"传说，也可以说是与该诡计有着异曲同工之妙。而活人也可以靠整形外科手术来变成另一个人（例如《总统侦探小说》及江户训乱步的《石榴》）。

还有另一种变形，是切斯特顿的《秘密花园》（*The Secret Garden*）及克雷格·莱斯夫人的《美好的犯罪》（*Having Wonderful Crime*）这一类。这不光是将被害者的头砍下，还得与其他尸体的首级掉包。实际上，除了古代战场，应该不会有人做这种事，不过在小说中，通过作者的渲染，是非常合理并有说服力的。

日本的高木彬光更进一步想出了这类诡计的崭新变形，令人大呼惊奇，高木把它用在自己的处女作《刺青杀人事件》中。那并非调换脑袋，而是身躯。至于为什么要隐藏身躯，是因为尸身上有着最为不容置疑的印记——刺青。读者一定会反问，可是只要有脑袋，不是马上就可以查出被害者的真实身份了吗？但作者已经预先排除了这种可能性。在该作中，即使知道被害者的长相，只要没有刺青，凶手就绝对安全。

好了，言归正传，我们来看看发明"无脸尸"诡计的人吧。自侦探小说的鼻祖爱伦·坡以来的一百一十余年间，摧毁脸孔，伪装成他人尸体的诡计无论在真实案件还是小说当中，都被反复使用，到了无可计数的地步。就我搜集到的知名作家，道尔、克里斯蒂、恩尼斯·布拉玛①、罗德、奎因、卡尔、钱德勒等人都各有使用该诡计的作品。

那么在这之前，亦即爱伦·坡以前，难道就没有先例吗？当然有。早于爱伦·坡最初的侦探小说《莫格街谋杀案》，一八四一年初，英国文豪狄更斯便在周刊杂志连载《巴纳比·拉奇》(*Barnaby Rudge*)，这部长篇历史小说的情节主干，就是"无脸尸"的诡计。

一户乡下大宅的主人遇害，管家和园丁又都下落不明。两人之中必定有一人是凶手，却无法确定究竟是谁。一个月过去了，同一户大宅的老池塘中发现了一具尸体。虽然面部已经溃烂，但从服装上可以看出是管家的尸体，因此众人判定是园丁杀害了主人与管家之后逃逸。然而这是诡计，真凶是管家。他杀害主人抢夺金钱，并杀了知道真相的园丁灭口，让尸体穿上自己的衣服，而自己穿上园丁的衣服逃逸。

狄更斯在英国可以说是地位仅次于莎士比亚的大文豪，也是位非常热爱侦探小说的人。英国会被称为世界第一的侦探小说国家，也是因为有这种古老的传统。《巴纳比·拉奇》并非纯侦探小说，但狄更斯的遗作《艾德温·德鲁德之谜》(*The Mystery of Edwin Drood*)可以说是一部纯粹侦探小说，这部小说的凶手是谁？使用什么样的

---

① 恩尼斯·布拉玛（Ernest Bramah, 1868—1942），英国作家。

诡计？自狄更斯死后直到现在，无数作家反复议论，光是《艾德温·德鲁德之谜》的解决篇就有二十种以上。

那么第一个使用"无脸尸"诡计的人是狄更斯吗？绝非如此。尽管知道并非如此，可是我还没能找出来是谁在什么地方第一次使用的具体资料。不过，我能断定狄更斯并非此一诡计的鼻祖，理由是从十九世纪回溯到公元前，就有曾有人使用过该诡计的明显证据。而从公元前到十九世纪之间，不可能一直空白着。只要找就一定找得到，但我对于十八世纪以前的文学十分生疏，也没有涉猎的能力与机会，只能暂时放弃。

公元前后"无脸尸"（其实应该说"无头尸"）的例子，我曾经发现过两例。一个出现在被称为历史之父的古希腊的希罗多德的大作《历史》当中，同书第二卷第一百二十一段的全文即是。

希罗多德是公元前五世纪的人，这是他在游历埃及时，从当地耆老口中听到的关于公元前一二〇〇年左右埃及国王拉姆普西尼托司、另名拉美西司三世的逸闻。"无头尸"的诡计真是相当有来历。

拉姆普西尼托司是个非常富有的国王，坐拥庞大的金银财宝，为了自己财宝的安全，他在宫殿旁盖了一栋石库。然而，衔命建造石库的建筑师是个狡猾的家伙，他在墙壁的一块石块上动了手脚，只要使力就可以抽出来。外表看上去所有的石块都一样，但其中的一个石块可以活动，等于是密室有了秘密出入口。

这是一场深谋远虑的计划。这名建筑师即将过世时，把两个儿子叫到枕边，悄悄留下遗言："其实我为了你们俩，建造那座石库时挖了条密道。如果你们想成为富翁，就从那里溜进去，偷出国王的财宝。不会有人发现的。"然后他详细地解说了移动石块的方法。

两个儿子遵照父亲的遗言,三番两次溜进石库,偷出了许多金银财宝,但库门锁得十分严密,所以没有任何人起疑。

有一次,国王因为需要派人打开库门检查,发现丢失了大量财宝。门和窗户都紧闭着,里头的财宝却减少了,这是难以解释的不可思议的现象(这里可以看到"密室诡计"的雏形)。后来,每打开一次库门,里头的财宝就少了更多,于是国王心生一计,派人在石库里设下圈套。

建筑师的儿子毫不知情,一天晚上又溜进石库,一个人随即掉进陷阱,动弹不得。另一个想营救兄弟,试了许多方法,却怎么都解不开陷阱。掉进陷阱的儿子最后死了心,为了不败坏家名,要他的兄弟砍下自己的脑袋带回去。因为只要没有头,就查不出窃贼是谁,这样就不会累及兄弟和家人了。另一个儿子含泪照着兄弟的吩咐砍下首级,带着头,将出入口恢复原状,逃回家里(亦即"无头尸"诡计)。

隔天国王进入石库一看,大吃一惊。石库没有任何异状,还是没有出入口,陷阱里却有盗贼的无头尸体。于是国王又心生一计,他将无头尸体吊在城墙外,派人看守,并要守卫注意往来行人,等着人靠近。结果幸存的儿子在此又使了一个诡计,顺利偷回兄弟的遗体。国王大为震怒,这次派出了自己的女儿,也就是让公主进妓院(希罗多德声明这点儿令人难以置信),打听每一个客人的身世,想查出盗贼究竟是谁。

活着的儿子听到传闻,特意前往那家妓院。他带着另一个诡计,从一个新墓地砍下一只尸体的手臂,偷偷带去娼馆,告诉公主自己就是盗贼。公主一把抓住了他的手臂,黑暗中公主以为已抓住盗贼便松了一口气,没想到那其实是从尸体上砍下来的手,贼人留下手臂趁着黑暗逃了。国王听说了这件事,深深佩服年轻人的智慧,甘拜下风,还将公主许配给他。就是这样一个皆大欢喜的故事(假手臂的诡计也曾出现在法国的《幻影故事》①中。我年轻时读到这里,印象深刻,因此后来在某些通俗长篇中也用了同样的诡计)。

还有另一个公元后的例子,出现在同样是古希腊作家的保萨尼亚斯(生活在公元二世纪)的记录中。这是被派去建造德尔菲的阿波罗神殿的两名建筑师阿嘉梅迪斯与托罗波尼欧斯的故事,他们制造密道通往宝库,掉进陷阱,砍下首级的情节,都与拉姆普西尼托司国王的故事一模一样。我想应该是埃及的传说流传到希腊,稍作改动又成了另一个故事留传下来了。

再举一些发生在东方的实例,我猜想古代佛典应该会有这类例子,但我尚未考察。十三世纪初期宋朝的《棠阴比事》中有一则叫《从事函首》的有趣故事。一名富豪爱上商人的妻子,偷走了这位女子藏起来,取而代之在商人家留下了只有躯干的尸体。商人因此蒙上了杀妻的嫌疑,但最后找到富豪藏起来的另一个的首级,和以为是商人之妻的尸体躯干接起来一看,居然完全吻合。由此查明尸体并非商人之妻,富豪遭到应有的惩罚。

这个故事到了冯梦龙编纂的《智囊》中时改名为《郡从事》,并收入以《智囊》的日文译文为主要内容的辻原元甫的《智慧鉴》里。《智慧鉴》早于西鹤的《本朝樱阴比事》,是万治三年(一六六〇)出版的原生态侦探小说。

我认为日本的《古事记》、《日本书记》或《今昔物语》、《古今

---

① 可能是指法国默片《芳托马斯》系列(*Fantômas*),由法国导演路易斯·弗亚德(Louis Feuillade,1873—1925)改编自马塞尔·阿兰(Marcel Allain,1885—1969)创作的小说。

著闻集》中应该也有"无头尸"的故事，但尚未确认。目前知道的有更古老的《源平盛衰记》卷第二十篇《公藤介自害事》，以及后来的《楚效荆保事》中的例子。不过与其说公藤介是为了隐瞒，不如说是为了保全名誉而让孩子砍下首级，两个故事都没有诡计元素。

（收录于《续·幻影城》、《侦探小说之谜》）

或然率犯罪

侦探小说中有时候会有一些故事，凶手并不是因为非杀害目标不可而制定缜密的计划，而是利用"这么做或许可以杀了他，或许不行，一切都交给命运吧"的无常规律。这当然是谋杀，然而凶手却可以脱罪，不被问责，是极端狡猾的方法。以这种方法杀人，法律上究竟会如何处置？

西方的侦探小说中经常出现的有这类方法：这是一个有幼儿的家庭，A 对 B 心怀杀意，A 想可以让卧房在楼上的 B 半夜下楼时从楼梯上摔落。西式洋房的楼梯很高，万一摔个不好，确实有可能丧命。于是 A 把幼儿的玩具弹珠（在日本的话，就是弹珠汽水的玻璃珠）摆在楼梯上容易踩到的地方。B 有可能踩到弹珠无恙，但 B 也可能踩到了弹珠摔落，却不到重伤致死。可是不管目的达成还是失败，A 都不会受到丝毫怀疑。因为众人都会认为玻璃珠是幼儿白天忘在那里的。

天真无邪的幼儿的玩具弹珠被拿来当成可怕的杀人工具，或许是这种极端对比的妙趣，使得西方侦探小说作家经常使用这种手法。最近出版的英国作家卡林福德①的长篇侦探小说《死后》(*Post Mortem*)也出现了这种方法，我忍不住在心里暗笑。

就像这样，顺利成功就好。即使不成功，也丝毫不必担心被怀疑，不管失败了几次，只要不断地尝试同样的方法，迟早有一天能达成目的。我将这种狡猾的杀人方法命名为"或然率犯罪"。因为这种方法并非"绝对成功"，而是"顺利的话就能成功"。以此为主题的作品自古就有，举个一例，R.L. 斯蒂文森②的《是杀人吗？》，在这则短篇里，就描写了巧妙利用人类好奇心及逆反心理的或然率杀人。

故事中一位伯爵欲向一位男爵复仇，两人留宿罗马的时候，伯爵不着痕迹地向男爵提起自己做过的怪梦。"我昨天做了个不可思议的梦。你也出现在梦里。我梦见你走进罗马郊外的地下墓地。我不知道是不是真有那样的墓地，却清楚记得路线和沿途的景色。"伯爵巨细靡遗地描述着，"你在那里下了车，进地下墓地参观。我也跟了上去。那是条又长又宽阔的荒凉地下道。你在黑暗中借着手电筒光线快步前进，我不安极了，总觉得你好似要消失在无边的地底，好几次叫你别再走下去了，赶紧离开，你不理会我的劝告，直往黑暗深处迈进……我怎么会做这么古怪的梦呢？"伯爵说得活灵活现的。

几天后的某一天，伯爵开车在郊外兜风，无意间看到一条与伯爵梦中景色一模一样的乡间小径。仔细一找，那里竟然真的有梦境中的地下墓地。梦与现实不可思议地重合了。男爵无法克制自己的好奇心，欲带着手电筒进入墓穴一探究竟，这种想法令他异常兴奋，便采取了行动。他不断地深入墓穴。当男爵惊觉不对时，脚下一绊

---

① 卡林福德（Guy Cullingford，1907—2000），英国推理小说家。
② R.L. 斯蒂文森（Robert Louis Steveson，1850—1894），英国小说家，代表作有《金银岛》（*Treasure Island*，1883）等。

扑空了，眼前的地面突然消失，他摔进墓穴的古井里了。他想叫人，四下空无一人。男爵最后就这样死在墓穴里了。

伯爵的复仇就这样实现了。他的梦是精心设计的谎言，其实几天前他曾去勘察过那个墓穴，知道里面的古井扶手因为老旧而损坏了。"这究竟能不能算是谋杀？"作者加上问号，将之当成了标题。

日本的谷崎润一郎氏是我所谓"或然率犯罪"的先驱，代表作是谷崎氏的初期短篇《途上》。丈夫想杀害妻子，想出许多能帮自己全身而退脱罪的方法。像是将暖炉的瓦斯管开关放在妻子卧室容易被踢到的地方，期待女佣不小心经过时，裙摆会钩到开关而打开；又因为撞车时坐在右侧座位的人受伤的概率比较大，他总是让妻子坐在右侧——他尝试了许多这类乍看之下没有恶意的行为，终于成功害死了妻子。我读到这篇作品时十分震撼，心想世上再也没有比这更巧妙的谋杀方法了，在它的影响下写了《红色房间》这则短篇作品。

《红色房间》中，容易产生逆反心理而且一意孤行的盲人，听到朋友说"危险，右边有地下工程的洞穴，你往左边靠一点"时心想，"朋友一定又在捉弄我"，故意往右边靠，结果掉进下水道的洞穴里，摔成重伤，丢了小命；半夜载着生命垂危伤患的汽车司机询问最近的医院在哪里时，明知道往右行会碰到一家医术高明的外科医院，却故意告诉司机庸医开的内科医院的地点，使得伤患由于未能获得及时的救治，不治死亡。我在作品中举了五六个这种或然率的杀人方法。

英国的菲尔伯茨曾以这个主题写了一部长篇侦探小说《极恶之人的肖像》(*Portrait of Scoundrel*)。凶手为了杀害某人，间接且不为人知地杀害了对方与自己无冤无仇的幼子。凶手与幼子没有任何关系，因此丝毫不必担心被怀疑。孩子的父亲早年丧妻，儿子是他唯一所爱。如今爱子比他早一步离世，使得他对生命失去希望，自暴自弃，沉溺在骑马运动中，越是危险的方式越得自己喜爱，不幸在山中坠马而死。间接杀人成功了。此外，对于某个内心软弱的男子，凶手利用医师的立场，谎称他得了不治之症，并让对方相信了他说的，使其在痛苦之中绝望自杀。

　　西方短篇中，美国作家普林斯兄弟写过一篇作品《指男》①。主角是名心理异常的犯罪者，他在幼儿时期相信神明赋予了他审判看不顺眼的人的权力。神明的说法是："你也是人，不一定就不会犯错，所以决定权还是掌握在我手中。你只要下手惩罚就是了。"因此这名男子从幼年时代直到长大成人，不断行使他的特权。七岁时，他为了杀害讨厌的奶妈，夜里将溜冰鞋摆在楼梯上。如果神明认为他的惩罚不正当，奶妈就会注意到溜冰鞋；如果神明认为他的惩罚正当，奶妈就会踩到溜冰鞋摔下去，结果奶妈摔断了颈骨死了。

　　有一位少女在路上蒙住眼睛玩捉迷藏。一男子悄悄拿开地下道孔盖，在一旁观察。结果少女失足掉进洞里摔死，蒙主召宠了。他拧亮一名医师诊间的本生灯，医师抽着雪茄走进房间，浑身着火，蒙主召宠了。男子深爱地铁这个"惩罚"的工具，众多男女在地铁里蒙主召宠。在人流高峰的地铁月台边缘丢下手提包，便有女人被皮包带绊倒摔下铁轨，被车轮辗断脖子。这名男子还溜进一名锻造师的工地，将大铁锤的柄弄松。锻造师扬起大铁锤时，被松脱的铁锤砸死，诸如此类。

---

① 刊登于一九五八年六月号《宝石》，详细资料不明。

举例就到此为止，若是从刑法学及犯罪学上仔细思考这种"或然率犯罪"，应该是个非常耐人寻味的主题。有句玩笑话说："医生得杀上几十个人才能出师。"对于被包括在这几十人当中的病患当然是不公平的，不过这种善意的杀人（？）不能算是罪恶。如何区分这类行为与谋杀呢？"或然率犯罪"就在这种界限间左右徘徊，但要在其中划出明确的界限，想必非常困难吧。我想这一点正是这个问题需要深思的。

（收录于《侦探小说之谜》、《乱步随笔》）

冰制凶器

侦探小说的谜团越复杂越有趣，因此很多时候，现实中根本不可能施行的诡计，也被描写得煞有介事。所以侦探小说中出现的各式诡计中，可以实际应用的例子极少。然而从另一个角度来看，所谓"现实比小说更离奇"，而且人类想得出来的事，总会有人实践。如果仔细研究国内外的犯罪记录，也可以找到与小说家自以为独创的犯罪手法一模一样的实例，令人惊讶。从这个角度来看，也不能说侦探小说家的空想，与现实犯罪全然脱节。

战前我不太读外国的侦探小说，战后却又只读外国侦探小说，还读了相当多。每读一篇，我就记下作品中罪犯使用的诡计，加以分类，统计过往读到的诡计。将这些诡计列表，总数约有八百多例，大致的比例如同下述：

（1）与一人两角、替身及其他与人有关的诡计……二百二十五例

（2）与犯罪手法有关的诡计（意外的凶器、意外的毒杀手法、

各种心理诡计）……一百八十九例

（3）与时间有关的诡计（交通工具、时钟、声响等诡计）………三十九例

（4）与犯罪痕迹有关的诡计（除了脚印诡计、指纹诡计以外，还包括侦探小说中最常使用的密室诡计）………一百六十例

（5）与人（包括尸体）及物品意外的隐藏地点有关的诡计………一百四十一例

（6）暗号诡计………三十七例

再进一步细分，可以再分成数十项，而细分项目当中最多的是诡计"一人两角"，约有一百三十例，第二多的是"密室"诡计，约有八十三例，二者占了绝大多数。

无论是"一人两角"还是"密室"，乍看之下只要用过一次，再出现都只是模仿，没什么意思，其实并非如此。"一人两角"和"密室"的用法可谓五花八门，不论哪一种都会让读者感觉有创新，体会到新的趣味。因此侦探作家从各种角度挖掘"一人两角"、"密室"诡计，尝试前人未曾用过的新手法，长久下来，便积累了前面所列的超过百例面貌不同的诡计。

我想就这些资料，写一本类似"侦探小说诡计论"的研究性作品，但资料还不够齐全，而且我更想把时间花在其他事情上，所以暂时无法整理成书了。（后来我写了一篇《诡计类别集成》，收录于拙作《续·幻影城》中。）这里我姑且先挑出一小部分，也就是与犯罪手法有关的诡计中的"意外的凶器"中的一小部分，"利用冰的诡计"。

我搜集到的"意外的凶器"种类共有六十三例，其中使用冰的诡计应用范围最广，多达十例。冰作为诡计实现的凶器，能有这么

多用途，离不开其结冻时的膨胀力特性，以及可融化性。

冰结冻时的膨胀力足以撑破玻璃容器。如果利用它设计出杠杆及曲线的机关，就可以在深夜温度最低的时候实现从天花板掉下短剑，或让固定在某处的手枪发射等机关，但我在战后搜集到的实例中，没有任何一项利用冰块膨胀力的。如果命案发生在暖和的时节，隔天尸体被发现的时候，冰想必已经融化了，没有人想得到凶器是"冰"，这是该诡计的妙处。难点是机关设计，而且不好掩饰，再加上使用复杂机关容易降低侦探小说的趣味，所以很少有知名作家使用这种诡计。我只在某些引用文中读过有西方侦探小说利用水结冰时的膨胀力开枪的描述。

比起膨胀力，溶解性的应用广泛多了。通常是在预定下手的室内放一个冰块，冰块上头搁一块木板，随着冰块融化，木板不断下降，如果在木板上加重量，就会成为相当大的动力。也可以反过来利用，冰块越是融化，重量就越轻。以这些力量为基础，设置恰当的机关，就可以用来发射手枪、使短剑落下、或不断勒紧因安眠药而失去意识的目标的脖子。如果再想其他办法延迟尸体被发现的时间，那么命案被发现的时候，连冰块融化后的水分都会蒸发，找不到任何痕迹，这是它的妙处。关键还得借助复杂机关的帮助，目前还找不到杰出的作品实例。

"密室"与冰块

虽然不是在犯罪中直接使用的凶器，但冰块碎片曾被用作设置"密室"的工具。"密室杀人"是指尸体出现在一个房间的窗户与门都从内侧上锁的密闭房间里。众人破门而入，眼前是一具尸体，却不见凶手踪影。凶手就像幽灵，消失无踪，这是一种超自然现象。

为了制造这样的"密室",如同前面所述,古今东西的作家想出了多达八十种的"脱身"诡计,其中有凶手达成目的后走出房间,在门外利用某些机关锁上房门内侧的锁或门闩的方法。这种方法有七八种不同的运用,其中之一就是利用冰块碎片,可以用于金属门闩。凶手达到目的后,擦去室内所有的痕迹,在门闩的承具上夹进冰块,使门闩卡不进去,再静静地掩上门离开。随着冰块融化,门闩不断往下降,待完全融化时,门就锁上了。若门上没有承具,就在门闩支点附近的门板与门闩的隙缝底下塞进楔型的冰块,也可以达到目的。这种情况,也有作家用雪块代替冰块。将压实的雪块塞进门闩支点附近的门板,使门闩落不下来,走出房间关上门。随着雪块融化,门闩就会自动卡上,效果就和冰块一样。

冰子弹

有个方法是把冰削成子弹的形状,填进枪膛后立即发射。锐利的冰块会射进被害者体内,虽然会留下弹痕,但找不到子弹。因为子弹在体内融化了,这是神秘的幽灵子弹。为了让这个诡计毫无破绽,有作家想出用人类的血液冻结成冰制子弹的方法。血液子弹融化后跟被害者的血混合在一起,更加难以辨别(当然,相同血型的血比较安全)。此外,有部分作家担心冰子弹不迅速发射会融化,便用削成球状的岩盐替代。虽然盐会在体内溶解,留下盐分,但人体中原本就含有盐分,应该无法区别出来。

冰子弹的诡计并非近代侦探作家的发明。依据约翰·狄克森·卡尔的文章,据说古代意大利的梅第奇家族(Medici)曾用弓箭射出冰块杀人。再往前回溯,公元一世纪的罗马诗人马尔提阿利斯(Marcus Valerius Martialis)的讽刺短诗里,就出现过类似的信息。近代的侦探作家也有用弓箭射出冰箭的诡计。这些诡计都基于冰块融化后不留痕迹的特质。

过去我曾经读过一连串的偶然致人于死的真人真事。我记得是卡罗琳·韦尔斯的《侦探小说的技巧》(The Technique of the Mystery Story)，应该是引用自某些犯罪记录。炎炎夏日中，闹区的人行道上突然有人倒地毙命了，死者的胸口有弹痕。调查之后，发现附近并无人持有枪械。解剖之后发现，伤口明明不是贯穿身体的枪伤，体内却找不到子弹。这桩神秘不可思议的案件让当局大伤脑筋，最后发现这原来是一辆满载冰块的卡车的恶作剧。

一辆满载冰块的卡车路过时，一块冰块掉落到地上。后面紧接着来了一辆载了沉重货物的卡车，轮胎压过冰块的时候，冰块被碾得粉碎，一块锐利的冰片像子弹般凶猛地射向人行道，刺进了路人的体内，这就是真相。

冰剑

冰剑构想的趣味性应该仅次于冰弹。最简单的使用方法是用尖锐的前端刺杀别人，只要在冰块融化前不让尸体被发现，即使案发后凶手就在现场，因为没有凶器，还是可以主张自己是清白的。因为最合理的推测是凶手带着凶器逃走了。

利用冰剑诡计的作品中还有更有趣的，那是一篇科学家与小说家合作完成的英国短篇。大意是有个人得了绝症，被宣告不久于人世，于是他想伪装成他杀进行自杀，以嫁祸给他怀恨的某个朋友身上。主角平日就喜欢蒸汽浴，是一家大土耳其浴场的常客。有一天他进了一间充满蒸汽的密闭房间里，一直不出来，人们进去查看时才发现他胸口流血，已经毙命了，整个现场看起来就像是被人用刀捅死的。

正好这个时候，死者想嫁祸的朋友也来到土耳其浴场泡澡，就在死者的蒸汽浴房间附近，如死者所愿，蒙上了嫌疑，然而凶器的短剑却怎么都寻不着。众人认为一定是凶手把凶器巧妙地藏起来了，便报了警。此时名侦探登场，靠着蛛丝马迹，识破了命案的真相。

名侦探表示，死者将制成冰柱状的锐利冰块放进保温瓶里，带进蒸汽浴场，用它刺进自己的心脏。他一直都有将保温瓶带进浴场的习惯，并让很多人知道他做蒸汽浴时容易口渴，所以他带了冰茶，以便随时补充水分。因此除了名侦探以外，没有人怀疑保温瓶。

如果是一般的房间，大冰块融化需要一段时间。但在蒸汽浴场的热气中，冰块融化得非常快，而且融化成的水会与蒸汽凝结的水滴混合在一起，不留半点儿痕迹。就像这样，将备齐了各种有利条件的蒸汽浴场与冰剑诡计结合在一起，是这篇小说的妙处。也有作家利用类似的发想，写出在寒冷地带利用大冰柱杀人的故事。

毒冰

卡特·狄克森（即约翰·狄克森·卡尔）的长篇侦探小说中有这么一部使用毒冰的作品。凶手在电冰箱冷冻库的制冰盒里注入毒药制成小冰块用于调酒，当着被害者的面放进调酒杯里，自己先喝了一口，由于此时毒冰还没有完全融化，因此饮用了也不会中毒。与对方闲聊一会儿，调酒杯里的毒药融化得差不多后，再倒进杯中给对方喝。只要让第三者目击到凶手也喝了一口，便可以免去嫌疑。众人会推测是有人事先在空杯里下了毒药。我记得大概是去年的《宝石》别册的新人作品集里，也有使用相同诡计的短篇。

干冰

利用干冰会气化成二氧化碳的性质，在盛夏密闭的小房间里大量放置干冰，随着干冰不断气化，熟睡的目标会死于二氧化碳中毒。曾经有日本作家用这样的诡计写过小说。还有更极端的运用，用液态气体冻结人体，再用铁锤把尸体敲得粉碎。

花冰杀人及其他

还有一个想介绍的诡计，是利用冰冻的花朵或是用来消暑的冰柱杀人的点子。院子的角落里躺着一具尸体，头部似乎遭到钝器重创，导致头盖骨骨折死亡。可是经过缜密的调查后发现，疑似命案发生时间的前后，没有任何人靠近过院子这一角落。此外，附近也找不到和伤口吻合的石块或其他钝器，是一起极为不可思议的命案。此时名侦探现身，发现尸体附近掉着一支夏季花朵。花朵看起来是从茎的最尾端部剪下的，是用来插花的花，在夏季艳阳曝晒下，已经完全枯萎了。侦探从这朵花联想到消暑用的花冰。而尸体正是倒在隔壁家三层楼洋房的后面。

如果有人从三楼窗户朝着被害者头顶砸下巨大的花冰，这一切就都解释得通了。花冰在尸体被发现之前在艳阳下融化，水分也蒸发了，只有花冰里的花朵残留在地面。侦探根据这个推理调查洋房里的居民，发现果真有人从三楼的窗户扔下过花冰。

还有很多利用冰块杀人的点子。例如在冻结的湖面凿开一个足以让人掉落的洞穴，等上面结上一层薄冰，再邀请目标前往滑冰，巧妙地将之引导到薄冰上，伪装成意外死亡。也有同样发生在雪国的案子，先铺陈目标会在深夜蹲在坡道底下不动的特殊背景。而凶手刚好知道了目标的行动，事先堆出一个大雪人，正面插一把短剑，然后准备好机关，让雪人刚好在目标蹲下的同一时刻滑下坡道。而凶手与两三名朋友在远处喝酒。预定时间一到，雪人就会因为机关自动滑下坡道，在重力加速度作用下，刀子刺进蹲下来的凶手后背。虽然凶器会遗留在现场，但找不到有人靠近的痕迹。凶手因为有喝酒的朋友作证，拥有完全成立的不在场证明。雪人会崩解散乱，与附近堆得高高的雪堆混在一起。不过要达到目的，雪人的滑行路线必须与目标在同一条线上，事实上根本不可能实现。不过这毕竟是小说，可以巧妙地描写出顺理成章的状况，不会让读者感到不自然。

我所搜集到的使用冰块作为凶器的诡计，大概就是以上几种。像这样专挑诡计深入说明，看起来颇为幼稚，但放到小说里，大部分都颇具说服力。侦探作家必须以这些诡计为骨架，利用小说技巧为其添加血肉，赋予真实性。这就是侦探小说的困难之处。单看作者的技巧，高明的的确能使这些诡计看起来煞有介事，使读者拍案叫绝。

在真实的犯罪事件中，极少使用如同本篇列举的拐弯抹角的诡计。即使用了，也不可能像小说描述的那样顺利，越是绞尽脑汁，就越容易留下某些线索，只会加快犯罪曝光的速度。在真实的案件中，越是没有计划性、越是随意性的犯罪，越是难以破案。可是也不能断定完全没有这类精心策划的犯罪手段。就像前面说的，从冰箭的点子留存在古老的梅第奇家的记录中，还有碎冰块击中路人胸口的意外被误判为枪杀的例子来看，这也并非全无可能的事。事实远比小说更离奇，对真实犯罪调查感兴趣的人，将侦探作家奇特的构思记在心中，也未必是白费工夫。

（收录于《续·幻影城》、《侦探小说之谜》、《乱步随笔》）

罕见的毒杀案例

有本书叫《毒药与毒杀者》(*Poisons and Poisoners*)，作者是英国军医学校附属博物馆历史部长汤姆森（C.J.S.Thompson）。不过这并非毒药的著作，而是类似于毒药罗曼史，非常有趣。小酒井先生写过《毒药及毒杀的研究》,《毒药与毒杀者》，该书风格与小酒井先生的作品近似，但更要详尽许多。内容非常吸引人，我从里面挑出了几个富有传奇性的有趣故事，并非利用毒药谋杀的案例。我要介绍的并非毒药本身，而是盛放毒药的媒介物，第一个是"毒杯"。

说的就是毒杯，不是在杯里下毒，而是杯子本身带毒性，只要用那个杯子喝东西，无论是酒还是水，都能把人毒死。十七世纪的法国人弗兰索瓦·布洛是制作这种毒杯的专家，也是毒药史上知名的人物。他的制杯方法非常有意思，带有强烈的传奇色彩，甚至近似巫术，难以置信。他先准备一只银杯，然后在捉来的蟾蜍体内填砷。不知道是强行灌入还是用别的方法，总之就是在蟾蜍体内填进砷。接着在那只蟾蜍的头上扎洞，挤出血来，倒进银杯。挤血的同时要念一种咒文，接着血就会渗进银杯里面。据布洛留下的记录，像这样加工过的杯子，毒性是清洗不掉的，拥有五十次杀害用这个杯子喝酒或喝水的人的效力。这件事在当时似乎广为人知。想除去毒性，只有把杯子扔进火中烧才能办得到。据说布洛接了许多制作毒杯的订单，发了一大笔财。

这个故事实在太像传说了，颇为荒谬，较为现实一些的是一种"毒衣"。需将贴身衣物放到砷和班蝥的混合溶液里浸泡，晾干后让目标穿上。长时间穿着，衣物摩擦皮肤，皮肤就会溃烂，当时的医生都会误诊为某种可怕的疾病，据说一定会被误诊。针对这种病医生开出大量水银剂，病人则在治疗过程中死去。杀害过程非常漫长，据说这样的"毒衣"曾风行一时。毒衣的例子是从名为鲁西安·纳斯医生的著作中引用的，他所举的实例中，有一名叫普雷约恩夫人的法国女性，为了杀夫，夫人把丈夫的衬裤泡进有毒的混合液中，只在裤子动手脚这一点倒是很有意思。然而丈夫大概是感到疼痛发现不对劲儿，控告妻子，结果普雷约恩夫人遭到处罚。她的下毒方法也是某个毒药专家传授给她的，据说她付了折合现今币值约八千圆换得这个秘方。纳斯医生为了证实是否确有其事，在天竺鼠裸露的皮肤上涂抹砷软膏，一段时间后，天竺鼠的皮肤没出现任何异状，倒是内脏出了问题。这表示砷光接触皮肤也可以杀害这类小动物，不过听说"毒衣"的实验不光是贴身衣物，在卧房的拖鞋上下毒也可以达到相同效果，印度人则把它用在结婚礼服上。大概是印度人不穿内衣，只穿一件单衣的缘故。印度王族利用有毒的结婚礼服杀人的例子相当多。

"毒衣"的真正目的并非杀人，只是让皮肤溃烂。用于杀人更实用的其实是"毒刀"——这是刚才提到的作者亲眼所见，听说现在还有实物留存。那似乎是比一般餐桌用的刀子更小一些的水果刀，刀刃插在柄里，可以小范围上下移动，握住刀柄使力切东西时，刀刃就被往上推。毒刀刀柄设有弹簧机关，切东西时被握住的手柄下方会弹出三根针，毒液沿着针流出。客人若是拿它切东西，就会被针刺伤手指，毒液随血液进入体内。然而只要松手，又是一般的刀柄，看不出里面藏了针。刀子上镶嵌着非常漂亮的宝石，也有雕刻装饰，根本看不出针孔，只是让对方感觉到些许疼痛，就能达成目的。

还有"毒戒",设置机关的原理相同。比如在戒指中藏毒药,让戴上戒指的人中毒。类似于适才在刀中藏毒针,将毒针藏在戒指里,戴着戒指的手碰别人时戒指上的隐形毒针就像蛇的毒牙一样,喷射出毒液。曾有人制作出这样的戒指,据说伦敦近年也发生过类似的案例。一名打字小姐走在路上,后面跟着一名绅士。绅士经过小姐身边时,轻握了一下她的手。小姐不以为意前往办公室,结果到了办公室后感到不适,突然昏倒了。仔细调查之后,发现她被握过的手上有个红点。记录中虽未写明是哪种毒药,但确有实事。听说在美国,诱拐妇女卖淫的黑帮分子就经常使用这种方法。他们轻握路过女性的手,走不多远该女性就会昏倒。黑帮分子见状便佯装熟人上前,将女人塞进车里,我看的书中说这种手法相当盛行。

戒指投毒除上述方法之外,还有在活动的镶宝石底座里藏毒药;或给宝石打个孔,把毒药藏在里面。提到藏毒处,有趣的例子尚有义肢,就是"毒义肢",同样是近年的例子。英国有一名国际黑帮成员因为窃盗被捕入狱,在监狱中自杀而死。调查之后,发现男子的义肢是空心的,里头藏有装毒药的瓶子。虽然书里没有提到,但也有用义眼来藏毒药的例子。伊登·菲尔伯茨的《红发的雷德梅因家族》的结尾就是如此。义眼被用在各种推理小说上,但我想里面藏毒药,在不得已的情况下用来自杀这样的情节,《红发的雷德梅因家族》应该是开创先河的。此外,用假牙藏毒的例子似乎也不少。

相较之下较为罕见的,是被称为"毒焰"的玩意儿,也就是蜡烛、火炬的毒火焰,罗马时代似乎常被人使用。先在蜡烛和火炬的原材料里下毒,点火之后,火焰就是有毒的,周遭的人吸了烟就会死亡，在当时似乎广为使用。教皇克雷芒七世①在一九〇四年的宗教仪式中就被人用这种方法杀害了。

此外还有"毒花"，这是在花上涂抹毒药，把花放进酒杯里再请目标喝。还有"毒床"，不是在床铺上下毒，而是在床单上动手脚，用先前提到的"毒衣"原理处理，让睡在床上的人皮肤发炎，病人最终衰弱而死。"毒鞋"是在鞋油里掺进毒药，当穿着擦了鞋油的鞋子的人跳舞时，鞋油会透过汗水和袜子渗入皮肤，引起皮肤发炎，毒性由此侵入体内。此外还有"毒吻"，这似乎是美国最近发生的实例，一对订了婚的男女在长椅上接吻，就这么死去了。调查之后发现，男方嘴里含着口香糖，口香糖里面藏着毒药，接吻时毒药蔓延到两人口中，使他们同时中毒身亡。

最后是我最近读到的侦探小说中有趣的例子，是一位名叫巴纳比·罗斯的美国作家写的《X的悲剧》②中所使用的投毒方法。在一颗小软木球上扎几十根针，然后在这宛如星星糖般的针球上涂抹纯尼古丁，放进目标的口袋里。尼古丁在美国是杀虫剂，任何人都可以取得。这么一来，对方从口袋中掏眼镜袋时，会在不经意间碰到这颗球，只消一碰便能致死。实际上这种方法非常拐弯抹角，但在侦探小说的推理过程中，这拐弯抹角肩负重任。作者为何使用这种毒杀手段，就是最大的趣味所在。

　　大下　虽然有些已经运用在侦探小说上了，不过还有很多今后可以拿来使用的点子呢（笑）。

---

① 历史上有两名克雷芒七世（Clemns VII），但一名死于一三九四年，另一名死于一五三四年，这里可能是乱步笔误。
② 既指埃勒里·奎因的《X的悲剧》。

甲贺 说到砷,我以为是三氧化二砷——砒霜,它可以制成软膏涂在天竺鼠身上吗?

江户川 书上写的是溶液。

甲贺 砷是你自己的想象吗?

江户川 上面写的是砷和班蝥的溶液。

甲贺 我对用浸泡的方法制成毒衣这一点感到怀疑。

大下 这跟一开始提到的中国炼金术的故事很像,当成故事来看的话,很有意思。

甲贺 蟾蜍的毒性非常强。有种叫做蟾酥的东西,是漆黑的固体,非常昂贵。一般当成药物贩卖。

记者 木木先生,从医学角度来看,在皮肤上涂抹那种东西会致死吗?

木木 皮肤能吸收的毒药有限,一般不易致死。可刚才江户川先生提到的例子中,有意思的是对皮肤的刺激导致发炎这一点。如果反复施加同样的刺激,那个部位就会充血,变得脆弱。如果毒素从那里侵入,毕竟是毒药,即使死不了,也可能形成肿瘤。如果它发展成癌症,以长期来看,还是有可能致死。

甲贺 这是海野的拿手好戏,听说芥子气这玩意儿即使隔着衣服也有效,是吗?

海野 听说芥子气的穿透性非常强。据说德国正在研发一种毒液,力求穿透一切防毒衣。

甲贺 因为当时的医学太落后,下肢的溃疡被误诊为其他疾病是有可能的。

江户川 天竺鼠的内脏出现的症状,与鼠疫非常相近。

木木 会呕吐下痢吧?

大下　氰化氢很恐怖。我以前的学校有装氰化氢的瓶子。有学生打开盖子，就像平常闻阿摩尼亚之类的随意一闻，结果当场倒地不起。

甲贺　不知道吃了尼古丁会怎么样？接触皮肤会有事吗？

海野　纯尼古丁的话或许会很严重。

木木　有一家叫米尔基的公司贩卖纯尼古丁。若将它稀释注入动物体内，身体不起眼的部位会痉挛，最终致死。最近我买的尼古丁送到了，非常香，甚至让人觉得光闻它的味道，不抽烟也成。那就像香烟纯粹的香气，我让女性闻了这味道，她说从来没闻过这么美妙的香味。

甲贺　纯尼古丁是固体还是液体？

木木　浓缩液体。

江户川　书上说刚涂上去是透明的，但一会儿后就变色了。

木木　可是是透明的。

大下　要稀释成几倍？

木木　零点零一倍就可以杀死蝌蚪了，人类的话，应该要好几十倍吧。海野就曾经碰过一小勺就害死婴儿的事，不是吗？

收录于讲谈社《奇谭／貘之言》）

意外的罪犯

侦探小说这种形式自发明以来，才不过一百一十年左右的历史。然而这期间，世界各国的侦探作家在诡计上费尽心血，希望自己的创意领先他人，几乎把人类能想得到的诡计都用尽了，大家一致认为再也没有想出全新诡计的余地了。

战后我读了相当数量的英美侦探小说，我一边阅读，一边记录各种诡计，搜集了八百余种，并于二十八年秋天在《宝石》杂志上发表了《诡计类别集成》一文。大略的内容是，罪犯想出来的诡计可分类为关于罪犯的不可能（即意外的罪犯）、犯罪行为物理上的不可能（包括"密室犯罪"、脚印、指纹等诡计）、犯罪时间的不可能、意外的凶器与毒物、人与物意外的隐藏方法等几项。在本篇文章中，我想讨论一下其中"意外的罪犯"这一项诡计。

"意外的罪犯"诡计中最常被使用、变化种类也最多的是"一人两角"。我的整理中，八百例中有一百三十例是"一人两角"的变形版，占第一名。其次是"密室犯罪"，有八十三例，这两种诡计占了绝大多数。"一人两角"中有被害者就是凶手的构想。

在一宗命案里，凶手和被害者平素水火不容，没有人会想到二者竟会是同一人物。因为加害者与被害者向来势不两立。侦探作家（有时候现实的罪犯也是）窥探到这种常识的盲点将产生的化学变化，由此构思出了各种诡计。

从我的分类中找出"被害者就是罪犯"的项目，内容如下：

（1）罪犯伪装成被害者（若予以细分，有在犯罪前伪装以及犯罪后伪装两类）……四十七例

（2）共犯伪装成被害者……（复数罪犯的情况较易实行）四例

（3）罪犯伪装成被害者之一……（复数被害者的情况，使用这种诡计的知名作品有范达因的《格林家命案》、奎因的《Y的悲剧》）六例

（4）罪犯与被害者是同一人……九例

我想其中（4）项最令人感到不可思议。可能出现罪犯与被害者

是同一人的状况吗？

这种状况常在以下三个场景中发生。

首先以"窃盗"为例，某市第一流的美术古董商卖出昂贵的宝石给老顾客。一段时间后，老顾客说宝石的台座损坏了，想做一番修理。古董商收下宝石一检查，竟发现那是制作精良的赝品。但顾客是个大富豪，不可能拿假货过来。古董商暗暗心惊，自己竟卖出一件赝品而完全不曾察觉。这是古董商单方面的重大过失。古董商也想过找替代品还给富豪，但这是非常珍奇的宝石，弄不到一模一样的。如果就这样将修理完的赝品还给富豪，古董商将信用扫地。身为第一流古董商，他的自尊不允许这样的丑闻在社会上流传。

情急之下，古董商想出一计，他亲自假扮盗贼，从工房的天窗潜入，偷走宝石。隔天早上向警方报案，调查发现确实有窃贼入侵的痕迹，古董商向客户道歉，支付相当于宝石金额的现金。虽然亏损了一大笔金钱，但商店的名声是再多钱也换不到的。因为是侦探小说，整起事件并非从头开始描写，而是从结果倒叙回去，因此成了一个非常不可思议的故事。这是自己偷自己的东西，亦即被害者与加害者是同一人的例子。

"伤害"的例子，可以举我的旧作。虽然西方作品中也有例子，但得交代冗长的情节才能明白，所以这里就引用我的作品《何者》。说的是战前发生在陆军高官邸内的事。一天晚上，小偷潜入了无人的主人书房。主人的儿子最先察觉到进了小偷，独自前往一片漆黑的书房查看，小偷情急之下朝他开了一枪，后从窗户逃逸。子弹击中儿子的脚，致使他重伤住院，康复后成了跛子。后来赃物在庭院的池底被找到了。

其实，这是儿子自导自演的一出戏，他用手帕包起书房的珠宝，从窗户扔进院子的池子里,伪装出遭窃的样子,再用手枪射向自己的脚部。仅有这些信息,读者或许无法理解儿子为什么要自残。继续往下看才知道他想逃避征兵。作为将军的儿子不能堂而皇之拒绝,所以他想出了被小偷射伤,成为跛子以逃避征兵的妙点子。换言之,被害者与加害者是同一人。这种点子只要添加细节,写成倒叙形式,就可以成为一篇颇有意思的悬疑故事。

接下来是"杀人",需运用凶手与死者是同一个人的障眼法。这听着挺荒谬,但将不可能化为可能,正是侦探小说的精妙所在,只要有一点契机,就可以衍生出许多妙计。在此,契机就是"自杀"这个想法。所谓的"自杀",杀人者与被害者是同一个人,只要从这里铺陈开来就行了。

罹患不治之症,被医师宣告将死之人,由于心里恨极了某人,想着反正离死期已经不远了,复仇时不我待,这样的背景预设就是该类诡计生根发芽的最佳土壤。他制造出各种假线索,使得被怨恨的人蒙上嫌疑,然后伪装成他杀进行自杀。国内外的侦探小说时不时就出现这种诡计。

杀人者与被杀者是同一人的诡计,在英国有一个极为出色的例子。英国天主教中,有位学识渊博的神父,总主教罗纳德·诺克斯。他热爱侦探小说,也写过许多作品。他的长篇代表作《陆桥谋杀案》于战前翻译成日文引进,在侦探小说爱好者中名气极大。他的短篇作品中就有一个非常拐弯抹角的不可思议的侦探故事。

男主人公罹患绝症,被医师宣告死期不远,他绞尽脑汁想逃避等待死亡的痛苦,但他是个胆小鬼,实在不敢自杀。他认为如果不能自我了断,就只能让别人杀了他,但不可能有好心人愿意为他人犯下谋杀罪。他必须自己安排别人杀害他才行。

因此他想出了一个非常迂回曲折的点子：最好的方法就是自己杀了别人，因杀人罪而被判死刑（必须注意的是，虽然这是一篇讽刺小说，但绝不滑稽。听我如此描述，总会觉得故事滑稽万分，但原作并非按时间顺序，而是以第三人称巧妙迂回地描写，如此就十分合理了）。于是他想到了一个颇有意思的诡计，以间接方式杀害陌生人，这次的谋杀并没有成功，警方也一点儿都没有怀疑到他头上。他觉得杀人真不是件容易的事。

然后他想出了更复杂的点子。虽然他试图杀害别人失败了，但如果自己一人扮演两角，一个自己杀害另一个自己的计划成功的话，就能如愿成为罪犯了。他想这次的计划是杀害另一个自己，应该不难的。

他化身成完全虚构的人物，与真正的自己进入没有第三名乘客的一等车厢。虚构人物先进去，在没有目击者的情况下悄悄从另一个出口离开，换回自己的装束进入车厢。两次进入车厢他都有意让乘务员和服务生看见，向他们打招呼，让对方以为有两位乘客进入同一节车厢。

火车抵达下一站，从车厢出来的只有真正的他，虚构人物消失无踪。他伪装成真正的他在火车行驶中杀害了虚构的自己，列车驶过长铁桥时把尸体扔进河中。乘务员和服务生都知道车厢里有两位乘客。当火车抵达两人下车的车站后，虚构人物消失，只剩下真正的他鬼鬼祟祟地下了车，这不可能不惹来怀疑。

他实施了这个奇妙的诡计。结果这次如愿以偿遭到逮捕，差点儿被判有罪。结果事到临头，他开始害怕起原本渴望无比的死刑。他想无罪脱身，于是恳求律师，坦承真相，靠着律师的力量无罪开释，然而却在从法院回家的路上，没能躲过从后面开过来的卡车，一下子就被撞死了。这算是一种反讽小说，是杀人者与被杀者是同一人的诡计中，极为特殊的一例。

以上是利用"一人两角"诡计制造意外的罪犯的例子，我的诡计分类中，还有"一人两角以外的意外的罪犯"项目，细分为下列十种。

侦探即罪犯；案件的法官、警官、狱长是罪犯；案件发现者是罪犯；案件记述者是罪犯；无力犯罪的幼儿或老人是罪犯；残疾人、重病患者是罪犯；尸体是罪犯；人偶是罪犯；意外的复数罪犯；动物是罪犯。

挑出其中我最初便觉有趣的项目，侦探即罪犯诡计，其构想显然最为出类拔萃。读到负责办案的名侦探其实就是真凶，我真是大受震撼，大呼过瘾之余体验到了无与伦比的快感。少年时代读到三津木春影改写的勒布朗的《813》时，首次认识了这个诡计，真是觉得有趣至极。

勒鲁的《黄屋奇案》一样利用了该诡计，不过我是在后来才读到的。虽然是第二次，但这个诡计仍然对我产生莫大吸引力。若有人用过侦探就是罪犯这种诡计，以后再出现的作品就成了模仿，会让人觉得重复而厌烦。即使如此，还是有相当多知名的作品用了该诡计。

最早的是爱伦·坡的《你就是凶手》，这虽然不是纯粹侦探小说，不过故事一开始就指挥办案的人物，最后被发现就是罪犯，不愧是爱伦·坡，在这个诡计上也领先群雄。

接着是英国的伊斯瑞尔·冉威尔的长篇《弓区之谜》（一八九一年），这比一九〇一年的《黄屋奇案》、一九一〇年的《813》要早上许多。冉威尔是纯文学作家，因此在文章结构与行文方面都十分出色，我认为作为一部将"侦探即罪犯"及"密室杀人"这两大诡计发挥得淋漓尽致的古典作品，它应该受到更多的肯定。因为我的宣传，这部作品在战后也出版了日文译本。

这个诡计在冉威尔、勒鲁、勒布朗之后，英国的菲尔汀①、美国的兰哈特②、英国的克里斯蒂、美国的奎因等人也以此为中心诡计创作了长篇，切斯特顿重复用在短篇（两篇）中。日本作家中，滨尾四郎的某部长篇也用到了该诡计。

新奇仅次于侦探即罪犯的诡计，应数"案件记述者是罪犯"吧。故事的记述者是"局外人"，以第一人称的形式展开。读者对于记录中出现的每一个人物，都怀疑是罪犯，但对记述者却无条件信任。读者相信记述者不可能撒谎，因为如果记述者撒谎，整部小说就毁了，这是常识。

利用这个盲点，克里斯蒂在距今三十年前就写了一部记述者就是罪犯的长篇，震惊了侦探小说界。在这部作品中，记述者完全没有撒谎，他只是省略一个细节，整体上描述的都是事实。由于记录者就是罪犯，因此需要非常高超的写作技巧。而克里斯蒂女士巧妙地做到了这一点，这部长篇也成了她的代表作。

对于这部作品，也有人苛责说虽然记述者并未积极撒谎，却省略了最重要的部分，因此对读者来说仍然有欠公平。可是这种责难是出于将侦探小说视为作者与读者的解谜竞赛的观点，我认为大可不必那么心胸狭窄。事实上，从众多评论家将这部作品选为十大杰

---

① 菲尔汀（A.E.Fielding，1884—？），英国推理小说家，作品有《停下的脚步声》(The Footsteps That Stopped)。
② 兰哈特（Mary R.Rinehart，1876—1958），美国推理小说家，他创造了"Had I But Known"（如果早知道）的手法，影响了日后悬疑小说的创作模式，代表作有《旋转楼梯》(The Circular Staircase，1908)。

作，也可以看出这种批判并不恰当。

这种记述者就是罪犯的诡计，在克里斯蒂以前也有作者小试牛刀。只是因为作者是瑞典人，在英美文化界不受重视。作家的名字是 S.A. 杜塞①，作品是长篇《斯默诺博士的日记》。上述克里斯蒂的作品出版于一九二六年，但《斯默诺博士的日记》在一九一七年就出版了，早了十年。托法医学的古畑种基博士之福，这部作品很早就引进日本。古畑先生在留学德国期间，于柏林发现了这本书的德文版，寄给朋友小酒井不木博士，小酒井先生将之翻译成日文，于大正末期的《新青年》上连载。

这个诡计也一样，一旦使用其余的就只能算是模仿，但仍旧有众多追随者。英国的柏克莱及布莱克再三使用同一种诡计，在日本，横沟正史和高木彬光两位的代表长篇也用了这个诡计。

第三新奇的诡计应属"尸体是罪犯"。死人挥舞凶器杀人是不可能，但侦探作家苦心孤诣，化不可能为可能。作家亚瑟·利斯②的《死人手指》，严格来说，该小说其实是拿尸体当道具，真凶另有其人。不过凶手不在犯罪现场，不在场证明成立，因此变成了死人杀人。

谜底是凶手让死人握住手枪，手指扣在扳机上，枪口对准正在守灵的某人物，务必保证子弹能射中目标然后凶手离开去到另一个地方。随着夜深，尸体出现尸僵现象，僵硬的手指施力在扳机上，手枪发射，击中了正在守灵的目标。

现实中不可能进行得如此顺利，但小说如果描写得够巧妙，还

---

① S.A. 杜塞（Samuel August Duse, 1873—1933），瑞典推理小说家，除了《斯默诺博士的日记》（*Doktor Smirnos Dagbok*）之外，还有同样以名侦探 Leo Carrings 为主角的一系列作品，战前人气非常高。

② 亚瑟·利斯（Arthur J.Ress, 1872—1942），澳洲推理小说家。

是可以说服读者的。能不能命中目标人物姑且不论，但如果只是发射手枪，是完全可能的，事实上范达因在《狗园谋杀案》中，就提到真的发生过这种事。

"人偶是罪犯"的发想与此类似，美国的 A.K. 格林在随笔中提到法国小说中有这样的例子。让木偶握住手枪，手指扣在扳机上，天花板不断滴水下来。如此一来，吸了水的木材膨胀开来，其力量施加在人偶手指上，由此扣动扳机、发射子弹。如果被害者躺在房间的床上，该诡计并非全然不可能实现。不过除非作者行文出神入化，否则有全篇沦为作者自说自话的危险。

接下来的"意外的复数罪犯"也是颇有意思的设想。这个诡计出现在克里斯蒂的某部长篇中。一辆行驶中的火车里，一名男子遭到杀害。男子被乱刀刺死，全身遍布被刀刃刺伤的痕迹。车厢里有十几名乘客，尽管一一盘问调查，每人却都宣称不知道凶手是谁。凶手可能跳下行驶中的列车逃走了。可是案情最后大白，发现其实那节车厢里的十几名乘客全都是凶手。

所有乘客皆对遇害的男子恨之入骨，因此众人说好在火车上一起杀害该男子，为了不让任何人通风报信，遂决定每个人都刺上一刀，使得死者看起来就像被乱刀刺死。

"动物是罪犯"，其实是想制造一种超越常识的意外性的惊喜效果，警方排查罪犯通常锁定人类，没想到真相大白之时犯罪的其实是动物，第一次读到爱伦·坡的《莫格街谋杀案》的读者，一定都会感受到一股难以言喻的震撼吧。这是一场惨绝人寰的命案，而且是"密室杀人"，警方努力寻找残暴的人类凶手，然而业余侦探杜宾却从某个有趣的线索注意到动物，巧妙地揪出了凶手。真凶是逃离饲主身边的大猩猩。

这种动物罪犯的诡计后来也用在非常多的作品中。知名度仅次于爱伦·坡的有道尔的《斑点带子案》，被害者喊了一声"斑点带子"之后就毙命了。警方联想到附近出没的流浪汉绑在头上的花布带，沿此方向调查却一无所获，其实罪犯偷偷饲养了毒蛇，借着深夜把蛇放到睡在床上的被害者身边，将其杀害。黑暗中，被害者把蛇身上的斑斓花纹误认为斑斓的绳索。

动物犯罪的主角还有妖犬、马、牛角、独角兽、猫、毒蜘蛛、毒蜂、水蛭、鹦鹉等，当中最独特有趣的要数鹦鹉。

"鹦鹉罪犯"用在盗窃案上。英国的莫里森曾在一篇很早以前的短篇中使用了这个诡计。舞台是窗户稍微开启的高楼密室。门上了锁，窗户即使开着，也是距离地上几十英尺的高处，无法从外面爬上去。尽管如此，室内镶有珠宝的饰品却失窃了。

珠宝放在房中的化妆台上，它消失得无影无踪，只留下一根让主人深感迷惑的火柴棒。这根火柴棒成了侦探推理的线索。其实是嫌犯训练了一只鹦鹉帮助自己盗窃。鹦鹉被训练成从高窗飞进房间后，一定会咬回镶有珠宝的物品回来。然而回来的时候叼着珠宝没问题，去的时候若嘴巴空着，鹦鹉有可能会出于习性啼叫或说话。为了防止鹦鹉乱出声，嫌犯让它叼着火柴棒训练，如此鹦鹉鹉便不会随便出声。发现宝石的话，就吐掉火柴棒，叼着宝石回来。

"意外的罪犯"中，还有一个"太阳与水瓶杀人"的新奇诡计，但这已经列入项目"奇特的发想"中并说明过了，这里就省略不提。

前面提到的十种诡计中，"事件发现者是罪犯"一项颇有意思，我想稍作补充。如果把它简单看成第一个喊出"有人被杀"的人就是真凶，这个诡计就再平凡不过，我的诡计分类就不收录了。"发现者是罪犯"的诡计如果与"密室"组合在一起，就成了非常有意思的诡计。它的例子有先前提到的冉威尔的长篇以及切斯特顿的短篇。

清晨，房里的人过了平常起床时间仍没有现身，家人担心，敲门却得不到回应。于是找来邻居，一同破门而入发现房间里的人被利刃割断喉咙，已经死了，伤口还在往外汩汩冒血。经细致调查发现，房间所有的窗户都从内侧锁得严实。唯一的门也从里面上了锁，除非破门，否则进不去，是一间完全的密室。凶手并未躲藏在房间里，被害者刚刚遭到杀害，却没有任何出口可供凶手逃逸。

经过周密的调查之后，发现不管是房门或是窗户，都没有任何施行密室诡计的痕迹。这并非制造出来的密室，而是真正的密室。换言之，这是完全不可能的犯罪。

作者是怎么将这种不可能转化为可能的？其实也不是什么了不起的诀窍，而是活用了"迅速杀人"。真凶就混迹在破门进入的众人中，他在口袋里藏了把类似于剃刀的小型锐利凶器。门一打开，他第一个冲进房间，冲到被害者的床前，迅速用凶器割断床上的人的咽喉，然后大叫："啊！不得了了！人死了！"接着赶到的众人因为割喉的场面被凶手用身体遮住，没有察觉到异样。甚至没有人怀疑竟能如此迅速地杀人。

有人敲门的时候，被害者为什么不应声？被割断喉咙的时候，为什么不大叫？这是因为身为被害者朋友的凶手在前一晚被害者入睡以前，让他喝下掺进了大量安眠药的饮料。如此一来，命案第一个发现者就是凶手的诡计便实现了。

"迅速杀人"的诡计此外还可以应用在许多场景中，那种快狠准，让人联想到日本的剑道高手或忍者的神乎其技。

（收录于《侦探小说之谜》）

〔附记〕

拙稿《吟味英美短篇侦探小说》中，举了切斯特顿应用这种"迅速杀人"的其他作品为例，这里顺带提起。

《沃德利失踪案》(*The Vanishing of Vaudrey*)（日译《亚瑟卿的失踪》，刊登于《新青年》昭和八年五月号），这部作品独创了一个找不到其他类似例子的离奇诡计。被害者当时正在村里的理发店让人刮胡子。理发店后门紧临一条河。这家理发店又兼香烟铺。凶手请散步的同伴在外头等着，自己进去买香烟，趁着老板放下剃刀，去店面寻找客人指定的香烟的短短两三秒里，冲进理发室里，拿起摆在那里的剃刀，迅速割断伸长了脖子闭着眼睛等待理发师的被害者的咽喉，然后迅速折返，神态自若地收下香烟，回去等待的同伴身边，抽着烟继续散步。

这种迅速的手法，类似第一种破坏密室，率先冲进去在眨眼间杀人的诡计还较为常见；但让同伴等在外头，买东西顺手杀人这样的构想，有一种超越常识的古怪幽默及恐怖，但这也绝非游戏杀人。故事里交代了凶手非杀人不可的动机。

如果理发师冷静一点，这桩犯罪很快就能大白于天下，但理发师也做过亏心事，还是个胆小怕事的。他发现客人竟然在不知不觉间遇害，心想如果就此报警，自己一定难逃杀人嫌疑，吓得六神无主，便将尸体（应该是塞进袋子里）扔进屋后的河中了。结果尸体顺着河水漂流到遥远的地方才被人发现。没有人知道被害者去了理发店，理发师也三缄其口，凶手又有同伴证明他的不在场。这是宗迷雾重重的案子，但布朗神父从尸体脸上刮了一半的胡子联想到理发店，靠着推理揪出了凶手。

年谱

一八九四年（明治二十七年）

十月二十一日，出生于三重县名贺郡名张町，父亲平井繁男、母亲平井菊，原名平井太郎，本籍在三重县津市上滨町。父亲是关西法律学校（关西大学前身）第一届毕业生，后供职于名张町之名贺郡政府部门。第二年，因工作调动到同县铃鹿都郡公所，于是，举家搬迁至龟山町。

一八九七年（明治三十年）

父亲工作调动至东海纺织同盟会名古屋分部，举家搬迁至名古屋市圆井町。

一九〇一年（明治三十四年）

入学名古屋市白川寻常小学校，此时，父亲工作调动到名古屋财阀。在奥田正香商店当经理，并兼职名古屋商业会议所的法律顾问。

一九〇三年（明治三十六年）

喜欢阅读岩谷小波的世界故事，每天听母亲转述报纸上连载的小说，从菊池幽芳的翻案小说《秘中之秘》(连载于《大阪每日新闻》)开始，体会到侦探小说中的乐趣。

一九〇五年（明治三十八年）

入学市立第三高等小学。二年级时喜欢上押川春浪的武侠冒险小说、黑岩泪香的怪奇侦探小说。

一九〇七年（明治四十年）

入学爱知县立第五中学，因为不喜欢慢跑、机械体操等，时常请病假。暑假去外祖母的保养地热海温泉旅行，读到黑岩泪香的翻案小说《幽灵塔》，印象特别深刻。从此，认为虚构比现实的欢乐更具有人生意义。父亲在南伊势开设平井商店，销售各种机械、煤炭，代理国外保险公司事务等业务。

一九一二年（明治四十五年·大正元年）

中学毕业。六月，平井商店破产，于是放弃第八高等学校升学考试的机会，跟父亲去了朝鲜。八月，独自上京，在本乡汤岛天神町之云山堂当活版实习工人，住在工厂里，并考上早稻田大学预科编入考试而入学。大学期间，做过活版排字工、政治杂志编辑、市立图书馆图书出租管理员、英语家庭教师等，几乎没有上课的时间。十二月，搬到春日町。

一九一三年（大正二年）

春，外祖母搬到牛込喜久井町，搬去与之同住。由此，不必再外出打工，有时间阅读黑岩泪香的翻案小说。八月，从早稻田大学预科班毕业，并考入早稻田大学政治经济学部，对于经济原论的

"欲望"、"价值"感兴趣。

一九一四年（大正三年）

春，与同学创刊回览杂志《白虹》，开始阅读爱伦·坡、柯南·道尔等以逻辑推理见长的短篇侦探小说，心醉不已。由此，认为侦探小说的本道在短篇。为了阅读侦探小说，早稻田大学图书馆之外另去上野、日比古、大桥等图书馆，所作的笔记装订成书，称为《奇谈》。

一九一五年（大正四年）

父亲从朝鲜归京，在保险公司上班，与住在牛込的父亲同住。完成侦探小说处女作《火绳枪》，翻译柯南·道尔的短篇小说。

一九一六年（大正五年）

八月，早稻田大学毕业。毕业前计划毕业后到美国用英文发表侦探小说挣钱，但苦于没有出国的资金，只好到大阪市贸易商社加藤洋行上班。

一九一七年（大正六年）

五月，从加藤洋行辞职，去多处温泉流浪达数月。在伊东温泉读到谷崎润一郎的《金色之死》，感动不已，执笔《火星运河》。十一月就职三重县鸟羽造船厂电机部，受到技师长桝本卯平赏识，受邀参与社内杂志《日和》的编辑。之后，至一九二四年末成为职业作家之前，屡次更换职业。

一九一八年（大正七年）

四月，父亲再赴朝鲜。与鸟羽造船厂的同事组织"鸟羽故事会",巡回剧场、小学。在坂手村小学认识了教师村上隆子,热衷陀思妥耶夫斯基。

一九一九年(大正八年)

一月,从造船厂离职,上京与两名弟弟在本乡驹达林町经营旧书店"三人书房"。迷上浅草歌剧,组织歌手田谷力三后援会。二手书生意惨淡。七月,在书店二层编辑《东京PACK》杂志,撰写游戏与漫画文章。十一月关闭三人书房,改摆小面摊糊口,与村上隆子结婚。

一九二〇年(大正九年)

一月,博文馆创刊《新青年》月刊。最初,这本杂志刊载欧美短篇推理小说,以奖励到海外发展的青年,只是附录性读物,获得读者认可后,渐渐提高质量,终于成为战前最具权威性的侦探杂志。二月,就职东京市政府社会局。夏,设立《智的小说刊行会》,策划出版杂志《异常》,在《读卖新闻》征求会员,反应不佳而备受挫折。为《异常》执笔的小说《石块的秘密》后改写为《一张收据》,笔名是江户川蓝举。十月,回大阪与父亲同居,就职大阪时事新报社,当记者。之后,穿梭在东京、大阪间,过着穷困不堪的生活。

一九二一年(大正十年)

二月,长男隆太郎出生。四月,上京,就职日本工人俱乐部,当书记长。

一九二二年(大正十年)

七月,与妻、子回到大阪市外守口町父亲家,九月,《两分铜币》、《一张收据》成稿。十月,邮寄给文艺评论家马场孤蝶,没反应。十一月,要回原稿,改寄给《新青年》主编森下雨村。从此,笔名固定为江户川乱步。十二月,就职大桥律师事务所。

一九二三年(大正十二年)

四月,《两分铜币》在《新青年》上刊载,还有小酒井不木博士的推荐长文,侦探小说家的生涯由此开始。六月,移居京阪电车沿线门真村。七月,《新青年》刊出《一张收据》,就职大阪每日新闻社广告部。十一月,在《新青年》发表《致命的错误》。

一九二四年(大正十三年)

四月,移居父亲家附近的住所。七月,在《新青年》上发表《二废人》。九月,父亲患咽喉癌因而搬去同住。十月,在《新青年》上发表《双生儿》。十一月,从大阪每日新闻社辞职,专心当职业作家。

一九二五年(大正十四年)

一月,在《新青年》增刊发表《D坂杀人事件》,是名侦探明智小五郎首次出场作。到名古屋拜访小酒井不木。之后,上京拜访森下雨村,雨村介绍《新青年》派作家相互认识。二月,在《新青年》发表《心理测验》。三月,在《新青年》发表《黑手组》,在《写真报知》发表《日记本》(三月五日号)、在《写真报知》发表《算盘传情的故事》(三月十五日号)。四月,在《新青年》上发表《红色房间》,与春日野绿、西田政治、横沟正史成立"侦探趣味会"。五月,在《新青年》上发表《幽灵》,在《写真报知》上发表《盗难》。七月,在《新青年》上发表《白日梦》和《戒指》,在《苦乐》上发表《梦游者之死》,在《写真报知》发表《百面演员》。春阳堂出版了处女短篇集《心理测验》。八月，在《新青年》增刊上发表《天花板上的散步者》。九月，在《新青年》上发表《一人两角》，在《苦乐》发表《人间椅子》，在《写真报知》发表《疑惑》，侦探趣味会的机关杂志《侦探趣味》创刊，父亲逝世，享年五十九岁。十月，参加长谷川伸、白井吞二等大众小说家组织的"二十一日会"。十二月，在《电影和侦探》上发表《接吻》。

一九二六年（大正十五年·昭和元年）

一月，在《新青年》上发表《跳舞的一寸法师》，在《侦探文艺》上发表《毒草》，在《妇人之国》上发表《蒙面的舞者》，在《写真报知》上连载《空气男》，二月停刊后连载中断。在《星期日每日》上连载《湖畔亭事件》，在《苦乐》上连载《黑暗中的蠢动》，由春阳堂出版第二短篇集《天花板上的散步者》，移居东京市牛込区筑土八幡町三十二番地。二十一日会机关杂志《大众文艺》创刊。三月，在《大众文艺》上发表《灰飞四起》。四月，在《新青年》上发表《火星运河》。五月，在《新青年》上发表连作《五阶之窗》第一回。七月，在《新小说》发表《花押字》，在《大众文艺》发表《阿势登场》。九月。由春阳堂出版第三短篇集《湖畔亭事件》。十月，在《星期日每日》秋季号发表《非人之恋》，在《大众文艺》发表《镜地狱》，在《侦探趣味》上发表《旋转木马》，在《新青年》上连载《帕诺拉马岛奇谈》。十二月，在《朝日新闻》连载《一寸法师》。

一九二七年（昭和二年）

三月，由春阳堂出版《一寸法师》，并拍成电影，这是第一部小说电影化的作品。不过，很快就对《一寸法师》厌恶不已，休笔移居府下户塚六二番地早稻田大学正门前，让妻子经营学生宿舍，自己又流浪到日本海沿岸地区、千叶海岸地区、京都、名古屋等地。五月，大阪波屋书房出版《黑暗中的蠕动》。十月，平凡社出版《江户川乱步集——现代大众文学全集第三卷》，获得版税一万六千余圆，其大部分金额用于新学生宿舍的修缮。十一月，与小酒井不木、国枝史郎、长谷川伸、土师清二等创立大众文艺合作社"耽绮社"，之后，平山庐江也参与进来。

一九二八年（昭和三年）

三月，出售早稻田大学门前的学生宿舍经营权。四月，购入在户塚町源兵卫一七九番地的福助足袋的职员宿舍，改建成学生宿舍后再次开业。八月，在《新青年》的增刊上连载《阴兽》，与秋原朔太郎、稻桓足穗等开始交游。

一九二九年（昭和四年）

一月，在《新青年》上发表《噩梦》（即《烟虫》）。在《朝日》连载《孤岛之鬼》。六月，在《新青年》上发表《带着贴画旅行的人》，博文馆出版了第一部评论随笔集《恶人志愿》。八月，在《讲谈俱乐部》连载《蜘蛛男》。九月，在《改造》上发表《虫》。十一月，在《时事新报夕刊》上连载《何者》。

一九三〇年（昭和五年）

一月，在《文艺俱乐部》连载《猎奇的后果》。四月，由先进社出版第四短篇《名侦探明智小五郎》。五月，由改造社出版《孤岛之鬼》。七月，在《讲谈俱乐部》连载《魔术师》。九月，在《报知新闻夕刊》上连载《吸血鬼》，《国王》上连载《黄金假面》。十月，由讲谈社出版《蜘蛛男》。

一九三一年（昭和六年）

一月，由博文馆出版《猎奇的后果》。二月，在《朝日》连载《盲兽》。三月，博文馆出版了《吸血鬼》。四月，在《文艺俱乐部》发表《目罗博士不可思议的犯罪》，在《富士》连载《白发鬼》。五月，平凡社陆续出版了《江户川乱步全集》十三卷，在全集的附录月报《侦探趣味》连载《地狱风景》。六月，在《讲谈俱乐部》连载《恐怖王》。七月，市川小太夫剧团上演《黑手党》。十一月，在《国王》上连载《鬼》，妻子经营的学生宿舍，在与学生发生摩擦之后颇感不快，于是歇业。

一九三二年（昭和七年）

三月，第二次停笔，携全家前往京都、奈良、近江等地旅行。六月，妹妹玉子去世。七月至八月，孤身前往东北旅行。

一九三三年（昭和八年）

一月，参加大槻宪二的精神分析研究会，之后出席每个月的例会，为机关杂志执笔随笔。四月，移居芝区车町八番地，对古代希腊文明产生了兴趣。七月，到善光寺、上诹访、箱根、热海、伊香保等地旅行。十一月，在《新青年》连载《恶灵》（未刊完）。十二月，在《国王》上连载《妖虫》。

一九三四年（昭和九年）

一月，在《日出》连载《黑蜥蜴》。五月，在《讲谈俱乐部》连载《人间豹》。七月，为了避开车町的噪声，移居池袋三町目一六二六番地。九月，在《中央公论》发表《石榴》。十二月，由新潮社出版《黑蜥蜴·妖虫》。

一九三五年（昭和十年）

一月，平凡社陆续出版了《江户川乱步杰作选》，共十二卷。六月，春秋社出版《人间豹》。九月，主编《日本侦探小说杰作选》，由春秋社出版。十月柳香书院出版第五部短篇集《石榴》。十二月，一周九州之旅。

一九三六年（昭和十一年）

一月，分别在《讲谈俱乐部》与《少年俱乐部》连载《绿衣之鬼》及《怪盗二十面相》。五月，由春秋社出版第三评论随笔集《鬼话集》。十二月，在《国王》上连载《大暗室》，讲谈社出版了《怪盗二十面相》。

一九三七年（昭和十二年）

一月，在《少年俱乐部》连载《少年侦探团》，在《讲谈俱乐部》上连载《幽灵塔》。六月，由春秋社出版《绿衣之鬼》，由版画庄出版短篇选集《幻想和怪奇》。七月，为了写书隐居高野山。九月，在《日出》连载《恶魔的纹章》，为了执笔旅居信州中房温泉。

一九三八年（昭和十三年）

一月，在《少年俱乐部》连载《妖怪博士》，三月由讲谈社出版《少年侦探团》。四月，由新潮社出版《幽灵塔》。九月，新潮社陆续出版了《江户川乱步选集》十卷，当局对出版物的审查越来越严格，不断要求更改收录作品。

一九三九年（昭和十四年）

一月，在《讲谈俱乐部》连载《暗黑星》，在《富士》上连载《地狱的道化师》，在《少年俱乐部》连载《大金块》。二月，由讲谈社出版《妖怪博士》。三月，被警视厅检阅课命令单行本全篇削除，由此，决心隐退。四月，在《日出》连载《幽灵之塔》。十二月，由非凡阁出版《地狱的道化师·暗黑星》（新作大众小说全集第五卷）。

一九四〇年（昭和十五年）

二月，由讲谈社出版《大金块》。四月，在《少年俱乐部》连载《新宝岛》。七月，至三河风来寺旅游。

一九四一年（昭和十六年）

七月，由非凡阁出版《幽灵之塔》（新作大众小说全集第三十三卷）。十二月，担任池袋丸山町会第十六组防空群长。

一九四二年（昭和十七年）

一月，以小松龙之介的名义在《少年俱乐部》连载《智慧的一太郎》。六月，大元出版社出版《新宝岛》。七月，任池袋三丁目北町会副会町。

一九四三年（昭和十八年）

一月，与住在名古屋市的评论家井上良夫通信讨论欧美侦探作家及其作品。五月，以《妇人俱乐部》、《少年俱乐部》特派员的身份参观龟有之日立精机工厂等地。八月，担任翼赞壮年团丰岛区副团长。十一月，在《日出》连载间谍小说《伟大的梦》。

一九四四年（昭和十九年）

太平洋战事紧迫，继续担任町会工作。

一九四五年（昭和二十年）

四月，家人疏散到福岛县保原町，独自留在池袋。五月，因生病辞去町会的工作。六月，为了养病，来到家人疏散之地同住。八月，在病床上聆听终战大诏。十一月，举家迁回池袋。

一九四六年（昭和二十一年）

三月，侦探杂志《滚石》创刊。四月，侦探杂志《宝石》创刊。六月，主办"侦探作家土曜会"，后每个月聚会一次，忙于侦探小说的复兴。

一九四七年（昭和二十二年）

二月，由海鸥书房出版第四评论随笔集《幻影城主》。六月，土曜会改名为日本侦探作家俱乐部，当选会长。八月，由清流社出版第五评论随笔集《随笔侦探小说》。十一月，到名古屋、神户、冈山、京都、三重县等地演讲，开座谈会提倡侦探小说，忙碌于俗事中，没有新作问世，但旧作重版达三十一部。

一九四八年（昭和二十三年）

仍然忙于演讲、座谈会，没有新作问世。十月，长子隆太郎与岩崎静子结婚。

一九四九年（昭和二十四年）

一月，在《少年》上连载《青铜魔人》。四月，参与"捕物作家俱乐部"的创建筹备。六月，再次当选侦探俱乐部会长。十月，为了纪念爱伦·坡死后百年，在报纸、杂志上发表相关随笔，在《新青年》上连载《侦探小说三十年》。十一月，由光文社出版《青铜魔人》。

一九五〇年（昭和二十五年）

一月，在《少年》连载《虎牙》，在家里开办新年会，招待侦探作家，之后，成为每年的惯例。三月，在《报知新闻》上连载《断崖》，为战后首篇短篇侦探小说。十二月，由光文社出版《虎牙》。

一九五一年（昭和二十六年）

一月，在《趣味俱乐部》上连载《恐怖的三角馆》，在《少年》上连载《透明怪人》。三月，在《宝石》三月号至一九六〇年五月号连载《侦探小说三十年》。五月，由岩谷书店出版评论集《幻影城》。十二月，由光文社出版《透明怪人》。

一九五二年（昭和二十七年）

一月，在《少年》连载《怪奇四十面相》。三月，以《幻影城》获得第五届日本侦探作家俱乐部奖。七月，辞去日本侦探作家俱乐部会长之职，被推举为名誉会长。九月，由光文社出版《恐怖的三角馆》。十二月，由光文社出版《怪奇四十面相》。

一九五三年（昭和二十八年）

一月，在《少年》上连载《宇宙怪人》。十二月，由光文社出版。

一九五四年（昭和二十九年）

一月，在《少年》上连载《铁塔怪人》。四月十五日，日本侦探作家俱乐部和捕物作家俱乐部，在三越剧场共同举办黑岩泪香三十三周年纪念会。六月，早川书房出版《续·幻影城》。十月三十日,日本侦探作家俱乐部、捕物作家俱乐部和东京作家俱乐部,在丸之内东京会馆共同举办盛大的还历庆祝大会,会上公布设立"江户川乱步奖"。十一月,在《宝石》增刊号上连载《化人幻戏》,由岩谷书店出版《侦探小说三十年》,由映阳堂陆续出版《江户川乱步全集》十卷。十二月,由光文社出版《铁塔怪人》。

一九五五年(昭和三十年)

一月,在《趣味俱乐部》上连载《影男》,在《少年》上连载《海底的魔术师》,在《少年俱乐部》连载《灰色的巨人》。四月,在《ALL读物》发表《月亮与手套》。七月,在《文艺》上发表《防空洞》。十月,由讲谈社出版《十字路》。名张市在有心人的张罗下立了"江户川乱步诞生地"的纪念碑。十二月,由光文社出版《海底的魔术师》、《灰色巨人》。

一九五六年(昭和三十一年)

一月,在《少年》连载《魔法博士》,在《少年俱乐部》连载《黄金豹》。四月,在《ALL读物》发表《致堀越搜查一课课长》,由TUTTLE商会出版英译短篇选集 *Japanese Tales of Mystery and Imagnation*。八月,由社会思想会出版《侦探小说之谜》。十一月,由东京创元社出版《犯罪幻想》豪华本。十二月,由光文社出版《魔法博士》、《黄金豹》。

一九五七年(昭和三十二年)

一月,在《少年》连载《妖人金刚》,在《少年俱乐部》上连载《魔法人偶》。四月,由早川书房出版《海外侦探作家及作品》。八月,由东京创元社出版《我的梦和真实》,接任《宝石》总编。十一月,由光文书出版《妖人金刚》、《马戏团怪人》、《魔法人偶》。

一九五八年(昭和三十三年)

一月,在《少年》连载《夜光人》,在《少年俱乐部》上连载《奇面城的秘密》,在《少女俱乐部》上连载《塔上的奇术师》。十二月,由光文书出版《奇面城的秘密》、《塔上的奇术师》、《夜光人》。

一九五九年(昭和三十四年)

一月,在《少年》连载《假面的恐怖王》。十一月,由桃源社出版《欺诈师与空气男》,光文社出版《假面的恐怖王》。

一九六〇年(昭和三十五年)

一月,在《希区柯克杂志》上发表《手指》,《少年》上发表《电人M》。七月,由青蛙房出版《乱步随笔》。

一九六一年(昭和三十六年)

四月,成为文艺家协会名誉会员。七月,由桃源社出版《侦探小说四十年》。十月,桃源社出版《江户川乱步全集》十八卷;十一日,因多年来对侦探文坛的贡献,获得紫绶褒章。

一九六二年(昭和三十七年)

一月,在《少年》连载《超人尼可拉》。三月,《黑蜥蜴》经三岛由纪夫改编成剧本,于三日至二十六日在产经中心上演。

一九六三年(昭和三十八年)

一月,日本侦探作家俱乐部的社团法人被文部省认可,改称日本推理作家协会,当选为第一届理事长。八月,再次被选为理事长,坚决辞退。十月,由东都书房出版《续·幻影城》。

一九六四年(昭和三十九年)
七月,在日本推理作家协会总会上,得到大家古稀大寿的祝贺。

一九六五年(昭和四十年)
七月二十八日,因脑溢血去世。戒名智胜院幻城乱步居士。被赠予正五位勋三等瑞宝章。八月一日,在青山葬仪所举行日本推理作家协会葬,墓所位于多磨灵园。

附记:
江户川乱步年谱(日文版)是一九七三年五月编著的,刊载在角川文库版《江户川乱步作品集》二十卷各卷卷末。此次译成中文版做了一些增删。

EDOGAWA RANPO SAKUHINSHU / #13 GENEINOJYOUSYU
by EDOGAWA RANPO / editing by FUPO
Copyright © HIRAI KENTARO
Simplified Chinese edition arranged with SHIMAZAKI International Copyright Agency
Simplified Chinese translation Copyright © New Star Press 2013
All rights reserved.
本书中文译稿由城邦文化事业股份有限公司—独步文化事业部授权使用，
未经同意不得以任意翻印、转载或以任何形式重制。

图书在版编目（CIP）数据

幻影城主／（日）江户川乱步著；王华懋译．——北京：新星出版社，2013.6
（江户川乱步作品集；13）
ISBN 978-7-5133-1213-4

Ⅰ．①幻… Ⅱ．①江… ②王… Ⅲ．①日本文学－现代文学－作品综合集 Ⅳ．①I313.45
中国版本图书馆 CIP 数据核字（2013）第 096459 号

谢刚 主持

幻影城主

（日）江户川乱步 著；王华懋 译

责任编辑：杨珊珊
责任印制：李珊珊
装帧设计：郑　岩
封面绘图：黄昕鹏

出版发行：新星出版社
出 版 人：谢　刚
社　　址：北京市西城区车公庄大街丙3号楼　　100044
网　　址：www.newstarpress.com
电　　话：010-88310888
传　　真：010-65270449
法律顾问：北京市大成律师事务所

读者服务：010-88310811　　service@newstarpress.com
邮购地址：北京市西城区车公庄大街丙3号楼　　100044

印　　刷：北京京都六环印刷厂
开　　本：910mm×1230mm　　1/32
印　　张：9.5
字　　数：158千字
版　　次：2013年6月第一版　　2017年10月第四次印刷
书　　号：ISBN 978-7-5133-1213-4
定　　价：30.00元

版权专有，侵权必究。如有质量问题，请与印刷厂联系调换。